两个李白

王充闾 著

長江出版傳媒 | 长江文艺出版社

图书在版编目（CIP）数据

两个李白 / 王充闾著. -- 武汉 ：长江文艺出版社，
2018.3
ISBN 978-7-5702-0126-6

Ⅰ. ①两… Ⅱ. ①王… Ⅲ. ①散文集－中国－当代
Ⅳ. ①I267

中国版本图书馆 CIP 数据核字(2017)第 330136 号

责任编辑：周　聪　　　　责任校对：陈　琪
封面设计：颜　森　　　　责任印制：邱　莉　　胡丽平

出版：长江出版传媒｜长江文艺出版社
地址：武汉市雄楚大街 268 号　　　　邮编：430070
发行：长江文艺出版社
电话：027—87679360
http://www.cjlap.com
印刷：中印南方印刷有限公司

开本：880 毫米×1230 毫米　1/32　　　印张：8.125　插页：4 页
版次：2018 年 3 月第 1 版　　　　2018 年 3 月第 1 次印刷
字数：174 千字

定价：36.00 元

目　录

第四辑　马嵬坡下的三场辩论

第一辑　两个李白

两个李白

一

在中国古代诗人中，李白确实是一个不朽的存在。他的不朽，不仅由于他是一位负有世界声誉的潇洒绝尘的诗仙——那些雄奇、奔放、瑰丽、飘逸的千秋绝唱产生着超越时空的深远魅力；而且，因为他是一个体现着人类生命的庄严性、充满悲剧色彩的强者。他一生被登龙入仕、经国济民的渴望纠缠着，却困踬穷途，始终不能如愿，因而陷于强烈的心理矛盾和深沉的抑郁与熬煎之中。而“蚌病成珠”，这种郁结与忧煎恰恰成为那些天崩地坼、裂肺摧肝的杰作的不竭的源泉。

一方面是现实存在的李白，一方面是诗意存在的李白，两者构成了一个整体的不朽的存在。它们之间的巨大反差，形成了强烈的内在冲突，表现为试图超越却又无法超越，顽强地选择命运却又终归为命运所选择的无奈，展示着深刻的悲剧精神和人的自身的有限性。

解读李白的典型意义，在于他的心路历程及其穷通际遇所带来的苦乐酸甜，在很大程度上反映了几千年来中国文人的心态。

二

去年秋杪，我有皖南之行，半月时间，足迹遍于当涂、宣城、秋浦（今属贵池）、泾县一带。这里恰好是李白晚年活动的中心。此行为我深入探究这位大诗人的奥蕴提供了一个开阔的视野，理想的角度。

李白祖籍陇西成纪，其先祖于隋朝末年被流放到西域，李白出生在中亚的碎叶城（唐时在安西都护府辖区内），五岁前后随父亲内迁至绵州彰明县青莲乡（今属四川江油市）。这种丰富的阅历，为他形成创造性思维奠定了有利的基础，而盛唐时期繁荣、安定的社会环境，又使他有条件接受良好的传统文化教育。

李白学习的范围十分广泛，“十岁观百家”，“十五观奇书”，从小便树立了建功立业，济苍生、安社稷的政治理想。他常常自比于历史上著名的政治家管仲、乐毅、张良、诸葛亮、谢安，志在“申管晏之谈，谋帝王之术”，“使寰区大定，海县清一”。他二十五岁那年，怀抱“四方之志”，出蜀远游，开启了后来三十几年的漂泊生涯。先后曾寓居湖广的安陆、山东的任城，漫游了祖国中、东部的许多地方，结交各方面人士，向一些地方官员锐身自荐。尔后，又移家皖南，并终老于此，前后住了六年时间。

天宝元年春天，李白从东鲁南下来到皖南的南陵，秋天离开这里奉诏赴京。这是首次入皖。天宝六年，也就是在长安遭受挫折、被迫出京三年之后，又经由扬州、金陵溯江而上，畅游皖南的当涂。又过了六年，李白第三次前来，在近三年的时间里，足迹遍及皖南各县。李白第四次流寓皖南，是在生命的最后两年，夜郎流放遇赦之后，他再次来到宣城、泾县，最后投靠族叔李阳冰，定居于当涂，并选择“谢家青山”作为埋骨之地。

皖南一带绮丽的风光，朴厚的民情，润滋与抚慰了他的充满动荡、溢满忧愤、布满坎坷的失意生涯。诗人同这里的山山水水结下了深厚的情缘，而原本就雄奇秀丽的皖南山水，一经诗人大笔淋漓的点染，更凸现了它的壮美无俦的神采，成为神州大地最具人文价值的区域之一。

三

那些天，我一直沉酣在一种幻觉里：山程水驿，雨夜霜晨，每时每地，都仿佛感到诗人李白伴随于前后左右，而且不时地发出动人的歌吟。当我站在宣城陵阳山谢公楼的遗址上，面对着晚秋的江城画色，“两水夹明镜，双桥落彩虹”的谪仙名句，油然浮荡在耳际。而当驻足采石矶头，沉浸在横江雪浪的壮观里，“惊波一起三山动”，“涛似连山喷雪来”的隽咏，又使我同诗人一样跃动着猛撞心扉的惊喜，获得一种甘美无比的艺术享受。

碧山，坐落在皖南黟县的西北面，它北连盂山，南对霭峰，风景十分幽美。《徽州府志》记载，此地有十里桃花，春时与绿树交映，秀色宜人。虽然我来时已是黄叶飘飞，秋光照眼，但从李白《山中问答》诗中仍能领略它的浓春逸趣。

问余何意栖碧山？笑而不答心自闲。
桃花流水窅然去，别有天地非人间。

诗人眼中的碧山，充满了清幽、纯净之美，是名利场、是非窝的“人间”所无可比拟的。短短的二十八个字，寓沉重于闲适，寄托了诗人愤世嫉俗的万千感慨。明代诗人李东阳说它“淡而愈浓，近而愈远”，其旨趣“可与知者道，难与俗人言”。

在这里，我也效仿诗仙以恬淡、虚空的心境，对碧山作一番美的观照，沉浸在美学家所说的“静照”境界里：“空诸一切，心无挂碍，和世务暂时绝缘。这时一点觉心，静观万象，万象如在镜中，呈现着

它们各自的充实的、内在的、自由的生命”，“在静默里吐露光辉”。（宗白华《美学散步》）

我忘情地踏着晚秋的黄叶，徜徉于五松山下、天柱峰前，漫步在桃潭、秋浦之间，寻几分天籁，握一把苍凉，在疑幻疑真的朦胧意象里，借助那一泓澄碧和万壑松吟来濯心、洗耳。一时间，仿佛冲破了时空的限界，纵身千载之上，同诗人一道亲炙那“扫石待归月”，“倚树听流泉”的幽情雅趣。

也是在采石矶头，也是那样一个“秋月照白壁，皓如山阴雪”的夜晚，我站在拔江而起、危矶如削的峭壁上，望着涛惊浪涌的滚滚江流，眼前仿佛浮现出一幅《谪仙泛舟赏月图》——诗人和他的好友、“饮中八仙”之一的崔宗之，一舟容与，溯流而上，“进帆天门山，回首牛渚没”，“月随碧山转，水合青天流”。像现代诗人汪静之笔下所描绘的，他穿“一件极美丽的五云裘，颜色好像夏天的朝云，春天的彩虹，像碧海衬着远山，红霞映着绿草”，端坐在船的正中。金樽邀月，诗酒唱和，岸旁观者如堵，而诗仙则顾盼神飞，谈笑自若。

《侯鲭录》载：唐开元年间，诗仙进谒宰相，擎着书有“海上钓鳌客李白”的手版。宰相问道：“先生临沧海，钓巨鳌，以何物为钩线?”

答曰：“以风浪逸其情，乾坤纵其志，以虹霓为丝，明月为钩。”

又问：“以何物为饵?”

答曰：“以天下无义丈夫为饵。”

宰相闻之悚然。

几句简单的答问，生动地展现了这位诗仙的神韵，真实地刻画出他的高蹈、超拔、狂肆的精神世界。

四

李白的精神风貌及其诗文的内涵，是中国文化精神哺育的结晶。清代诗人龚自珍认为，他是并庄、屈以为心，合儒、仙、侠以为气的。太白飘逸绝尘、驱遣万象的诗风，显然导源于《庄子》和《离骚》。单就人生观与价值取向来看，屈原的热爱祖国，憎恨黑暗腐朽势力，积极要求参与政治活动、报效国家的政治抱负，庄周的浮云富贵、藐视权豪，摆脱传统束缚、张扬主体意识的精神追求，对李白的影响也是极为深刻的。除了儒家、道家这两种主导因素，在李白身上，游侠、神仙、佛禅的影子也同时存在。

本来，唐代以前，儒家、道家、佛禅以及神仙、游侠等方面的文化，均已陆续出现，并且逐渐臻于成熟；但是，很少有哪一位诗人能够将它们交融互汇于个人的实际生活。只有李白——这位一生主要活动于文化空气异常活跃的唐代开元、天宝年间的伟大诗人，将它们集于一身，完成了多元文化的综合、汇聚。

当然，这里也映现了盛唐文明涵融万汇、兼容并蓄的博大气魄和时代精神。正如嵇康、阮籍等人的精神风貌反映了“魏晋风度”一样，李白的精神风貌也折射出盛唐社会特别是盛唐士子所特有的丰神气度，这是盛唐气象在精神生活方面的一个重要组成部分。

五

早在春秋时期，就有“三不朽”的说法：“太上有立德，其次有立功，其次有立言，虽久不废，此之谓不朽。”

我们固然不能因为李白有过“吟诗作赋北窗里，万言不值一杯水”的诗句，就简单地断定他并不看重立言；但比较起来，在“三不朽”中，他所奉为人生至上的、兢兢以求的，确确实实还是立功与立德。既然如此，那他为了实现经邦济世，治国安民，创制垂法，惠泽无穷的宏伟抱负，就要为其创造必要的条件，首要的是必须拥有一定的社会地位与政治权势。

因此，他热切地期待着“长风破浪会有时，直挂云帆济沧海”，时刻渴望着登龙门，摄魏阙，据高位。但这个愿望，对他来说，不过是甜蜜蜜的梦想，始终未曾付诸实践。他的整个一生历尽了坎坷，充满着矛盾，交织着生命的冲撞、挣扎和成败翻覆的焦灼、痛苦。从这个角度看，他又是一个道道地地的悲剧人物。

他自视极高，尝以搏击云天、气凌穹宇的大鹏自况：“大鹏一日同风起，抟摇直上九万里。假令风歇时下来，犹能簸却沧溟水。”认为自己是凤凰：“耻将鸡并食，长与凤为群。一击九千仞，相期凌紫氛”。与这种以其长才异质极度自负的傲气形成鲜明的对照，他对历史上那些建不世之功、创回天伟业，充分实现其自我价值的杰出人物，则拳拳服膺，倾心仰慕，特别是对他们崛起于草泽之间，风虎云龙，君臣合契，终于奇才大展的际遇，更是由衷地歆羡。

他确信，只要能够幸遇明主，身居枢要，大柄在手，则治国平天下易如反掌。在他看来，这一切作为和制作诗文并无本质的差异，同样能够“日试万言，倚马可待”。显而易见，他的这些宏誓大愿，多半是基于情感的蒸腾，无非是诗性情怀，意气用事，而缺乏设身处地、切合实际的构想；并且，对于政治斗争所要担承的风险和可能遇到的颠折，也缺乏透彻的认识，当然更谈不上有足够的思想准备。

六

李白有过两次从政的经历：天宝元年秋天，唐玄宗接受玉真公主和道士吴筠的举荐，下诏征召李白入京。这年他四十二岁。当时住在南陵的一个山村里，接到喜讯后，他即烹鸡置酒，高歌取醉，乐不可支。告别儿女时，写有“仰天大笑出门去，我辈岂是蓬蒿人”的诗句，可谓意气扬扬，踌躇满志。他原以为，此去定可酬其为帝王师、画经纶策的夙愿，不料，现实无情地粉碎了他的幻想。进京陛见后，只被安排一个翰林院供奉的闲差，并没有像他想象的那样，接之以师礼，委之以重任。

原来，这时的玄宗已经在位三十年，腐朽昏庸，纵情声色，信用奸佞，久疏朝政。看到这些，李白自然感到万分失望。以他的宏伟抱负和傲岸性格，怎么会接受“以俳优蓄之”的待遇，甘当一个跟在帝王、贵妃身后，赋诗纪盛、歌咏升平的“文学弄臣”角色呢？但就是这样，也还是“君王虽爱蛾眉好，无奈宫中妒杀人”，“谤言忽生，众口攒毁”。最后的下场是上疏请归，一走了事。在朝仅仅一年又八个月，此后，再没有登过朝堂。

天宝十四载冬天，李白正在江南漫游。是时，安禄山起兵反唐，次年攻陷潼关，玄宗逃往四川。途中下诏，以第十六子李璘为四道节度使、江陵郡大都督。野心勃勃的永王李璘，招募将士数万人，以准备抗敌、平定“安史之乱”为号召，率师东下，实际是要乘机扩张自己的势力。对于国家颠危破败，人民流离失所的现状，李白早已感到痛苦和殷忧。恰在此时，永王李璘兵过九江，征李白为幕佐。诗人认为建功立业、报效国家的机会已到，于是，又一次激扬志气，充满了“欲仰以立事”的信心，在永王身上寄托着重大期望：“诸侯不救河南地，更喜贤王远道来。”以为靖难杀敌、重整金瓯，非永王莫属。

哪里料到，报国丹心换来的竟是一场灭顶之灾，糊里糊涂地卷入了最高统治层争夺皇权的斗争，结果是玄宗第三子、太子李亨即位，李璘兵败被杀，追随他的党羽多遭刑戮，李白也以附逆罪被窜逐夜郎，险些送了性命。这是李白第二次从政，为时不足三个月。

尽管政治上两遭惨败，但李白是既不认输也不死心的，总想找个机会重抵政坛，锋芒再试。六十一岁这年，他投靠族叔、当涂县令李阳冰，定居于采石矶。虽然已经处于生命的尾声，但当他听到太尉李光弼为讨伐叛将史朝义，带甲百万出征东南的消息，一时按捺不住心潮的狂涌，便又投书军中，表示“懦夫请缨，冀申一割之用”，无奈中途病还，未偿所愿。

七

表面上看，两番政治上的蹉跌，都是由于客观因素，颇带偶然性质；实际上，李白的性格、气质、识见，决定了他在仕途上的失败命运和悲剧角色。他是地地道道的诗人气质，情绪冲动，耽于幻想，天真幼稚，放纵不羁，习惯于按照理想化的方案来构建现实，凭借直觉的观察去把握客观世界，因而在分析形势、知人论世、运筹决策方面，常常流于一厢情愿，脱离实际。

关于李白第一次从政的挫折，论者有两种看法：一种认为，玄宗召李白入京，最初很有几分看重，但很快就发现他并非“廊庙之材”，便只对他的文学才能加以赏识。所以后来李白要求离开，玄宗也并不着意挽留。这是说，李白并不是摆弄政治的材料。第二种意见是，李白看错了人。本来，唐玄宗已不再是一个励精图治的开明君主了，而李白却仍然对他寄予厚望，最后，希望当然要落空了。这又说明李白缺乏政治的眼光。可以认为，两种意见，殊途而同归。

关于李白“从璘”的教训，论者一致认为，他对“安史之乱”中的全国政局，缺乏准确的分析，就是说，他把局势的动乱看得过于严重。他在诗中写道：“颇似楚汉时，翻覆无定止”；“三川北虏乱如麻，四海南奔似永嘉”，显然是违反实际的。由于对形势做出了错误的判断，行动上必然举措失当。在他看来，当时朝廷应急之策，是退保东南半壁江山，苟延残喘；而永王正好陈兵长江下游，自然可以稳操胜券，收拾残局。这是他毅然“从璘”的真正原因所在。显然，在李璘身上，他把“宝”押错了，结果又一次犯下了知人不明的错误——他既未发觉其拥兵自重、意在割据的野心，更没有认识到这是一个刚愎自用，见识短浅，不足以成大事的庸才，把立功报国的希望寄托于这种角色，未免太孟浪了。

看来，一个人的政治抱负同他的政治才能、政治识见并不都是统一的。归根到底，李白并不是一个出色的政治家，大概连合格也谈不上。他只是一个诗人，当然是一个伟大的诗人。虽然他常常以政治家傲然自诩，但他并不具备政治家应有的才能、经验与素质，不善于审时度势，疏于政治斗争的策略与艺术。其后果如何，不问可知。对此，宋人王安石、苏辙、陆游、罗大经等，都曾有所论列。这种主观与客观严重背离、实践与愿望相互脱节的悲剧现象，在中国历代文人中并不鲜见，值得我们深长思之。

八

这种现象的出现，自然应该归咎于文人的高自期许，自不量力的性格弱点；但若寻根溯源，又和儒家的积极入世的人生态度和“修齐治平”的价值取向的影响有直接关系。儒家的祖师爷孔子，终生为求仕行道而四处奔波，席不暇暖，“惶惶如丧家之犬”，在旁人看来本是无法实现的事，他也要“知其不可而为之”。这种人格精神对于后世的封建士子特别是文人的影响，是至为深远的。

比起李白来，杜甫更要典型一些。这位大诗人受他的十三世祖杜预的影响很深，他对这位精通战略、博学多才、功勋卓著，有“杜武库”之称的西晋名将备极景仰。在他三十岁的时候，自齐鲁至洛阳，曾在首阳山下的杜预墓旁筑舍居留，表示不忘这位先祖的勋绩和要在政治上建功立业、光宗耀祖的雄心。尔后，便来到京城长安，开始了十年困守的生涯，无非是为了“立登要路津”，“欲陈济世策”。他曾分别向朝中的许多权贵投诗干谒，请求汲引，但如同李白一样，都以失望而告终。

总共算起来，杜甫真正为官的时间也只有两三年，而且，官卑职小。即使如此，他也总是刻板、认真，恪尽职守，绝不荒怠王事。在任谏官左拾遗这个从八品官时，他曾频频上疏，痛陈时弊，以致上任不到半个月，就因抗疏营救房琯而触怒了肃宗皇帝。房琯为玄宗朝旧臣，原在伺机清洗之列。而杜甫却不明白个中底细，不懂得“一朝天子一朝臣”的事体，硬是坚持任人以贤、唯才是用的标准，书生气十足地和皇帝辩论什么“罪细不宜免大臣”的道理，最后险致杀身之祸，由于宰相大力援救，遭贬了事。这大概又是一个文人当不了官的实例。

可是，四百年后的陆游却为之大鸣不平：

> 看渠胸次隘宇宙，惜哉千万不一施。
> 空回英概入笔墨，生民清庙非唐诗。
> 向令天开太宗业，马周遇合非公谁？
> 后世但作诗人看，使我抚几空嗟咨。

由于政坛失意，只能寄情于翰墨，弄得“后世但作诗人看”，这对杜甫、对许许多多诗人来说，究竟是幸还是不幸呢？

九

客观地看，李白的官运蹭蹬，也并非完全种因于政治才识的欠缺。即以唐代诗人而论，这方面的水准远在李白之下的，稳登仕进者也数不在少。要之，在封建社会里，一般士子都把个人纳入社会组合之中，并逐渐养成对社会政治权势的深深依附和对习惯势力的无奈屈从。如果李白能够认同这一点，甘心泯灭自己的个性，肯于降志辱身，随俗俯仰，与世浮沉，其实，是完全能够做个富于文誉的高官的。

可是，他是一个自我意识十分突出的人，时刻把自己作为一个自由独立的个体，把人格的独立视为自我价值的最高体现。他重视生命个体的外向膨胀，建立了一种志在牢笼万有的主体意识，总要做一个能够自由选择自己命运与前途的人。

他反对儒家的等级观念和虚伪道德，高扬“不屈己、不干人”的旗帜。由于渴求为世所用，进取之心至为热切，自然也要常常进表上书，锐身自荐，但大前提是不失去自由，不丧失人格，不降志辱身、出卖灵魂。如果用世、进取要以自我的丧失、人格的扭曲、情感的矫饰为代价，那他就会毅然决绝，毫不顾惜。

他轻世肆志，荡检逾闲，总要按照自己的意志去塑造自我，从骨子里就没有对圣帝贤王诚惶诚恐的敬畏心情，更不把那些政治伦理、道德规范、社会习惯放在眼里，一直闹到这种地步，“长安市上酒家眠，天子呼来不上船，自称臣是酒中仙”（杜甫诗），痛饮狂歌，飞扬无忌。这要寄身官场，进而出将入相，飞黄腾达，岂不是南其辕而北其辙吗？

十

不仅此也。正由于李白以不与群鸡争食的凤凰、扶摇而上九万里的大鹏自居，因此，他不屑于按部就班地参加科考，走唐代士人一般的晋升之路；他也不满足于做个普通僚属，而要“为帝王师”，以一介布衣而位至卿相，做吕尚、管仲、诸葛亮、谢安一流人物。他想在得到足够尊崇与信任的前提下，实现与当朝政治势力的合作，而且要保持一种不即不离的关系，“合则留，不合则去”，有相当大的自由度。

他在辞京还山时，吟出：

> 严陵不从万乘游，归卧空山钓碧流。
> 自是客星辞帝座，元非太白醉扬州。

从这里可以看出，他把自己与皇帝视为东汉隐士严光与汉光武帝刘秀的朋友关系，而不是君臣上下的严格的隶属关系，是可以来去自由的，是彼此平等的。这类诗章，没被人罗织成“乌台诗案”之类的文网，说明盛唐时期的文化环境还是十分宽松的。如果李白生在北宋时期，那他的“辫子”可比苏东坡的粗多了。

这种想在新的历史条件下重新争得“士”的真正社会地位，在较高层次上维护知识阶层的基本价值和独立性的期望，不过是严重脱离现实的一厢情愿的幻想。李白忽略了一个基本的现实：他处身于大一统的盛唐之世，而不是王纲解纽、诸侯割据、群雄并起的春秋战国时期，同两汉之交农民起义军推翻王莽政权，未能建立起新的朝廷，南阳豪强集团首领刘秀利用农民军的成果，恢复汉朝统治的形势，也大不一样。

春秋战国时期，“士”属于特殊阶层，具有特殊作用、特殊地位，那种诸侯争养士、君主竞揽贤的局面，在盛唐时期已不复存在，也没有可能再度出现。当此之时，天下承平，宇内一统，政治上层建筑高度完备，特别是开科取士已使“天下英雄尽入彀中”（唐太宗语），大多数士子的人格与个性愈来愈为晋升仕阶和臣服于皇权的大势所雌化，“帝王师”反过来成了“天子门生”，“游士”阶层已彻底丧失其存在条件。

李白既暗于知人，又未能明于知己，更不能审时度势，偏要“生今之世，返古之道”，自然是“大道如青天，我独不得出”，自然就免不了到处碰壁了。归根结底，李白还是脱不开他的名士派头与浪漫主义的诗人气质。

十一

壮志难酬，怀才不遇，使李白陷入无边的苦闷与激愤的感情漩涡里。尽管庄子的超越意识和恬淡忘我、虚静无为的处世哲学，使李白在长安放回之后，寄情于皖南的锦山秀水，耗壮心，遣余年，徜徉其间，流连忘返，尽管他从貌似静止的世界中看出无穷的变态，把漫长的历史压缩成瞬间的过程，能够用审美的眼光和豁达的态度来看待政治上的失意，达到一种顺乎自然，宠辱皆忘的超然境界，使其内心的煎熬有所缓解；但他毕竟是一个豪情似火的诗人，只要遇到一种触媒，悲慨之情就会沛然倾泻。

史载，晋代袁宏少时孤贫，以运租为业。镇西将军谢尚镇守牛渚，秋夜趁月泛江，听到袁宏在运租船上咏诗述怀，大加赞赏，于是把他邀请过来细论诗文，直到天明。由于得到谢将军的赞誉，从此袁宏声名大著。李白十分羡慕袁宏以诗才受知于谢尚的幸运，联想到自己怀才不遇的遭际，因而在夜泊牛渚时，触景伤情，慷慨悲吟：

牛渚西江夜，青天无片云。
登舟望秋月，空忆谢将军。
余亦能高咏，斯人不可闻。
明朝挂帆席，枫叶落纷纷。

由于诗是有感而发，所以，就显得格外凄婉动人。

他的心境是万分凄苦的，漫游秋浦，悲吟“白发三千丈，缘愁似个长”；登谢朓楼，慨叹“抽刀断水水更流，举杯消愁愁更愁”；眺望横江，惊呼“白浪如山那可渡，狂风愁杀峭帆人”。眼处心生，缘情状物，感慨随地触发，全都紧密结合着自己的境遇。

他通常只跟自己的内心情感对话，这种收视反听的心理活动，使他与社会现实日益隔绝起来；加上他喜好大言高调，经常发表悖俗违时的见解，难免招致一些人的白眼与非议，正如他自己所言：“时人见我恒殊调，闻余大言皆冷笑”，这更加剧了他对社会的反感和对人际关系的失望，使他感到无边的怅惘与孤独。《独坐敬亭山》只有二十个字，却把他在宣城时的孤凄心境绝妙地刻画出来：

众鸟高飞尽，孤云独去闲。
相看两不厌，只有敬亭山！

大约同时期的作品《月下独酌》，对这种寂寞的情怀反映得尤为深刻，堪称描写孤独心境的千秋绝唱。

花间一壶酒，独酌无相亲。
举杯邀明月，对影成三人。
月既不解饮，影徒随我身。
暂伴月将影，行乐须及春。
我歌月徘徊，我舞影凌乱。
醒时同交欢，醉后各分散。
永结无情游，相期邈云汉。

“茕茕孑立，形影相吊。”孤独，到了邀约月亮和影子来共饮，其程度之深自可想见。这还不算，他甚至认为，在以后的悠悠岁月中，也难于找到同怀共饮之人，以致只能与月光、身影鼎足而三，永结无情之游，并相期在那邈远的云空重见。这在孤独之上又平添了几许孤独。结末两句，写尽了诗人的侧身天地，踽踽凉凉之感。

十二

“三百六十日，日日醉如泥”；“处世若大梦，胡为劳其生？所以终日醉，颓然卧前楹”。这类“夫子自道”式的描形拟态、述志达情，显示出诗人对现实的强烈的愤慨与深深的绝望。他要彻底地遗落世事，离开现实，回到醉梦的沉酣中忘却痛苦，求得解脱。晚清诗人丘逢甲在《题太白醉酒图》中，对这种心境作了如是解释：

天宝年间万事非，禄山在外内杨妃。
先生沉醉宁无意？愁看胡尘入帝畿。

不管怎么说，佯狂痛饮总是一种排遣，一种宣泄，一种不是出路的出路，一种痛苦的选择。他要通过醉饮，来解决悠悠无尽的时空与短暂的人生、局促的活动天地之间的巨大矛盾。在他看来，醉饮就是重视生命本身，摆脱外在对于生命的羁绊，就是拥抱生命，热爱生命，充分享受生命，是生命个体意识的彻底解放与真正觉醒。

当然，作为诗仙，李白解脱苦闷、排遣压抑，宣泄情感、释放潜能，表现欲求、实现自我的最根本的渠道，还是吟诗咏怀。正如清初著名文人金圣叹所说："诗者，诗人心中之轰然一声雷也。"诗是最具个性特征的文学形式。李白的诗歌往往是主观情思支配客观景物，一切都围绕着"我"的情感转。"当其得意，斗酒百篇"，"但用胸口，一喷即是"。有人统计，在他的千余首诗歌中，出现我、吾、予、余或"李白"、"太白"字样的竟达半数以上，这在中国文学史上是仅见的。

诗，酒，名山大川，使他的情感能量得到成功的转移，一定程度上缓解了精神上的重压。但是，际遇的颠折和灵魂的煎熬却又是最终成就伟大诗人的必要条件。以自我为时空中心的心态，主体意识的张扬，超越现实的价值观同残酷现实的剧烈冲突，构成了他的诗歌创造力的心理基础与内在动因，给他带来了超越时代的持久的生命力和极高的视点、广阔的襟怀、悠远的境界、空前的张力。

就这个意义来说，既是时代造就了伟大的诗人，也是李白自己的性格、自己的个性造就了自己。当然，反过来也可以说，他的悲剧，既是时代悲剧、社会悲剧，也是性格悲剧。

历史很会开玩笑，生生把一个完整的李白劈成了两半：一半是，志不在于为诗为文，最后竟以诗仙、文豪名垂万古，攀上荣誉的巅峰；而另一半是，醒里梦里，时时想着登龙入仕，却坎坷一世，落拓穷途，不断地跌入谷底。

具有讽刺意味的是，李白一生中最高的官职是翰林待诏，原本没有什么值得夸耀于世的，可是，在官本位的封建社会，连他的好友魏万也不能免俗，在为他编辑诗文时仍要标上《李翰林集》。好在墓碑上没有挂上这个不足挂齿的官衔，而是直书“唐名贤李太白之墓”，据说出自诗圣杜甫之手，终竟不愧为他的知音。

十三

当代著名诗人羊春秋度曲《折桂令》，为我们塑造了诗仙李白的高大形象：

> 谪仙更复酒仙。笔扫千军，鲸吸百川。力士脱靴，贵妃捧砚，至尊开宴。为寒儒添了颜面，给权贵打了气焰。屈贾哀怨，陶谢酸寒，磊落如公，谁堪比肩？

诗人傲睨一世，目无余子，而对于普通民众，倒显得比较可亲可近。特别是晚年，他在皖南一带结识了许多普通劳动者，像碧山的山民胡晖，五松山的田妇荀媪，宣城的酿酒工纪叟，桃花潭的隐士汪伦，不仅交情甚笃，而且都有诗相赠。通过他的生花妙笔，农夫田媪，牧竖樵苏，行役征人，孤孀弃妇，撑船汉，捕鱼郎，采菱女，冶铜工，都留下了鲜明的美好形象。同下层民众的接近，使他的达观旷朗的性格得以恣意的张扬，怀才不遇的苦闷和由仕途险恶所造成的心理负担，在一定程度上得到了缓解。

就此，我想到了谪居海南的苏轼。他初入儋州时，面对被目为蛮荒瘴疠之地的恶劣的自然环境，做了“必死南荒，葬身异域”的准备，情绪极为消沉。可是，在谪居地生活了一段时间之后，他就逐渐地适应了环境，交上了许多真诚的下层朋友，最后，竟得出“风土极善，人情不恶”的结论。他和那些善良的民众在一起，再也用不着临深履薄般地谨言慎行，可以完全放浪形骸，抒怀达志，自由自在地以诗人气质、名士本色示人。已经年过花甲的苏轼，在三年的放逐中，之所以能够战胜恶劣环境，克服重重困难，最后得以生还中土，重要因素之一是他从善良质朴的当地民众的热诚关怀、实际救助、衷心敬慕中，获得了生趣，看到了希望，汲取了力量。

十四

李白的豪气冲霄、汪洋恣肆的诗才，他的“天子不能臣，诸侯不能制，王公大人不能凌辱”的伟岸形象和独立人格，历来为人民大众所喜爱。仅在元、明、清三代上演的戏曲中，就有乔梦符的《李太白匹配金钱记》、屠隆的《彩毫记》、尤侗的《清平调》、李岳的《采石矶》、无名氏的《沉香亭》《李白捉月》等许多种。

有关他的传说与遗迹，更是遍布他足迹所至的每个地方。我在皖南一带，接触到历代许多根据李白诗意创设的人文景观。像黟县的问余亭，歙县的碎月滩，宿松的对酌亭、饯客岭，泾县的云锦堂、凌风台、绿竹亭、踏歌岸阁，采石矶的十咏亭、横江馆、醉月斋、怀谢亭，等等，数不胜数。至于太白楼、太白书堂更是随处可见。

因为同情李白落拓终生的际遇和景慕他的人格、才华、风采，大约从唐代开始，在人民大众中就流传开了关于他跳江捉月、骑鲸归天的神话传说，并在采石江边堆起了他的衣冠冢。有些诗人更是踵事增华，坐实其事。唐人殷文圭即有“诗中日月酒中仙，平地雄飞上九天”之句。明代诗人李东阳概括得更好：“人间未有升腾地，老去骑鲸却上天。”

不仅诗仙本人，就连与他有过交往的普通民众，人们“爱屋及乌”，推爱以及其身，也都尽心竭力地保存其遗迹。我在泾县水东乡龙潭村就曾看到了汪伦的墓地。汪伦是个隐士，在桃花潭东岸建有别墅，由于深慕李白的高风逸韵，特意修书相邀："先生好游乎？此地有十里桃花；先生好饮乎？此地有万家酒店。"李白见信欣然前往。汪伦解释说："十里桃花"是指十里外的桃花渡；"万家酒店"指的是桃花潭西有个姓万的人家开设的酒店。李白听了拊掌大笑。在这里，诗人受到主人的热情款待，正如他在诗中所记述的："池馆清且幽"，"捶炰列珍羞"，"酒酣益爽气，为乐不知秋"。临别时，汪伦与村民踏歌相送，依依不舍。诗仙留下传诵千古的名篇：

李白乘舟将欲行，忽闻岸上踏歌声。
桃花潭水深千尺，不及汪伦送我情。

在这里，我还听到一个有趣的真实故事：桃花潭东岸有个翟村，西岸有个万村，两村共用一个渡口，都争着要以本村的村名来为渡口命名，相持多日不下。后来，万村人以李白诗句"桃花潭水深千尺"为据，说千尺就是万寸，"万寸"与"万村"谐音，所以还是应该叫作"万村渡"。翟村人一听说李太白有话了，只好心服首肯。

十五

当然，众多古迹中最令人低回无尽的还是当涂的青山。这里距县城二十华里，山势盘陀，林壑幽深，溪水潺潺，风光秀美。李白"一生低首"、衷心敬服的南齐诗人谢朓在任宣城太守时曾结宅于此。青山左带丹阳湖，右面和重九登高的胜地——龙山隔河相对，李白曾两度登临龙山，愤抒其逐臣与黄花共苦之情。李白死后，原曾葬在龙山东麓。过了五十余年，他的生前好友范伦之子范传正任职当地，按照诗仙“悦谢家青山”的遗愿，迁墓至青山西麓。

那天，我沐着淡淡的秋阳，专程来到青山，满怀凭吊真正的艺术生命的无比虔诚，久久地在李白墓前肃立。风摇柳线，宿草颠头，仿佛踊身千载之上，亲承诗仙謦欬，同他进行着一场跨越时空的无声对话。

“莫向斜阳嗟往事，人生不朽是文章。”（许梦熊《过南陵太白酒坊》）我想，亏得李白政坛失意，所如不偶，以致远离魏阙，浪迹江湖，否则，沉香亭畔、温泉宫前，将不时地闪现着他那潇洒出尘的隽影，而千秋诗苑的青空，则会因为失去这颗朗照寰宇的明星，而变得无边的暗淡与寥落。这该是何等遗憾、多么巨大的损失啊！

当然，诗仙自己并不作如是想。他临终时的“大鹏飞兮振八裔，中天摧兮力不济”的哀吟，最鲜明不过地表现出那种双目至死难瞑的深悲剧痛，闻之令人心酸气噎。一千二百多年过去了，三尺孤坟里面，就这样埋下了一具凄怆愤懑，郁结难平，永恒飞扬、躁动的不灭的诗魂！

遗编一读想风标

一

宋代杰出的政治家、改革家、文学家王安石写过一首题为《孟子》的怀古诗：

> 沉魄浮魂不可招，遗编一读想风标。
> 何妨举世嫌迂阔，故有斯人慰寂寥。

孟子（前372年—前289年），名轲，邹人，战国时期伟大的政治家、思想家、教育家，被尊为“亚圣”。他是鲁国贵族孟孙氏的后裔；幼年家境贫困，父亲早丧，强毅而有卓识的母亲，“三迁择邻”、“断织劝学”，煞费苦心，将他抚养成人。孟子私淑孔子，为孔子之孙子思的再传弟子。《史记》本传称，他游说齐王，未能见用，转赴梁国，惠王认为他的主张“迂远而阔于事情”（远离实际，不合时用）。“当是之时，秦用商君，富国强兵；楚、魏用吴起，战胜弱敌；齐威王、宣王用孙子、田忌之徒，而诸侯东面朝齐。天下方务于合从（纵）连横，以攻伐为贤，而孟轲乃述唐、虞、三代之德，是以所如者不合。退而与万章之徒，序《诗》《书》，述仲尼之意，作《孟子》七篇”。

对于孟子，王安石是拳拳服膺、衷心景仰的。只是，“往事越千年”，斯人早已成了“沉魄浮魂”，无法“复其精神，延其年寿”（《楚辞·招魂》），只能想望其风标（品格、风致）于《孟子》遗编了。“何妨”一句，道尽了孟子、也包括诗人自己雄豪自信、卓尔不群的气概与无所畏惧，“虽千万人，吾往矣”的坚定意志。诗人引孟子为知音与同道，最后以沉郁之语作结：毕竟还有这位前贤往哲足堪慰我寂寥！

说到孟子的风标，最显眼的是其政治抱负远大，高自期许，非常自负。他以孔子的继承人自任，指出：从尧、舜至于孔子以来，具有一条圣人、王者绵延相承的根脉；“五百年必有王者兴”，尧、舜至商汤，商汤至周文王，周文王至孔子，都是五百余年，“由周以来，七百有余岁矣，以其数，则过矣，以其时考之，则可矣”。接下来，他直白地挑明：上天若是不想让天下治平，那就罢了；“如欲平治天下，当今之世，舍我其谁也？”

一次，门人公孙丑将他与管仲、晏婴相比。因为二人都是齐国著名的政治家，辅佐君主，富国强兵。孟子却大不以为然，说：你真是一个齐国人，只知道这个管、晏！当年曾子的父亲曾皙，鉴于管仲得到齐桓公那么专一的信任，执政那么长久，功业却如此卑微，因而很不高兴同他相比。连曾皙都不肯，你以为我就能愿意吗？其实，管仲辅佐齐桓公“九合诸侯，一匡天下”，就常理而言，功业并不能说卑微，只是由于他只兴霸业而不施仁政，所以，不为儒学宗师所认可。在另外场合，孟子还曾说过：齐王如果用我，何止是齐国人民可以安享太平，“天下之民举安”。时人景春认为魏国的纵横家公孙衍、张仪是真正的大丈夫，“一怒而诸侯惧，安居而天下熄（兵戈止息）”。孟子同样不以为然，并斥之为“以顺为正（以顺从为正宗）者，妾妇之道也”。

孟子雄强善辩，傲岸不群，在君王、权贵面前，尤其注重自己的身份，不肯屈身俯就。一天，孟子准备去朝见齐王，恰巧，齐王派了一个人来跟孟子说：我本应该来看你，但是感冒了，不能吹风，如果你肯来朝，我便也临朝办公。孟子觉得齐王是摆架子，“感冒”云云，不过是托词。于是，他对使者说：请你回去跟君王讲，我也闹病了，不能前去朝廷。第二天，孟子要到东郭大夫家里吊丧。公孙丑提醒他，说：老师，昨天您托词有病，谢绝齐王的召见，今天又要出去吊丧，这大概不好吧？孟子说，那有啥！昨天患病，今天好了。孟子出门后，齐王派人来探视，并带来了医生。这将如何处置？跟着孟子学习的孟仲子只好出面应付，说：先生的病今天好了一点，已经上朝了，不晓得他是否已经到达。接着，孟仲子就派人在孟子回家的路上拦截，告诉他不要回家，赶紧上朝。孟子没有办法，只好躲到齐国大夫景丑家去借宿。

景丑就便同他交谈，说：内则父子，外则君臣，这是重大的伦常关系。父子主恩，君臣主敬。可是，我只看见齐王对你很敬重，却没看见你怎么尊敬他。孟子说：在齐国人中，没有谁以仁义之道向齐王进言；他们并非认为仁义不好，而是觉得其王不足以谈仁义。这才是最大的不敬！我呢，不是尧舜之道不敢以之进言，所以，要说尊敬君王，没有谁能赶上我。景丑说：我指的不是这个。《礼》云：臣子听到君主召唤，应该立即动身，不能等待驾好车子再走。你本来准备上朝，一听说齐王召唤，反而不去了，这于礼不合吧？孟子引证曾子的话作答：晋、楚之富，不可及也。不过，他们凭的是富，我行的是仁；他们倚仗的是爵位，我抱持的是仁义。我为何会觉得欠缺什么？随之，孟子阐明：天下尊贵者有三：爵位、年齿、德行。在朝廷上，先论爵位；在乡里中，先论年齿；至于辅佐君王，当以德行为上。所以，大有作为的君主，一定有他不能召唤的大臣，遇有要事请教，应该亲自前去，以彰显其尊德敬贤之诚。

孟子清高自持，刚正不阿。齐国大夫公行子家里办丧事，右师（齐之贵臣，六卿之长）王驩往吊，一进门，就有人趋前与之交谈，入座后，还有人跑到他的旁边献殷勤。孟子当时也在场，他们原本相识，却“独不与驩言”。右师不悦，怪他有意简慢。孟子听了，说：《礼》云：“朝廷不历（跨）位而相与言，不逾（越）阶而相揖也”，我是依礼而行。

也是在齐国，齐王馈赠百镒上好的黄金，孟子拒绝接受。弟子陈臻诘问，答曰：这笔钱送的没有理由。没有理由送钱，等于用贿赂收买我。哪里有君子可以拿钱收买的呢？

二

孟子这样做，不只是维护一己的身份与尊严，而是代表了士这一阶层的群体自觉，体现着士的主体性。当代著名学者牟钟鉴认为，孟子最大的贡献，是确立士人的独立品格，提升了他们的社会地位，也升华了士人的精神境界，为中国知识分子立身处世确立了一种较高的标准。在知识分子的操守、气节方面，孟子的影响似乎比先师孔子更大一些。

春秋战国时期，群雄竞起，列国纷争，为实现富强、完成霸业，不仅凭恃武力，还迫切需求智力的支撑，所谓“三寸之舌，强于百万之师；一人之辩，重于九鼎之宝”。这样，诸侯之间便竞相“养士”，为士的活跃与发展提供了强大推动力，也形成了剧烈的竞争态势，许多士人都趋之若鹜。士，作为道义的承担者、文化的传承者，以才智用世；但是，本身却并不具备施政的权势，若要推行一己的主张，就必须解褐入仕，并取得君王的信任和倚重，而这种获得，却是以思想独立性、心灵自由度的丧失为其代价的。许多士人为致身富贵不惜出卖自己的人格，“无礼义而唯权势之嗜”（荀子语）。与此相对应，孟子适时而有针对性地倡导并坚守了一种以仁义为旨归的士君子文化。所谓士君子，也就是士阶层中那类重节操、讲道义、有风骨的优秀分子。

孟子像先师孔子一样，十分厌恶“乡原”，对这类八面玲珑、四方讨好、不讲是非、原则的欺世盗名之辈，斥之为“阉然媚于世也者”。他要求士人，“穷不失义，达不离道”；当生命与道义不可兼得时，要“舍生而取义”。“志士不忘在沟壑（不怕惨遭杀戮，弃尸山沟），勇士不忘丧其元（不怕丢掉脑袋）”，以成就其完美人格。在中国几千年的文明史上，为了社会进步、民族振兴而“成仁取义”的志士仁人，灿若群星，他们的思想都不同程度地接受了孟子的影响。

论及士人的独立品格，在封建时代，首要的是如何看待与处理君臣之间的关系。孟子强调“道尊于势”、“德重于位”；明君应“亲亲而仁民”、“贵德而尊士”。周游列国过程中，他常常不留情面地公开批评一些君主。在会见梁惠王时，当对方谈到“察邻国之政，无如寡人之用心者”，可是，国内民众却不见增多时，孟子一针见血地直戳要害，说：“狗彘（猪）食人食而不知检（制约）；涂（途）有饿莩（饿死者）而不知发（指开仓救济）；人死，则曰：‘非我也，岁（年成不好）也。’是何异于刺人而杀之，曰：‘非我也，兵（凶器）也。’王无罪岁（不要归罪于年成不好），斯天下之民至焉。”这还觉得不够劲儿，紧接着，孟子又直面指斥梁惠王：“庖有肥肉，厩有肥马，民有饥色，野有饿莩。此率兽而食人也。”还有一次，他对弟子公孙丑说：“不仁哉，梁惠王也！”——为了争夺土地，驱使老百姓打仗，结果，尸横郊野，骨肉糜烂。

在齐国，尽管孟子出任那里的客卿，但是，对于齐宣王，他也毫不客气，竟然当面揭露其“恩足以及禽兽，而功不至于百姓”的虚假仁慈。他们还有这样一段对话：

孟子问齐宣王：如果您有一个臣子，他把妻子儿女托付给他的朋友照顾，自己出游楚国去了，等他回来的时候，却发现妻子儿女在挨饿受冻。您说：对待这样的朋友，应该怎么办呢？

齐宣王说：和他绝交！

孟子又问了：如果您的司法官不能管理他的下属，那应该怎么办呢？

齐宣王说：撤他的职！

孟子又问了：如果一个国家治理得很糟糕，那又该怎么办呢？

“王顾左右而言他”——齐宣王十分尴尬，只好左右张望，把话题扯到一边去。

在孟子看来，商汤流放夏桀、武王讨伐殷纣，都是合乎正义的。“君有大过则谏；反复之而不听，则易位（废弃他，改立别人）”。当齐宣王问：“臣弑其君，可乎？”他断然回答：“贼仁者谓之贼，贼义者谓之残；残贼之人谓之一夫（独夫），闻诛一夫纣矣，未闻弑君也。”他提倡“君臣有义”，反对“愚忠”，认为忠君是有条件的，要看值不值得为他尽忠，看他怎样对待臣下。孟子明确地说：“君之视臣如手足，则臣视君如腹心；君之视臣如犬马，则臣视君如国人；君之视臣如土芥，则臣视君如寇仇”。

他还说过：游说诸侯，要敢于藐视他，不要把他那一时的煊赫看得怎么了不起！他们的殿堂阶基几丈高，屋檐几尺宽；菜肴满桌；姬妾数百；饮酒作乐；驰驱田猎，跟随的车子上千辆。我如果得志，决不会这么做。他们所有的那些腐化享乐的事，都是我所不为的；我所做的都符合古代的规制。我为什么要畏惧他们呢？

他的这些肆无忌惮的言论、主张，招致历代封建卫道者的口诛笔伐，刺孟、非孟、疑孟迭出，有的竟列出十七条罪状。宋代政治家司马光批评孟子，首要一项便是“不知君臣大义”。他说：“孔子，圣人也；定（公）、哀（公），庸君也。然定、哀召孔子，孔子不俟驾而行。”意思是，对于君主，哪怕他们是庸君，至圣先师孔子都是那样的毕恭毕敬，而你孟轲却架子十足，真是不成体统！不过，最厉害的还是明朝开国皇帝朱元璋，他声言：“此老”（孟轲）要是活在今天，难免会遭受酷刑的。同时指出，孟子的不少言论“非臣子所宜言”，于是，对《孟子》原文进行删节，达八十五条之多；还下令将孟子逐出文庙，罢其配享。

孟子由坚守士人独立品格，进而发展为“民本”思想，为儒学理论树起了一面鲜明的旗帜——“政在得民”。他说：“得天下有道，得其民斯得天下矣；得其民有道，得其心斯得民矣；得其心有道，（民之）所欲，与之聚之，（民之）所恶，勿施尔也”；“乐民之乐者，民亦乐其乐；忧民之忧者，民亦忧其忧。乐以天下，忧以天下，然而不王者，未之有也！”

牟钟鉴《从孔子到孟子》一文中指出：在早期儒家代表人物中，没有哪一位比孟子更重视民众的社会作用和历史地位。孟子提出了一个超越同时代人的口号：“民为贵，社稷次之，君为轻。”这个口号一经提出，便使社会震动，响彻了两千多年，成为批判君主专制的有力武器。“民贵君轻”之说，在先秦诸子中是极为罕见的，它肯定了民众是国家的主体，对于君权至上的制度具有很大的冲击力。按照孟子这一思想来设立政治体制，至少能发展出开明君主立宪制。这是孙中山提出民权主义的思想源头之一。

三

孟子十分重视心性修养、价值守护与精神砥砺，体现了士这一群体的主体自觉。

一是“养气”。宋代理学家程颐说过：“孟子有功于圣门，不可胜言”，“仲尼只说一个‘志’，孟子便说许多‘养气’出来。只此二字，其功甚多”。“我善养吾浩然之气”，孟子指出，“其为气也，至大至刚，以直养而无害（用正义去培养而不加损害），则（充）塞于天地之间。其为气也，配义与道，无是，馁也（就疲软了）”。这种气是由正义的经常积累而产生的，不能靠突击的正义行为来取得，更不能揠苗助长。

浩然之气就是人间正气，表现为优秀的心性修养、道德情操和高尚的人格理想、精神境界。南宋杰出的民族英雄文天祥的《正气歌》，把爱国主义精神发扬到极致，彰显了作者坚贞的民族气节和死生不渝的崇高信念，可说是对于孟子浩然之气的最佳诠释。诗中列举了十二位古人气贯山河、名垂竹帛的壮烈行迹，激情洋溢地歌颂了历史上为真理和正义而斗争的志士仁人，显现浩然正气所发挥的维系天柱、地维、人伦的巨大威力——“是气所磅礴，凛烈万古存。当其贯日月，生死安足论！”《正气歌》前面有个小序，特意标出孟子的“我善养吾浩然之气”；还说，“浩然者，乃天地之正气也”。就义之前，作为绝笔，他写了一个自赞，其文曰：“孔曰成仁，孟曰取义。惟其义尽，所以仁至。读圣贤书，所学何事？而今而后，庶几无愧。”

除了生死关头，激励广大志士仁人，舍生取义，临难不苟；在日常生活中，“浩然之气”也曾发挥出巨大的精神能量。台湾著名学者傅佩荣讲过一则故事：1950 年代，台湾大学经济拮据，办学条件艰难，师生生活十分贫困。傅斯年校长向学生推荐了两本书，其中第一本就是《孟子》。时值寒冬，又冷又饿，于是，大家就念《孟子》的“我善养吾浩然之气”。诵读着，议论着，就不感到冷了，肚子也忘记饿了。后来从这里走出很多知名专家、学者，他们身在域外，还经常忆起大学时代读“浩然之气”的情景。

二是“尚志”（使自己志行高尚）。孟子反复强调“从其大体”——“养其小者为小人，养其大者为大人”；“无以小害大，无以贱害贵”；“先立乎其大者，则其小者弗能夺也”。又说，“养心莫善于寡欲”。按照朱熹《集注》的解释：“贱而小者，口腹也；贵而大者，心志也。”可以引申为：大体，指道德修养、高尚人格，亦即居仁由义；小体，指声色货利、物质欲望。他把慕仁向义还是逞欲逐利看作是区分君子、小人的标志。当年子贡在谈到老师孔子的学问时，曾有“贤者识其大者，不贤者识其小者”之说，当与此同意。

宋代理学家陆九渊，总是教人“先立乎其大”。结果有人讥讽他：除了“先立乎其大”一句，全无其他伎俩（本事）。他听了不以为忤，反而说：这个人真了解我。

三是“反求诸己”（反躬自责）。孟子传承、发展了孔门关于“自省”的圣训，进而强调：出了问题，要从自身查找原因。他说：“行有不得者，反求诸己”；“仁者如射，射者正己而后发；发而不中，不怨胜己者，反求诸己而已矣”。又说，“反身而诚（反躬自问，一切都是诚实无欺的），乐莫大焉”。

四是历经艰苦磨炼。孟子指出：“故天将降大任于是人也，必先苦其心志，劳其筋骨，饿其体肤，空乏其身，行拂乱其所为（每一行为总是不能如意），所以动心忍性，曾（同增）益其所不能。”他特别强调忧患意识与危机感。“生于忧患而死于安乐”，这是他的名言。他还说过：人的德行、聪明、道术、才智，往往来自危险的处境，亦即种种灾患。只有那些孤立之臣、庶孽之子，“其操心也危，其虑患也深”，方能通晓事理，练达人情。

五是升华人生境界。孟子有言：“可欲之谓善，有诸己之谓信，充实之谓美，充实而有光辉之谓大，大而化之之谓圣，圣而不可知之之谓神。”这段话意蕴丰富，不太好懂，其实说的是人生的六种境界：第一层是善——值得喜欢，使人觉得可爱，这就是善（也就是好）；第二层是信——好处实实在在，令人信服、信任；第三层是美——那些好处充满于他本身，当然美；第四层是大——不止充实，而且辉耀四方，发扬光大；第五层是圣——大而能化，融会贯通，是为化境；第六层是神——圣德到了神妙不可测量的高度，此乃至上境界。

四

孟子很看重士君子的社会责任，说：士人出来任职做官，为社会服务，就好像农夫从事耕作一样，这是他的职业。士之出仕，“天下有道，以道殉身（政治清明，道为己所运用）；天下无道，以身殉道（政治黑暗，不惜为道献身）”；士君子应该“居天下之广居（仁），立天下之正位（礼），行天下之大道（义）；得志，与民由之（偕同百姓循着大道前行），不得志，独行其道。富贵不能淫，贫贱不能移，威武不能屈，此之谓大丈夫”。

与列国争霸、以攻伐为能事形成尖锐的对立，孟子坚持仁政学说、德治思想，把修身与为政、伦理与政治、仁政主张与民本思想结合起来，走“仁者爱人”、“以德服人”之路。倡导省刑罚，薄税敛，使民以时，取民有制；以“老吾老以及人之老，幼吾幼以及人之幼”的推恩办法治民施政，这样才能得民心，无敌于天下。呼吁君王“贵德尊士”，“尊贤使能，俊杰在位，则天下之士皆悦，而愿立于其朝矣”。强调重教育，“觉斯民”，“善政不如善教之得民也。善政，民畏之；善教，民爱之。善政得民财，善教得民心”；他把“得天下英才而教育之”，奉为人生至乐。

为了推行自己的政见，建立理想型社会，孟子终其一生，宣扬教化，尚志笃行。学成之后，先是在邹国授徒设教；过了四十岁，开始其政治生涯，出邹、游齐、过宋、适梁、访滕、入薛、至鲁，为卿于齐，最后归邹。期间，他曾会见过齐威王、宋王偃、滕文公、邹穆公、鲁平公、梁惠王、梁襄王、齐宣王等多位君主。每至一国，都曾积极建言、热情论辩、肆意批评，但其政见、主张终竟未得施行，不免到处碰壁；最后，只好黯然归隐，二十多年致力于教育与著述。这一经历，与先师孔子相似，但二者相较，还是孔子的际遇差强一些，毕竟出任过中都宰、司空、大司寇，还曾代理过相职；而孟子只当过短期的客卿，空有壮志宏图，未曾得偿于百一。在致力于帮助各国诸侯结束战乱、实现统一、实施仁政，亦即推行其王道主义的理想政治方面，无疑他是彻底失败了。

当然，若从长远和根本上看，他同孔子一样，立德立言，垂范后世，功在千秋，又确是伟大的成功者。已故著名哲学家金岳霖先生说过："一位杰出的儒家哲人，即便不在生前，至少在他死后，是无冕之王，或者是一位无任所大臣，因为是他陶铸了时代精神，使社会生活在不同程度上得到维系。"在讲学、著述中，孟子总结前代与当世治乱兴亡的规律，在如何对待人民这一根本性问题上，提出了"民贵君轻"、"保民而王"、以仁政与民本为核心的富有民主性精华的思想，首倡心性之学，确立士人独立品格，发展了孔子的思想、学说，为后世留下了宝贵的精神财富。

关于孟子思想的当代价值，著名哲学家陈来教授指出：在孟子那里，仁爱不仅仅是个人的道德，也是社会的价值。他把原来孔子重点放在个人道德、修身这方面的仁，扩大到整个社会。在社会的层次上来讲仁爱，这个就是仁政，就变成了治国理政的一个根本法则，变成一个社会的价值。最近，习近平总书记谈到，中华优秀文化的基本价值有六条，其中的第一条、第二条：讲仁爱，重民本，都跟孟子有特别直接的关系。就是说，孟子思想对于我们涵养社会主义核心价值，能够提供一个最直接、最重要的源泉与基础。

孤枕梦寻

一

自由飞翔的愿望和现实的种种羁绊之间，仿佛永远有一道无形的穿不透的墙。古人喜欢用“心游万仞”、“神骛八极”之类的话语来状写人的心志的放纵无羁。可是，实际上却是，或则被弃置在灵魂的废墟上，徒唤奈何；或则被拘禁在自己设置的各种世俗陈规的樊篱里，不能任情驰骋，像一只笼鸟那样，即使开笼放飞，也不敢振翮云天。

倒是酣然坠入了黑甜乡之后，神魂在梦境中，可以凭借大脑壳里的方寸之地，展开它那重重叠叠的屏幕，放映出光怪陆离、千奇百怪的画面。既不受外界的约束，自己也无法按照计划加以规范，完全处于一种自在自如的状态。而由于任何人在梦中都会撤下包装，去掉涂饰，从而显露出各自的本来面目，因此，梦境中的那个自我，往往比清醒状态下的更真实，更本色。梦境是一部映射心灵底片的透视机，可以随时揭示出人的灵魂深处的秘密。

说来，梦境也真是奇妙无比。哪怕是天涯万里，上下千年，幽冥异路，人天永隔，也可以说来就来，要见就见。梦中似乎不存在时间与空间的概念，也不大考虑基础和条件。清人胡大川《幻想诗》中，有“千里离人思便见，九泉眷属死还生”，“天下诸缘如愿想，人间万事总先知”之句，现实生活中根本做不到，可是，梦境中却能够实现。

当然，梦境也并不总是尽如人意。甜美的固然不少，但凄苦、忧伤的梦也常常碰到，有的还会使人震怖，遑遽。而且，经常是幻影婆娑，扑朔迷离，像日光照射下的枝间碎影，像勉强连缀起来的残破的网片，又像是迸落在岩石上飞流四溅的浪花，不仅错乱复杂，不易解读；而且，有的竟如电光石火，稍纵即逝。更主要的是，现实中得不到的，梦境中也未必就能如愿以偿，所谓“绮梦难圆”者也。

林黛玉魂归离恨天，贾宝玉到了潇湘馆号啕大哭一场，意犹未尽，还想在梦中见上一面，细话衷肠，于是，诚心诚意地独自睡在外间，暗暗祷告神灵，希望得以一亲脂泽，孰料“却倒一夜安眠，并无有梦”。大失所望中，只能颓然慨叹：“悠悠生死别经年，魂魄不曾来入梦。”第一次愿望没有达成，又寄希望于第二次，结果，照样是一无所获。

大抵人们做梦，不外乎由内在与外在双重因素促成。所谓内在，是指精神上、心理上的想望，也就是人们常说的：“梦是心头想”，“昼有所思，夜有所梦”；而外在因素，即是指身体上、生理上的物质原因，比如，心火盛即往往夜梦焦灼；四体寒凉则梦见风雨交袭。古人把前者叫作“想”，把后者叫作“因”。二者结合起来，决定了一个人在什么情况下会做什么梦。

现代人说，梦是现实生活中某些缺憾的一种补偿，是一种愿望的达成，是生活中某种想望与追求的反映。歌德说过：“人性拥有最佳的能力，随时可在失望时获得支持。”他说，在他一生中有好几次是在含泪上床以后，梦境用各种引人入胜的方式安慰他，使他从悲伤中超脱出来，从而得以换来隔天清晨的轻松愉快。看来，德国的这位大诗人是善于做梦的了。

无独有偶，在中国，也有一位大诗人最懂得在梦境里讨生活。我敢说，古今中外的诗人中，南宋的陆游堪称是最善于做梦的一个，而且，许多梦中情境又能通过诗篇记叙下来。在现存的八十五卷《剑南诗稿》中，专门纪述梦境的诗达九十九首之多，里面记叙了许许多多现实中未能实现而在梦境中得到补偿的快事。当然，这仅仅是他的纪梦诗的一部分。他在一篇文章中谈到，四十二岁之前，他大约作诗一万八千多首，经过自己两次删定，只留下了九百首，其中纪梦诗只有一首。料想在人生多梦的青年时期，他一定会做过更多的梦，写过更多的纪梦诗，可惜，绝大多数都已删除，后人已经无缘得见了。

二

读过了陆游的《剑南诗稿》《渭南文集》和关于他的几部传记，仿佛觉得这位老诗翁就在我的身旁，倾吐着他的“忧国复忧民”的积愫，愤切慨慷地朗吟着他那豪情似火的诗章；凌晨起来散步，耳边也似乎回响着老先生情深意挚的娓娓倾谈。但诗翁的形象却并不十分鲜明。虽然他的诗里有“团扇家家画放翁”之句，但我却没有见过几幅他的画像。按照明人黄道周对他的形象的描述，“供之千佛经前，又增得一幅阿罗汉像也”，我想象他的个头不会太高，面相是和善的，甚至看起来有些憨态可掬，没有诗仙李太白那种丰神俊逸、潇洒出尘之概。但是，应该说，两人的“虽长不满七尺，而心雄万夫”却是一致的。

从接受美学的角度，在欣赏陆游诗作过程中，我习惯于凭借自己的生活经验和审美情趣，进行艺术的再创造。透过那些炽烈喷薄的诗章，看到了诗翁的盘马弯弓之姿、气吞残虏之势，感受到的是诗人的雄豪雅健；可是，同时却也体味到了他的英雄失路、托足无门、壮士凄凉、宝刀空老的悲哀。其中，给我印象最深的是他那对祖国、对爱情的执著坚定、之死靡他的精神，简直可以说是感天地而泣鬼神。

恰如钱锺书先生所说，爱国情绪饱和在陆游的整个生命里，看到一幅画马，碰见几朵鲜花，听了一声雁唳，喝几杯酒，写几行草书，他都会惹起报国仇、雪国耻的心事，这股热潮有时甚至泛滥到梦境里去。即使是残年老病，政治上遭受重重打击，处境十分艰难的情况下，诗翁也从不叹老嗟卑，仍旧期待着勇跨征鞍，披坚执锐，奔赴杀敌的前线。正如他在一首诗中所描述的：

僵卧孤村不自哀，尚思为国戍轮台。
夜阑卧听风吹雨，铁马冰河入梦来。

但是，命运对于他实在过于苛酷，终其一生，也难得一遇大展长才以酬夙志的机会。他的仕途十分坎坷，直到三十四岁，才谋取一个福州宁德主簿的职位，后来又担任过镇江府、隆兴府的通判，却又屡遭弹劾。许多愿望只能靠梦中结想，梦中追忆。他在七十七岁时，回思征西幕中旧事，有“不如意事常千万，空想先锋宿渭桥”之句，可说是很好的概括。

四十九岁这年秋天，他在嘉州以权摄州事身份，成功地主持过一次军队的秋操检阅。整齐的队伍，赫赫的军威，使他联想到，国家并不是没有抵抗侵略的武装力量，自己也不是不能用武的文弱书生，只是没有很好地组织，也没有这个机会。否则，“草间鼠辈何劳磔，要挽天河洗洛嵩”，那是毫无问题的。凭借这个“想”和“因”，半个月后，他做了一个梦：大军驻扎河东，抗击入侵之敌，声威所至，望风披靡，当即派出使者，招降敌人占领下的边郡诸城，“昼飞羽檄下列城，夜脱貂裘抚降将”，“腥臊窟穴一洗空，太行北岳元无恙”。尽管不过是黄粱一梦，但是，当时那种称心快意的劲头，实在不是笔墨所能够形容的：“更呼斗酒作长歌，要遣天山健儿唱。”

这类令他快然于心的梦，后来还做过。一次，梦中随从皇帝车驾出征，全部收复所失故地。“驾前六军错锦绣，秋风鼓角声满天。”“凉州女儿满高楼，梳头已学京都样。”沦陷区人民兴高采烈投入祖国的怀抱，不仅重睹“汉家威仪”，而且，连梳妆打扮都与京城趋同了。

陆游一生中最称心的岁月，是从军南郑那段时间。当时，抗战派首领王炎任四川宣抚使，驻节南郑，掌握着西北一带的兵权和财权。陆游此时正好在他的幕下。过去，虽然他也喜欢谈兵论战，划策筹谋，但毕竟都是纸上空谈；这次，亲临前线，而且深得主帅的信任，正是一展长才的机会。除了建言献策，帮助首长处理一些日常事务，他还经常巡视各方，传达指令，并且到过大散关下的鬼迷店和仙人原上的仙人关，这两处都是宋、金对峙的最前线，有时身披铁甲，骑着骏马去追击敌人；有时还行围打猎。一次，正在催马扬鞭，纵横驰骋，突然一阵风起，一只猛虎蹿出，陆游挺起长矛戳去，正中老虎的喉管，“奋戈直前虎人立，吼裂苍崖血如注”。一场令人惊怖的搏斗，就这样胜利地结束了。

可惜，这样的战斗生涯只过了半年，随着王炎的调回临安，他的欢快生活亦告终结。虽然像一场短梦那样，还没来得及仔细地玩味就惊醒了，但却刀刻斧削一般，在他的心中留下了永生难以忘怀的印象。九年后，他已经回到故乡山阴赋闲，当忆起这段生活时，曾经写道：“骏马宝刀俱一梦，夕阳闲和饭牛歌。”又过了十年，他已经六十七岁了，在一首《怀南郑旧游》的七律中，再次惋叹：“惆怅壮游成昨梦，戴公亭下伴渔翁。”

反复慨叹往事如烟，旧游成梦，一方面说明这段生活的短暂，一方面也可以看出他对这段美好经历是何等的珍视。西线陈兵，简直成了陆游的一个永生不解的情结，因而不但反复忆起，更是多次结想成梦。他自己曾说过：“客枕梦游何处所？梁州西北上危台。”“慨然此夕江湖梦，犹绕天山古战场。”一部《剑南诗稿》中，记载这方面内容的梦中之作不胜枚举，有的在题目上还直接标明“梦行南郑道中”、“梦游散关渭水之间”。如果说，往事如梦如烟，那么，这段往事再进入梦境之中，并且把它形诸笔墨，那就真正是梦中说梦了。

三

陆游胸中的另一个情结，就是同爱妻唐婉的那段短暂的情缘。这使他梦绕魂牵，终生不能去怀。

二十岁这年，陆游和舅舅的女儿唐婉结婚了。唐婉是一个美貌多情的才女，对于诗词有很好的修养，和陆游兴趣相投，因此，他们婚后的生活十分美满，情深意笃，以白头偕老相期；又兼亲上加亲，按说家庭关系也应该处理得很好。谁料，陆游的母亲竟然对自己的内侄女很不喜欢，最后甚至蛮不讲理地硬逼着儿子和她仳离。如果处在今天，夫妇完全可以不去管它，至多离家另过就是了。可是，在那个理学盛行的时代，在吃人的封建礼教的威压下，陆游是无论如何也不敢违抗“慈命”的，他只能向母亲婉言解劝，百般恳求，而当这一切努力都毫无效果之后，就只好含悲忍痛，违心地写下了一纸休书。一对倾心相与的爱侣，就这样生生地被拆散了。后来，陆游奉父母之命另娶了王氏，忍辱含垢的唐婉也在叩告无门的苦境中，改嫁给同郡士人赵士程了。

光阴易逝，转眼间十年过去了。在一个柳暗花明的春天，陆游百无聊赖中，信步闲游于禹迹寺南的沈家花园，偶然与唐婉及其后夫相遇。尽管悠悠岁月已经逝去了三千多个日夜，但唐婉始终未能忘情于陆游。此时，见他一个人在那里踽踽独行，情怀抑郁，唐婉心中真像打翻了五味瓶，说不出是酸是苦，分外难受。赵士程为人还算豁达洒脱，当下已经觉察了妻子痛苦的心迹，便以唐婉的名义，叫家僮给陆游送过去一份酒肴。

陆游坐在假山上的石亭里，呆呆地望着伊人的“惊鸿一瞥”，转眼已不见了踪影；温过的酒已经变冷，肴馔也都凉了。他眼含清泪，一口口地吞咽着闷酒，体味着唐婉深藏在心底的脉脉深情，心中霎时涌起一丝丝的愧怍；想到人世间彩云易散，离聚匆匆，不禁百感交集，顺手在粉墙上题下了一首凄绝千古的《钗头凤》词：

> 红酥手，黄縢酒，满城春色宫墙柳。东风恶，欢情薄。一怀愁绪，几年离索。错！错！错！
>
> 春如旧，人空瘦，泪痕红浥鲛绡透。桃花落，闲池阁。山盟虽在，锦书难托。莫！莫！莫！

上阕透过眼前的实景，忆述当日美满姻缘的破坏经过及其沉痛教训；下阕写春光依旧而人事已非，昔日温存仅留梦忆。

原来，古代诗文有口头与书面两种传播形式，题壁属于后者。当诗人意兴淋漓、沛然发作之时，往往借助题壁的方式，来发抒磅礴的逸气，浇洗胸中的块垒。这种“兴来索笔漫题诗”，就古代文人自身来说，自不失为一种富有艺术情趣的生活内容和抒怀寄兴的方式，其间总是蕴含层次不一的非语言的信息；而对于普通读者或曰观众，则是一种近乎大众化的免费的精神享受，包括对于诗人襟怀的解读以及诗情、书艺的欣赏。

有人考证，题壁始于汉代，已见于《史记》的记载；到了唐、宋时期，便成为骚人墨客惯用的一种写作方式，几乎达到无人不题、无处不题的程度。陆游是题得最多的诗人之一，正如他自己所说，“老去有文无卖处，等闲题遍蜀东西”，“酒楼僧壁留诗遍，八十年来自在身”。

相传，唐婉后来重游沈园，看到了陆游的题壁词，不胜伤感，当即和了一首：

> 世情薄，人情恶，雨送黄昏花易落。晓风干，泪痕残，欲笺心事，独语斜阑。难！难！难！
>
> 人成各，今非昨，病魂常似秋千索。角声寒，夜阑珊，怕人寻问，咽噎佯欢。瞒！瞒！瞒！

不久，唐婉便悒郁而终。

清代诗人舒位游观沈氏园亭时，曾就陆游、唐婉的这场爱情悲剧写过一首七绝：

> 谁遣鸳鸯化杜鹃？伤心“姑恶”五禽言！
>
> 重来欲唱《钗头凤》，梦雨潇潇沈氏园。

寥寥四句，下笔如刀，无情地鞭挞着以“恶姑”为代表的封建宗法势力，揭露了造成这场人为的悲剧的社会原因。

四

纯真的爱，作为人类一种自愿的发自内心的行为，作为自由意志的必然表现，是不能加以强制命令的。外力再大，无法强令人产生情爱；同样，已经产生的情爱，也不会因为外在压力的强大而被迫消失。陆游，这个生当理学昌盛时期的封建知识分子，没有、也不可能以足够的觉悟和勇气，去奋力抗击以母亲为代表的封建宗法势力，但在他的内心世界，却始终不停地翻腾着感情的潮水，而且，一有机会就冲破封建礼法的约束，做直接、率真的宣泄。诚如他自己说的，“放翁老去未忘情”。他年复一年地从鉴湖的三山来到城南的沈园，在愁痕恨缕般的柳丝下，在一抹斜阳的返照中，愁肠百结，踽踽独行。旧事填膺，思之凄哽，触景伤情，发而为诗。这种情怀，愈到老年愈是强烈。

陆游五十九岁这年，正隐居于故里山阴。一次夏夜乘舟中，他听到岸边水鸟鸣声哀苦，像是叫着“姑恶，姑恶”，当即联想到他和唐婉的爱情的悲剧结局，随手写下了一首五言古诗，最后四句是：“古路傍陂泽，微雨鬼火昏。君听‘姑恶’声，无乃遣妇魂？”

九年之后的一个深秋，陆游重游沈园，看到蛛网尘封中当年的题词尚在，而伊人已杳，林园易主，流风消歇，不禁怅然久之。于是写下一首感旧怀人的七律：

枫叶初丹槲叶黄，河阳愁鬓怯新霜。
林亭感旧空回首，泉路凭谁说断肠？
坏壁醉题尘漠漠，断云幽梦事茫茫。
年来妄念消除尽，回向禅龛一炷香。

晋朝的潘岳曾任河阳县令，后人遂以“河阳”来指称他。潘岳写过三首悼念亡妻的诗，在文学史上很有名。陆游的这首诗，寄托了对已故去多年的唐婉的深切怀念，同样属于悼亡性质，因而便以“河阳”自喻。诗翁满怀深情地说，林亭回首，泉路无人，如今幽冥异路，重见难期，只能心香一炷，遥遥默祷了。

陆游七十五岁这年春天，再一次来到沈园，目睹非复旧观的园亭景色，感叹好梦难寻，韶光不再，四十载倏忽飞逝，回思既往，益增唏嘘。于是，怀着更加沉痛的心情，为这位无辜被弃、郁郁早逝的妻子，写下了两首七绝：

城上斜阳画角哀，沈园非复旧池台。
伤心桥下春波绿，曾是惊鸿照影来。

梦断香消四十年，沈园柳老不飞绵。
此身行作稽山土，犹吊遗踪一泫然。

光阴易逝，诗人已届八十一岁高龄。而爱侣仳离，劳燕分飞，已经整整过去了一周甲子，连他们的最后一面，也是五十年前的旧事了；但是，唐婉的音容笑貌以及寄托着他们无限深情的沈园，却时萦梦寐。这天夜里，诗翁梦中重游了沈氏园亭，醒后写下两首纪实七绝：

路近城南已怕行，沈家园里倍伤情。
香穿客袖梅花在，绿蘸寺桥春水生。

城南小陌又逢春，只见梅花不见人。
玉骨久成泉下土，墨痕犹锁壁间尘。

对于美好的事物，人们总是无限追恋的。当残酷的现实扯碎了希望之网时，痛苦的回忆便成了最好的慰藉。一年过后，一个暗淡的秋日，他写下了一首忆旧的七绝：

城南亭榭锁闲房，孤鹤归飞只自伤。
尘渍苔侵数行墨，尔来谁为拂颓墙？

直到八十四岁高龄，他在《春游》诗中还写道：

沈家园里花如锦，半是当年识放翁。

也信美人终作土，不堪幽梦太匆匆。

在恋人的眼里，唐婉永远是美目流盼的丽人。诗中的“幽梦匆匆”，乃是追叹他们夫妇美满生活的过于短暂；“美人作土”云云，似是哀婉世间一切美好的事物总逃不脱陨灭的厄运。

犹如春蚕作茧，千丈万丈游丝全都环绕着一个主体；犹如峡谷飞泉，千年万年永不停歇地向外喷流。爱情竟有如此巨大的魅力，历数十年不变，着实令人感动。此刻的诗翁已经临近生命的终点，死神随时都在向他叩门；但是，他那深沉、炽烈、情志专一的爱的火焰，却伴随着生命之光，始终都在熠熠地燃烧着。一年过后诗翁也辞别了人世。

“尚余一恨无人会”，“但悲不见九州同”。晚岁的诗翁念念不忘沦陷的中原，念念不忘地下的唐婉。正是这两个情结，为我们留下了一个感情完整、境界高远的诗翁形象。

（1985 年初稿，1997 年二改，2014 年三改）

骆宾王祠联

一

日昨，浙江义乌作家潘爱娟女士折柬相告，骆宾王纪念馆已经落成，大厅里悬挂上由我撰拟的对联与匾额，她还拍摄了两张照片一并寄来。感慰之余，浮想联翩，绵绵思绪霎时飞扬到了数千里外的义乌江畔——

那一年出访义乌，可说是事出偶然；但我对于这里的思慕却是由来已久的。说来，人的情感的发生确也十分奥妙。比如说，对一个陌生地方的向往，常常不是像故乡那样，由于曾经同她有过长期亲密的接触，从而留存下浓烈的意缕情痕；情况恰恰相反，倒是缘悭一面者居多，纯属意念中的遐思畅想——或者肇因于一则诗文、一幅画面，或者联结着一段有趣的逸闻往事，甚至可能出自一种说不清道不明的“意绪无端”，结果弄得魂梦相牵，萦萦难以去怀。我的“义乌情结”的形成也正是这样。

大约是四十几年前吧，我在高校读书时，无意中在图书馆看到一幅中国画：开阔的江面上，一叶扁舟荡漾在金光潋滟的清波里。岸旁挺立着两株高大的乔木，红叶灼灼，像是两支硕大无朋的烛天烈炬。斜阳一抹中，整个树冠的轮廓和劲拔的躯干透出斑驳的绀紫。在一般的作品中，黄昏暮色总是被涂抹得凄清、萧瑟；老树孤村，昏鸦数点，似乎成了深秋薄暮的特有景观。可是，在这幅画面上却大异其趣，洋溢着撩荡心魂的亮色，呈现出一种格调高华的丰赡与壮美。更加显眼的是，画的左上方的“留白”处，题着一首郁达夫的七绝：

> 骆丞草檄气堂堂，杀敌宗爷更激昂。
> 别有风怀忘不得，夕阳红树照乌伤。

诗句为这幅画作加上点睛之笔，增添了特殊的艺术魅力。

义乌在公元前20年建县时，曾取名“乌伤”，源于秦孝子颜乌葬父献身，乌鸦衔泥相助，嘴为之伤的动人传说；唐高祖武德七年，改为今名。“骆丞”即“初唐四杰”之一、大名鼎鼎的骆宾王，晚年他曾做过临海县丞；“宗爷”指的是北宋抗金名将、著名民族英雄宗泽。这一文一武，都是义乌人，他们有如并峙的双峰屹立在浙中大地上。1933年晚秋，郁达夫曾有故乡之行，途经义乌，写下了这首七绝，时为11月11日。这在他的散文《杭江小历纪程》中有过记载。其时正值东北三省沦陷，祸深寇急，国运衰颓的存亡绝续之时，举国上下亟待振作精神，抒张正气，共赴时艰。也许正是出于这一考虑，诗人才想到这两位古代英灵的。

那幅国画的作者为谁，已经记不得了。可是，那丽景，那氛围，那轩昂的气势，却像刀镌斧削一般深深地刻印在脑海里。心中暗自思忖，有朝一日，一定要坐在义乌江畔，静下心来，饱看一番实实在在的红树，夕阳。

也许有人感到奇怪——几句诗文，一幅画面，就会引发出他乡游子神奇的憧憬，播下思恋的种子。其实，这种情况是所在多有的。当我还没有机缘踏上“春风十里扬州路”的时候，就已经久久地钟情于她了，原因并不复杂，只是由于“天下三分明月夜，二分无赖在扬州”这两句脍炙人口的唐诗在脑子里翻腾。我多么渴望亲自站在瘦西湖畔，五亭桥边，直接体味一番那迷人、月华如练的景色啊。还有丘迟《与陈伯之书》中“暮春三月，江南草长，杂花生树，群莺乱飞”的名句，不仅着实打动了陈伯之，重新撩拨起他的久经淡漠的故国之思；也使我这个塞外学子，在千载之下随之而心旌摇荡，尚值童稚之年，就对于祖国的江南春色满怀着无边的向往。

那次访问义乌，因为时届初夏，自然没有看到“夕阳红树”的胜景，心中未免感到几丝缺憾；但更大的收获是乘便凭吊了骆宾王的枫塘墓地，还寻访了坐落在城市公园中他的故居遗址，也算是“失之东隅，收之桑榆”吧。

二

对于骆宾王这位一千三百多年前的桑梓先贤，当地人民怀有特殊深厚的感情。他们赏赞其逸群超凡的文学天才，耿介拔俗、刚直不阿的品格，炽烈的正义感和惊人的勇气，也深情地哀悯他那充满着悲剧性的不幸遭遇。他们把这位千古奇才引为故乡的骄傲，以他的姓名命名驰誉中外的义乌小商品市场，“宾王路”、“宾王大桥”等纪念性建筑设施布满市区内外。其时，一些学者、名流正在倡议扩建骆宾王纪念公园，重修枫塘古墓，而且得到了当地政府的鼎力支持。义乌的文友知道我和他们一样尊重这位旷世英才，喜欢他，也了解他，便委托我为拟议兴建的骆宾王纪念馆撰写一副对联，我也乐于以笔墨为媒介，实现一次暌隔千古的两个灵魂的慧命交接。

骆宾王，可以说是个倒霉、晦气的文人，生前没过上几天顺心日子，迭遭不幸，备受颠折，死后却依旧得不到安宁，不停地被折腾过来折腾过去。由于受儒家正统观念所支配和政权更迭的影响，强加于他的人格面具总是在不断地变换着，时而被贬斥为“狂悖躁进，落魄无行”的狙侩之辈，时而又被尊崇为“义诛诸吕”的周勃和光复唐祚的狄仁杰一流人物。令人哭笑不得的是，连南明小朝廷的弘光帝，也要抬出这已死的亡灵来大做文章，封他为“文忠公”，还写了一篇《唐文忠公像赞》，意在以骆宾王匡扶唐室的“义举”为号召，作为苟延残喘的强心剂。

千余年来，骆宾王以一个“陪衬人”的对比角色，始终被捆绑在武则天后的“龙车凤辇”上，随着这位女皇帝的荣辱、浮沉而起伏跌宕，一忽儿鹰击长空，一忽儿鱼翔浅底。当武则天被定谳为篡位窃国，大逆不道时，他便被打扮成“心存故国，不忘旧君”的义士忠臣，一时间大红大紫，闹得沸沸扬扬；而当这位女皇帝的历史被包装成金光璀璨、振古励今的七彩华章时，骆宾王又一变而为开历史倒车的“反面人物”，以致在“大革文化命”的“史无前例”时期，竟遭到挖掘坟墓、焚毁文集的惨劫。

明末清初，有人曾为骆宾王祠题过这样一副联语：

讨伪周在窃器之初　义揭中天　奚待虞渊方夹日

恢唐室于颁文以后　功扶坠地　终教仙李再盘根

说来说去，总是重复着“功”啊“义”呀那一套用滥了的词语，脱不开“伪周”“仙李”封建传统的干系。这和前面提到的周勃、狄仁杰式的“义士忠臣”，或者什么“狙侩之辈”、“反面人物”的论定，同出一辙，都是出于一定历史条件下种种色色的现实政治需要，是由旁人强涂硬抹到他的脸上的油彩。

其实，骆宾王什么也不是，他就是他自己。他只是一个才华出众、富有文誉的大诗人，一个正气堂堂、有血有肉有骨气的男儿汉，一个行高于人、刚直不阿而饱遭忌恨、备受煎熬的悲剧人物。我们应该剥掉一切强加给他的“伪装”和“时装”，除去罩在头上的各种“恶谥”与光环，还他以本真的面目。

于是，我草拟了这样一副对联：

露重风高　一檄雄文沉巨响

潮残日暮　三生老衲向孤檠

横批是：

一代文宗

按照一般规则，联语应该对事主的多彩人生加以高度的概括，而这又是颇费周章的。因为骆宾王的阅历极为丰富，在他近七十年的生涯中，值得记述的事件不知凡几，而联语的容量十分有限，只能择取其一生中最具代表性的、最有典型意义的二三经历。由于他是一位在文学史上有着重大影响的作家，讲述他的经历又必须对应其诗文创作，使这些诗文与其生命进程的发展链条紧相联结。

经过一番覃思苦虑，我在二十二字的联语里，集中讲了他的三段经历：上联讲他的遭谗系狱和草檄声讨武则天这两件事情，其一生浮沉荣悴、祸福存亡，可以说尽系于此。将近两年的缧绁生涯，对于骆宾王无疑是一生中最惨重的打击。但是，“塞翁失马”，祸福相循，这次劫波也使他留下了一些脍炙人口的名篇，特别是五言律诗《在狱咏蝉》这样的代表作。同样，参与扬州起事，为李敬业草拟雄文劲采的《讨武瞾檄》，使他遭遇了灭顶之灾。但也正是这篇檄文，不仅使这次“昙花一现”的军事行动放射出奇异的光彩，而且，从一定意义上说，它也玉成了这位失意的文人。人以文传，骆宾王凭着这张含金量很高的“入场券”，得以跻身于伟大的文学殿堂而傲睨千古。下联主要是讲了他最后兵败“逃禅”的悲惨结局。

作为“一代文宗”，骆宾王同旧时代绝大多数文人一样，其前进道路是呈双线式发展的：在诗文创作方面获得了巨大的成功；而于仕进一途，则极为崎岖坎壈，可说是荆棘丛生，危机四伏。但这两条轨迹又是紧相纠合，密切联结，相互影响，交错进行的，而且总是呈反向发展。每当仕途颠踬，政治上备受打击、迫害的时候，创作业绩便显现直线发展的态势。这一沉一显，一起一伏，似乎相互悖反，实际上恰恰反映了诗才塑造、创作生成的规律，也从一个特定的角度，验证了骆宾王人品、文品和志行的高度统一。正是那社会的裂变、际遇的颠折和灵魂的煎熬，造就出他那义薄云天的磅礴情怀，氤氲而成一腔郁塞难抒、愤懑不平之气，为他的诗文创作提供了坚实的心理基础和内在动因，赋予他以旺盛的生命激流，持久的创造活力和空前的艺术张力。

三

西哲有句传世的名言：性格决定命运。验之于骆宾王，大体上也是准确的。从个性特征来看，他有两点非常突出，一是迂阔；二是刚直。

唐代科举场中重视私人引荐，注重考生声望，存在着请托、私谒、通关节、场外议定等流弊。小骆宾王二十多岁的陈子昂，对于“个中三昧”倒是摸得一清二楚。赴京应试时，为了扩大知名度，他特意在长安街头以重金买下一把名贵的胡琴，引起在场人群的惊异。他解释说：“我擅长此技。”人们请他当众表演一番，他说：“明天我在宣阳里举行宴会，到那里去听吧。”众人如期赴会，酒肴毕具，那把新买的胡琴也安放在那里。酒菜餍足之后，他手捧着胡琴，当众致辞：“蜀人陈子昂，有文百轴，驰走京华，风尘碌碌，不为人知。说来可叹！至于摆弄这种乐器，本是贱工之役，实在没有价值。”说罢，当众把胡琴砸碎，并将百轴诗文遍赠与会人士。一日之内，便声溢全城。（见《独异记》）可是，骆宾王对于这里面的诀窍却缺乏研究，也可能虽然了解这种流弊，但不肯屈从俯就，结果就屡挫科场。

这位七岁时就以“鹅，鹅，鹅，曲项向天歌。白毛浮绿水，红掌拨清波”的妙语天成，在乡里博得“神童”美誉的奇才，京城应试，却名落孙山。后来虽然勉强入仕，没过多久便遭到了罢黜。已经过了“而立”之年，经人举荐，充任了豫州道王府的幕僚。道王李元庆十分欣赏他的才华，特意下了一道手谕，要他“自叙所能”。岂料，这个“迂夫子”却不识时务地说，“大谈个人的长处，掩饰自己的行迹，贪禄冒进，是可耻的行径，既扰乱了邦国大计，也败坏了个人名节”，因而明确表示，不能奉命。之所以如此决绝，固然由于他看重节操远胜于追逐名利，因而面对宗室重臣的赏识提携，不为所动；也和他多年来对于官场上那种“炫媒自售”的恶习极端愤慨有直接关系，于是便借助这个喷火口，放言高论，大张挞伐。后果自然是招惹了道王的不快，此后一段时间，只能坐冷板凳了。

又过了十多年，已经年届半百的他，经过再度对策考试，被授予唐时九品三十个官阶中第二十九级的奉礼郎，虽然也算个京官，但品秩极其卑下，大约只相当于今天的小股长或者办事员吧。职责是遇有朝会与祭祀典礼时，负责君臣版位的安排和祭器的摆设，仪式开始时做些赞导与鼓吹的事。造物主也实在是有意捉弄人，竟让一位文坛巨擘整天从事这些无聊的琐事，真还不如索性回家去“扪虱”窗下。可是，饥寒累，稻粱谋，又使他下不了那个决心，只能在背后发发牢骚。

不料，即使这个小小的“芝麻官”也没有坐稳，三年过去就又遭人排挤了。

他后来曾经几度从军，但都无功而返。吏部按绩考核，量功补过，重新授职，几经曲折，终于爬上了御史台侍御史这个比较像样的位置。这是朝廷的监察官，职责是“纠举百僚，推鞫狱讼”。骆宾王一向疾恶如仇，刚直狷介，敢于秉公行事，直言纠举，现在又恰好在这个位置上，自然要不断地开罪于人。特别是当时“高宗不君，政由武氏”，他出于正义感，屡次飞章讽谏，结果遭到了武则天的忌恨，上任不到半年，这个职司纠举贪官的侍御史，就遭人构陷以莫须有的“贪黩”罪名，一变而为阶下囚。这对于视名节如生命的骆宾王来说，自是痛苦万分。狱中，他借着咏蝉来抒写自己的愤懑：

西陆蝉声唱，南冠客思侵。
那堪玄鬓影，来对白头吟。
露重飞难进，风多响易沉。
无人信高洁，谁为表予心？

蝉，在全诗中属于整体性象征，一开局便采用比兴手法，以凄婉的蝉声来领起他这身陷囹圄的囚徒（南冠）的悠悠思绪。他在想些什么呢？想的是书剑无成，半生潦倒；想的是时世艰危，仕途险恶；想的是高洁受污，沉冤莫白，前路不堪设想。由于首联像倒挽银河一般打开了阔大的局面，下面就如飞流直泻，一发而不可收。次联的特色是物我合一，一句说蝉，一句讲他自己。此际，骆宾王已是满头白发，自然会感叹大好年华在多重的政治磨难中黯然消逝。三联纯用比体，表面说蝉，实际上是暗喻社会人生，也正是他悲惨遭际的写照。“风多”、“露重”是说政治环境的恶劣；“飞难进”说他仕途艰难；“响易沉”比喻言论上受钳制，也说明苦心进谏并没有获得丝毫的效果。最后以问句作结，造语凄凉。在举世皆浊的大环境中，纵然像秋蝉那样餐风饮露，也无人信其高洁，没有谁会为之辩诬、昭雪的。到头来，只能和这高洁的鸣虫相濡以沫，惺惺相惜了。

四

骆宾王在狱中已经过了花甲之年，赶上唐高宗立英王为皇太子，大赦天下，侥幸获释，第二年夏天出任临海县丞。又过了两年，高宗驾崩，太子嗣位，是为中宗，尊武则天为皇太后。这个权欲极强，野心忒大的女人，先王在世时就已久操国柄，现在，哪里肯把朝政合盘交出！于是，找个借口，废中宗为庐陵王，另立幼子为帝。这样，她就实实在在地总揽了朝纲。一时，武氏私党气焰熏天，诬陷、告密之风盛炽，酷吏横行，用刑日滥，李唐宗室和元老勋臣诛戮殆尽，到处笼罩着一派恐怖气氛。

这一年的春天，骆宾王因事晋京，耳濡目染了这般般情事，心中像打翻了五味瓶，凄苦难言，从他《与程将军书》中也许可以窥知一二：“万里烟波，举目有江山之恨；百龄心事，劳生无晷刻之欢。”实在是伤心人语。在返回临海途中，得知原眉州刺史李敬业兄弟准备在扬州举兵起事，他激于冲天的义愤，当即主动投军，共同密商讨伐武后的大计，并以艺文令的身份，起草了檄文，传布各个州县，号召天下勤王，匡复唐室。

实际上，朝廷权力的争夺与转移，对骆宾王来说，原本没有直接的利害关系，几十年间，李唐王朝并没有给过他玉堂金马，高官厚禄。他之所以慷慨从征，自是基于反抗邪恶势力与残暴统治的强烈的正义感和“经国济民”的参与意识，当然，封建士子的正统思想和伦常观念也起了一定的心理支撑作用。

以他那种激扬踔厉的气质，怎堪如此长时间的沉沉重压！在看似静默中，一种郁勃已久的生命激潮，正狂奔怒涌般鼓荡在渊深的灵府里，等待着一场极度残酷的野性搏击。时机终于来到了，个体生命的强悍张扬，人格气质的直接外化，总算有了着落。他悲慨，他震怒，他把满腔怨愤全部倾泻到这篇战斗的檄文里，嬉笑怒骂，恣肆披猖，词锋锐利，气势雄浑。正如郁诗所言："骆丞草檄气堂堂。"一个"气"字包容着丰富意蕴：正气堂堂，元气淋漓，怒气贲张。因此，檄文一出，就像震天号角一般，发挥出极大的鼓动作用。

檄文从武则天的出身、品性讲起，胪列她的种种秽行劣迹和残害勋臣、窥伺神器的阴谋祸心，在"用事实说话"的前提下，极力铺陈，层层剖断，剥去其"母仪天下"的伪装，破除那些不明真相的人对"天后"的偶像崇拜。而当谈到当朝公卿将相所肩负的责任时，则词严义正，合情入理，极具感染力、说服力。文中说，诸公世袭爵禄，或与皇室为宗亲，或曾受命于朝廷，值此高宗坟土未干，中宗就被废逐的艰危时世，你们自应"共立勤王之勋，无废旧君之命"。

据说，武则天初览檄文，还不动声色，及至读到"言犹在耳，忠岂忘心；一抔之土未干，六尺之孤安在？"不禁为之击节感叹，说："人有如是奇才，而使之沦落不偶，宰相之过也！"当然，这也不过是自我解嘲，或者一时动情说说而已，奸雄欺人，大抵如此。她早已把这个"糟老头儿"恨得牙痒痒的，一旦抓到手，不把他千刀万剐才怪呢。不信，且看扬州起兵失败后，她是如何疯狂报复，残酷镇压的。对于参与起事的，不问主从轻重，一律诛杀务尽，连已经死去二十七年的勋臣李勣都不放过，只是因为他是李敬业的祖父，也要毁坟戮尸，哪里表现出半点的豁达胸怀和容人雅量！

早于"天后"四百七十年的曹丞相，有时也要扮扮"红脸儿"，他不也曾极度赞赏过孔融、杨修、祢正平的才华吗？可是，这些人的下场如何？还不一个个直接或间接地成了他的刀下之鬼！不该否认，一些明智的君主爱惜人才是真，但他们所看重的往往不是“具体的人”，而是人才的实用价值——有利于巩固他们的统治。前提条件必须是为我所用，供我驱使。当他们发现情况与此相悖时，总是要一杀了事。过去两军交战，粮草是至关重要的，所谓“大军未动，粮草先行”。但是，待到此地无法落脚必须撤离时，首先就要忍痛把它烧掉，再有用也不能留下。原因何在？防其资敌也。人才的情况也是如此。

扬州起事的军队，尽管檄文中称为“铁骑成群，玉轴相接”，尽管满怀着必胜信念，声言“试看今日之域中，竟是谁家之天下”，但众寡之势悬殊，加上决策出现某些失误，面对着武则天几十万大军的围剿夹击，不出三个月就土崩瓦解了。“一檄雄文”也随之而沉咽了它的宏音巨响。

五

关于扬州兵败后骆宾王的结局，史书上记载得非常简略，只说是“敬业败，宾王亡命，不知所之”。结果，千余年来，聚讼纷纭，产生多种多样的说法。大别之有三类：一说为其部将斩杀；一说投水自尽——应了他从前的诗谶：“倏忽抟风生羽翼，须臾失浪委泥沙”；一说匿迹潜逃。

我相信最后一种说法。唐中宗复位后，朝廷曾责令郄云卿搜集骆宾王的诗文，并结集印行。郄在文集序言中有“兵事既不捷，因致逃遁”的话。郄云卿与骆宾王同时而稍后，而且是奉旨寻查，他的结论应该有足够的根据。至于逃亡的下落，也所传不一，传播最广、影响最大的是遁入空门，即“灵隐为僧”说。唐人孟棨《本事诗·征异》

中记载过这样一个故事：

宋之问（初唐诗人）被贬黜后放还，游览杭州西湖的灵隐寺。夜月通明，他在长廊里乘兴行吟，以《灵隐寺》为题，吟成了起句“鹫岭郁岧峣，龙宫隐寂寥”，下一联却苦吟至再，终不如意。这时，发现一位老僧，点长明灯，坐大禅床。接谈之后，老僧帮他续就：“楼观沧海日，门对浙江潮。”之问听了，异常惊愕，没想到这个方外之人竟有如此高的诗才。接下去就顺势展开，斐然成篇。但老僧的续句，实为全诗之警策。次日清晨，披衣往访，则不复见矣。经过问询寺里的人，才知那位老僧原来就是名闻四海的骆宾王。这样一个难得的机缘，竟然交臂失之，宋之问感到深深的怅悔。

有人对此表示怀疑：骆宾王诗集中载有两三首赠宋之问的诗，说明他们过去有过交往，日后邂逅灵隐，竟然晤面不识，似乎有悖常理。但是，见过面就能永记不忘吗？岁月淹忽，世事沧桑，形貌发生变化是必然的，即使早年见过面，打过交道，此刻，月下猝然相逢，很难说就一定能够辨认出来。何况，社会上早已传闻骆宾王兵败伏诛，纵然尚在人间，又怎会想到他已出家，且在灵隐！

《本事诗》中这段故事，曾被宋、元之后的文人多次引用。我在联语里也檃栝了这则逸闻，并借助骆宾王续句中的“沧海日”与“浙江潮”两个意象，以“潮残日暮”象征其悲剧下场。“老衲”且又“三生”，意在表明其僧人身份，暗喻他有佛禅夙缘。“孤檠”独对，寂寥自不堪言，回思既往，一起举兵起事的志士仁人，都已化身泉壤，只剩下自己还在窃延残生，看来时日也无多了。

提到骆宾王的结局，自然要涉及他的葬身之地。《骆氏宗谱》中收录一篇明万历四十六年的序言，内有“先生潜迹灵隐，终归于家，葬邑东三十里上枫塘之原”的记载，这里指的就是义乌的枫塘古墓。而明人朱国桢《涌幢小品》中却记述，一曹姓农民于正德年间在江苏南通城东黄泥口发现了骆宾王墓。消息传出，远近轰动，有人写了四首《骆宾王遗墓诗》，各地文人纷纷步韵奉和，多达一百九十余首。足证后人对于这位悲剧人物是无限景仰和殷殷眷注的。

六

骆宾王关于“逃禅”的选择，总的可说是不得已而出此。因为他是一个极端热衷世务，勇于任事，不甘沦落的人。闻一多先生称他“天生一副侠骨，专喜欢管闲事，打抱不平，杀人报仇”，是一个“久历边塞而屡次下狱的博徒革命家”。这是很准确的。你看他从军巴蜀期间，偶然遇见友人卢照邻的情妇郭氏，听她哭诉了与卢的恋情以及卢忘情负心的衷曲，当即写了一首《艳情代郭氏赠卢照邻》的长诗，意在以情动人，希望卢回心转意。与此堪称姊妹篇，他还写过《代女道士王灵妃赠道士李荣》一诗，同样是为痴情女子打抱不平的。说明他富有同情心，情感非常丰富。

但他还有另一面，你看那首《于易水送人》诗：

> 此地别燕丹，壮士发冲冠。
> 昔时人已没，今日水犹寒。

是不是有些寒气袭人，凛然肃杀之气？还有那首扬州起事时写的《在军登城楼》，该是何等激扬壮烈，意气风发：

> 城上风威冷，江中水气寒。
> 戎衣何日定，歌舞入长安。

很难设想，这样一个豪情四溢、浑身冒火的热血男儿，当遭遇挫折之后，会心志全灰，遁入空门。其实，这里恰恰表明了人性的复杂，情感的跃动；也反映出古代中国文化传统在封建士子身上的深重印痕。中国古代的知识分子，把“达则兼济天下，穷则独善其身”，作为终生奉行的立身方略。一方面，他们深受儒家正统观念的影响，满怀着立功名世的抱负，社会责任感和担当意识十分强烈；另一方面，由于世事的艰危、命运的难于把握，他们又往往向老庄与佛禅寻求逃避磨难的精神逋逃薮，直至作为终老的栖身之地。

过去有“英雄回首即神仙”的说法。一些盖世豪杰，名王宿将，当他们彻悟人生，名心荡尽，或者面临着致命威胁，走投无路的时候，常常会撒手红尘，选定佛门这个括地涵天、大而无外的避难所。骆宾王是这样，根据传说，明初的建文帝，明末的李闯王，走的都是这条路。

从功业的角度来衡量，骆宾王无疑是一个彻底的失败者。但他的诗文杰作，却如杜甫所言，是“不废江河万古流”，长存未泯的。过去，人们习惯以成败论英雄，其实，这是大可以研究的。成败的关键常常取决于外在条件，外在条件不同，人生机遇各异，结局必然不同。也正因为如此，功业、建树、贡献，往往难以比并；但是，“人皆可以为尧舜”，就是说，高尚的情操，正直的品格，作为人人都应具备的内在条件，却是可以效法的。由于“历史存在依人不依事，人永可以存在”，所以“我们要看重人，拿人来做榜样，做我们一个新的教训新的刺激”。(钱穆语)

骆宾王不仅以其出色的诗文，光耀文学史册，而且，还是一位敢爱敢恨、无所畏惧的勇士。在他的身上，充溢着那么一种骨气，一种正气，一种侠气，一种值得称道的高尚品格。我想，这也正是世人、特别是家乡人民热爱他、尊重他的根本原因吧？

情在不能醒

一

初秋的傍晚，清爽中已经微微地透着一些凉意了。我信步走进京西阜成门外的紫竹院公园，拣了个视野开阔的地方坐了下来。斜晖一抹，弥望里，翠篠娟娟，晴波滟滟，整个园林显现出一种萧疏之美。这情调，这景色，正契合了我此时的心境。我张大了眼睛向四下里瞭望——我在刻意地搜寻着，不，应该说追寻着纳兰公子当日在此间“夜伴芳魂，孤栖僧寺”的踪迹。

时光毕竟已经流逝三百多年了。明明知道，失望在等待着我，到头来只能是满怀惆怅，一腔的憾惋。无奈，感情这个东西从来就是这样的不可理喻。临风吊古，无非是寄慨偿情，实质上是一种释放，有谁会死凿凿地期在必得呢？

尽管岁月的尘沙已经吞蚀了一切，不要说佛堂、梵刹踪迹全无，就是断壁残垣、零砖片瓦也已荡然无存，甚至连僧寺的遗址所在也难于确切地指认了；但是，我还是执拗地坐在这里，出神地遐想，从咀嚼“淅沥暗飘金井叶”、“经声佛火两凄迷”的纳兰词句中，体味他的凄恻幽怀，感受当时的苍凉况味。

这里原是明代一个大太监的茔墓地，万历初年在上面建起了一座双林禅院。清康熙十六年五月，纳兰性德的妻子卢夫人病逝后，灵柩暂时停放在禅院中，直到第二年初秋入葬纳兰氏祖茔皂荚村为止。这个期间，痴情的公子多次夜宿禅林，陪伴夜台长眠的薄命佳人度过那孤寂凄清的岁月。

忆生来，小胆怯空房。到而今，独伴梨花影，冷冥冥，尽意凄凉。

他知道爱妻生性胆小怯弱，连一个人独自在空房里都感到害怕，可如今却孤零零地躺在冰冷、幽暗的灵柩里，独伴着梨花清影，受尽了暗夜凄凉。

夜深了，淡月西斜，帘栊黝暗，窗外淅沥萧飒地乱飘着落叶，满耳尽是秋声。公子枯坐在禅房里，一幕幕地重温着当日伉俪情深、满怀爱意的场景，眼前闪现出妻子的轻颦浅笑，星眼檀痕。他眼里噙着泪花，胸中鼓荡着锥心刺骨的惨痛，就着孤檠残焰，书写下一阕阕情真意挚、凄怆悱婉的哀词，寄托其绵绵无尽的刻骨相思。

心灰尽，有发未全僧。风雨消磨生死别，似曾相识只孤檠。情在不能醒。

生死长别，幽冥异路，思恋之情虽然饱经风雨消磨，却一时一刻也不能去怀。他已经完全陷入无边的痛苦之中而不能自拔，迷离惝恍，万念俱灰。除了头上还留有千茎万茎的烦恼丝，已经同斩断世上万种情缘的僧侣们没有什么两样了。

一阕《浪淘沙》更是走不出感情的缠绕：

闷自剔银灯，夜雨空庭。潇潇已是不堪听。那更西风不解意，又做秋声。　　城柝已三更，冷湿银屏。柔情深后不能醒。若是情多醒不得，索性多情！

情多、多情，醒不得、不能醒……回旋婉转，悱恻缠绵。沉酣痴迷，已经到了无以自解的程度。深悲剧痛中，一颗破碎的心在流血，在发酵，在煎熬。

纳兰的妻子不仅姣好美艳，体性温柔，而且高才夙慧，解语知心。婚后，两人相濡以沫，整天陶醉得像是腌渍在甘甜的蜜罐里。随着相知日深，爱恋得也就越发炽烈。小小的爱巢为纳兰提供了摆脱人生泥淖、战胜孤寂情怀的凭借与依托。任凭它外间世界风狂雨骤，朝廷里浊浪翻腾，于今总算有了一处避风的港湾，尽可以从容啸傲，脱屣世情，享受到平生少有的宁帖。

在任何情况下，意中人乐此不疲的相互欣赏，相互感知，都是一种美的享受。朝朝暮暮，痴怜痛爱着的一双可人，总是渴望日夜厮守，即便是暂别轻离，也定然是依依相恋，难舍难分。有爱便有牵挂，这种深深的依恋，最后必然化作温柔的呵护与怜惜，产生无止无休的惦念。纳兰这样摹写将别的前夜：

画屏无睡，雨点惊风碎。贪话零星兰焰坠，闲了半床红被。生来柳絮飘零，便教咒也无灵。待问归期还未，已看双睫盈盈。

夫妻双双不寐，絮语绵绵，空使灯花坠落，锦被闲置。他们也知道，这种离别皆因王事当头，身不由己，祷告无灵，赌咒也不行，生来就是柳絮般漂泊的命了。既然分别已无可改变，那就只好预问归期了，可是，她还没等开口，早已就秋波盈盈，清泪欲滴了。一副小儿女婉媚娇痴之态，跃然纸上。

二

在旧时代，即使是所谓的“康熙盛世”，青年男女也没有恋爱自由，只能像玩偶似的听凭父母之命、媒妁之言的随意摆布；至于皇亲贵胄的联姻往往还要掺杂上政治因素，情况就更为复杂了。身处这样的苦境，纳兰公子居然能够获得一位如意佳人，实现美满的婚姻，不能不说是一桩幸事。不过，“造化欺人”，到头来他还是被命运老人捉弄了——称心如意的偏叫你胜景不长，彩云易散。一对倾心相与的爱侣，不到三年时光，就生生地长别了，这对纳兰公子无疑是一场致命的打击。

脉脉情浓，心心相印，已经使他沉醉在半是现实半是幻境的浪漫主义爱河之中，想望的是百年好合，白头偕老。而今，一朝魂断，永世缘绝——这个无情的现实，作为未亡人，他是无论如何也接受不了的。因而，不时地产生幻觉，似乎爱妻并没有长眠泉下，只是暂时分手，远滞他乡，“影弱难持，缘深暂隔，只当离愁滞海涯”；他想象着会有那么一天：“归来也，趁星前月底，魂在梨花。”当这一饱含着苦涩味的空想成为泡幻之后，他又从现实的想望转入梦境的期待，像从前的唐明皇那样，渴望着能够和意中人梦里重逢。虽然还不是“悠悠生死别经年，魂魄不曾来入梦”，但却总嫌梦境过于短暂，惊鸿一瞥，瞬息即逝，终不惬意。

一次，他梦见妻子淡妆素服，与他执手哽咽，临行时吟出两句诗：“衔恨愿为天上月，年年犹得向郎圆。”醒转来，他悲痛不已，题写了一首《沁园春》词：

瞬息浮生，薄命如斯，低徊怎忘？记绣榻闲时，并吹红雨，雕阑曲处，同倚斜阳。梦好难留，诗残莫续，赢得更深哭一场。遗容在，只灵飙一转，未许端详。　　重寻碧落茫茫。料短发、朝来定有霜。便人间天上，尘缘未断；春花秋叶，触绪还伤。欲结绸缪，翻惊摇落，两处鸳鸯各自凉。真无奈，把声声檐雨，谱出回肠。

这样一来，反倒平添了更深的怅惋。有时想念得实在难熬，他便找出妻子的画像，翻来覆去地凝神细看，看着看着，还拿出笔来在上面描画一番，结果是带来更多的失望：

凭仗丹青重省识，盈盈，一片伤心画不成。

他几乎无时无日不在悲悼之中，特别是会逢良辰美景，更是触景神伤，凄苦难耐。

辛苦最怜天上月。一昔如环，昔昔都成玦。若似月轮终皎洁，不辞冰雪为卿热。

面对银盘似的月轮，他凄然遐想：这月亮也够可怜的，辛辛苦苦地等待着，盼望着，可是，刚刚团圆一个晚上，而后便夜夜都像半环的玉玦那样亏缺下去。哎，圆也好，缺也好，只要你——独处天庭的爱妻，能像皎洁的月亮那样，天天都在头上照临，那我便不管月殿琼霄如何冰清雪冷，都要为你送去爱心，送去温暖。

目注中天皎皎的冰轮，他还陡发奇想：妻子既然“衔恨愿为天上月”，那么，我若也能腾身于碧落九天之上，不就可以重逢了吗？可是，稍一定神，这种不现实的想望便悄然消解了——这岂是今生可得的？

海天谁放冰轮满，惆怅离情。莫说离情。但值凉宵总泪零。只应碧落重相见，那是今生！可奈今生。刚作愁时又忆卿。

人处在幸福的时光，一般是不去幻想的，只有愿望未能达成，才会把心中的期待化为想象。纳兰公子就正是这样。当他看到春日梨花开了又谢的情景，便立刻从零落的花魂想到冥冥之中“犹有未招魂”，想到爱侣，期待着能够像古代传说中的“真真”那样，昼夜不停地连续呼唤她一百天，最后便能活转过来，梦想成真。于是，他也就：

为伊判作梦中人，长向画图清夜唤真真。

妻子的忌日到了，他设想，如果黄泉之下也有阳世间那样的传邮就好了，那就可以互通音讯，传寄信息，得知她在那里生活得怎么样，与谁相依相伴，有几多欢乐、几多愁苦：

重泉若有双鱼寄，好知他年来苦乐，与谁相倚？

情到深处，词人竟完全忽略了死生疆界，迷失了现实中的自我。意乱情迷，令人唏嘘感叹。一当他清醒过来，晓得这一切都是无效的徒劳，便悲从中来，辗转反侧，彻夜不能成眠。但无论如何，他也死不了这条心，便又痴情想望：今生是相聚无缘了，那就寄希望于下一辈子，“待结个他生知己”；可是，“还怕两人俱薄命，再缘悭、剩月零风里”——像今生那样，岂不照例是命薄缘浅，生离死别！

他就是这样，知其不可而为之，非要从死神手中夺回苦命的妻子不可。期望——失望——再期望——再失望，一番番的虔诚渴想，痛苦挣扎，全都归于破灭，统统成了梦幻。最后，他只能像一只遍体鳞伤的困兽，卧在林荫深处，不停地舐咂着灼痛的伤口，反复咀嚼那枚酸涩的人生苦果。

他正是通过这种层层递进的痴情泛溢，这种超越时空的内心独白，这种了无遮拦的生命宣泄，把一副哀痛追怀、永难平复的破碎的情肠，将一颗永远失落的无法安顿的灵魂，一股脑地、活泼泼地摊开在纸上。真是刻骨镂心，血泪交迸，令人不忍卒读。

三

不堪设想，对于皈依人间至纯至美的真情的纳兰来说，失去了爱的滋润，他还怎能存活下去？爱，毕竟是纳兰情感的支柱，或者说，纳兰的一生就是情感的化身。他是一个为情所累，情多而不能自胜的人。他把整个自我沉浸在情感的海洋里，呼吸着，咀嚼着这里的一切，酿造出自己的心性、情怀、品格和那些醇醪甘露般的千古绝唱。他为情而劳生，为情而赴死，为了这份珍贵的情感，几乎付出了全部的心血与泪水，直到最后不堪情感的重负，在里面埋葬了自己。

这种专一持久、生死不渝、无可代偿的深爱，超越了两性间的欲海翻澜，超越了色授魂与，颠倒衣裳，超越了任何世俗的功利需求。这是一种精神契合的欢愉，永生难忘的动人回忆、美好体验和热情期待，一朝失去了则是刻骨铭心的伤恸。

情为根性，无论是鹣鲽相亲的满足，还是追寻于天地间而不得的失落，反正纳兰哭在、痛在、醉在他的爱情里，这是他心灵的起点也是终点，在这里，他自足地品味着人生的千般滋味。

生而为人，总都拥有各自的活动天地，隐藏着种种心灵的秘密，存在着种种焦虑、困惑与需求，有着心灵沟通的强烈渴望。可是，实际上，世间又有几人能够真正走入自己的梦怀？能够和自己声应气求，同鸣共振？哪里会有“两个躯体孕育着一个灵魂”？“万两黄金容易得，知音一个也难求！”即使有幸偶然邂逅，欣欣然欲以知己相许，却又往往因为横着诸多障壁，而失之交臂。

当然，最理想的莫过于异性知己结为眷属，相知相悦，相亲相爱，相依相傍。但幸福如纳兰，不也仅是一个短暂而苍凉的“手势”吗？

不过，也多亏是这样，才促成纳兰以其绝高的天分、超常的悟性，把那宗教式的深爱带向诗性的天国；用凄怆动人的丽句倾诉这份旷世痴情。有人说，一个情痴一台戏。作为情痴的极致，纳兰性德在其短暂生涯中，演足了这出戏，也写透了这份情。“情在不能醒”，多少为情所困的痴男怨女，千百年来，沉酣迷醉在他的诗句之中。

艺术原本是苦闷的象征。《老残游记》作者刘鹗有言：

> 灵性生感情，感情生哭泣。《离骚》为屈大夫之哭泣，《庄子》为蒙叟之哭泣，《史记》为太史公之哭泣，《草堂诗集》为杜工部之哭泣。
>
> 王实甫寄哭泣于《西厢》，曹雪芹寄哭泣于《红楼梦》。

那么，纳兰性德呢？自然是寄哭泣于《饮水词》了。

作为一位出色的词人，纳兰公子怀有一颗易感的心灵，反应敏锐，感受力极强，因而他所遭遇与承受的苦闷，便绝非常人所可比拟。为了给填胸塞臆的生命苦闷找出一条倾泻、补偿的情感通道，他选定了诗词的形式，像“神瑛侍者”那样，誓以泪的灵汁浇灌诗性的仙草。

在经历过深重难熬的精神痛苦之后，词人不是忘却，也没有逃避，而是自觉强化内心的折磨，悟出人生永恒的悖论，获取了精神救赎的生命存在方式。在这里，他把爱的升华同艺术创造的冲动完美地结合起来，以诗意般的情感化身展现出生命的审美境界，把个体的生命内涵表现得淋漓尽致，从而结晶出一部以生命书写的悲剧形态的心灵史，它真纯、自然、深婉、凄美，突破了时空限制，具有永恒的价值。

纳兰公子是“性情中人”，有一颗平常心。他听命于自己内心的召唤，时刻袒露着真实的自我，在污浊不堪的“乌衣门第”中，展现出一种新的人格风范。他以落拓不羁的鲜明的个性之美和超尘脱俗的人格魅力，以其至真至纯的清淳内质，感染着、倾倒着后世的人们。尽管他像夜空中一颗倏然划过的流星，昙花一现，但他的夺目光华却使无数人为之心灵震撼。他那中天皓月般的皎皎清辉，荡涤着、净化着也牵累着、萦系着一代代痴情儿女的心魂，人们为他而歌，为他而泣，为他的存在而感到骄傲。

在今天，纳兰实际上已成为解读诗性人生的一种文化符号，有谁不为这种原始般的生命虔诚而永远、永远地记怀着他。难怪他在京华年少中拥有那么庞大的追星族。当然，也不限于北京，就在我的身边也同样存在。那天，应邀在市图书馆举行《纳兰性德及其饮水词》讲座，我刚刚走下讲台，就见听众席上走出一个女孩子，递过来一摺纸页。打开一看，原来是一首即兴诗：

> 从他身上／看到自身存在的根源／据说／他／就在我的前边／距离不近／可也不能算远／往事虽在时间之外／空间代价却是时间／只要一朝／获得超光的时速／那就坐上飞船／追寻历史／赶上三百年前／参加过渌水亭诗会／再在太空站上／共进晚餐——我和纳兰

清代学人陈其泰评论《红楼梦》时说过：“宝玉温存旖旎，直能使天下有情人皆为之心死。”那他比起纳兰公子，又怎样呢？

第二辑　欲望的神话

欲望的神话

一

西哲有言，人在根本上看，不过是活脱脱的一团欲望和需要的凝聚体。还说，人类现有的文明，是建立在人类自身进取的本性和欲望的扩张之上的。就是说，生而有欲，原是人之本性；这种本性的升华——欲望的扩张，促进了人类文明的发展，社会的进步。看来，不加分析地、一概地否定欲望与需求，既不符合人性自身的实际，更有悖于几千年来人类文明发展的规律。不过，任何事物，都有一个限度。度，规定了事物的本质，也决定着发展的方向。欲求，自然也不例外。

人的生命有涯而欲求无涯，以有涯追逐无涯，岂不危乎殆哉？遗憾的是，这个道理世人皆知，并且无不认同；然而，举世却少有自觉抑制欲求而知止足者。这就叫矛盾，就叫悖论。

鲁迅先生说过：

> 中国人有一种矛盾思想，即是：要子孙生存，而自己也想活得很长久，永远不死；及至知道没法可想，非死不可了，却希望自己的尸身永远不腐烂。

我以为，号称“千古一帝”的秦王嬴政，就是这种“中国人”的一个典型代表。

秦始皇的欲望真是多极了，大极了：既要征服天下，富有四海，又要千秋万世把嬴秦氏的“家天下”传承下去；既要一辈子安富尊荣，尽享人间的快乐，又要长生不老，永远不同死神打交道；即便是死，也要尸身不朽，威灵永在，在阴曹地府继续施行着他的统治。难为他，想象力竟然如此发达，制造出了一个举世无与伦比的欲望的神话。

宋代诗人陆游有一句非常形象而又意味深长的诗：“利欲驱人万火牛。”说是在欲望的驱使下，人就像有万条“火牛”在屁股后面顶撞着，疯狂地奔逐，拼命地追赶，什么饥寒劳累，崎岖险阻，哪怕是破头流血，甚至于拼上一条命，也全不在乎。

“火牛”是古代的一种军事进攻方法。战国时期，齐将田单曾用“火牛阵”大破燕军。当时，他集中了一千多头牛，每个牛角上缚以利刃，又把灌上膏油的麻、苇等易燃物紧束于牛尾。日落黄昏之时，田单聚集五千壮卒，以五色涂面，各执利器跟随牛后。然后，将牛群驱向燕军营中，点燃起牛尾上浸油的扫把。尾部被火烧痛，牛群激烈奔逐，角刃所触，非死即伤，燕军自相践踏，惨遭败绩。

用陆老诗翁说的这种情境来状写秦王狂妄无度、无极无止的欲望，可说是恰中肯綮。

秦王嬴政首要的欲望是征服四海，统一天下。这盘棋下得很漂亮。从公元前 230 年扑灭韩国，到公元前 221 年吞并强齐，十年时间，采用“远交近攻”的战略，把割据称雄的六国群雄一个个吃掉，最后，建立起中国历史上第一个大一统的封建王朝。

他自认已经德侔“三皇”、功迈“五帝”，遂设想将这两种称号兼备于一身，而称为“皇帝”，并在前面冠上一个“始”字。“始”者，开山鼻祖之谓也。一则，说他是中国皇帝之首创；二则，意味着嬴秦氏的“家天下”，万世鸿猷肇基于此。于是，颁布命令说：“朕为始皇帝，后世以计数，二世、三世至于万世，传之无穷。”

要实现这一至高无上的终极目标，就必须彻底消灭一切可能危及其专制统治的政治势力。为此，对外连年频繁用兵，调遣数十万大军，三次征伐岭南，占领包括现今两广地区及越南北部的“百越之地”，无限度地扩张疆土。如同西汉文章大家贾谊在《过秦论》中所形容的：“振长策而御宇内，吞二周而亡诸侯，履至尊而制六合，执捶拊以鞭笞天下，威振四海。”

他听信了装神弄鬼的方士关于“亡秦者，胡也”的进言，以为防备匈奴的侵扰是当务之急，遂派遣大将蒙恬率领三十万军队，北出朔漠，追击匈奴七百余里，收复被占领的一切失地；并把昔日秦、赵、燕各国所筑长城加以修缮，连接成西起甘肃临洮、东至辽东边陲的万里长城。建立起一个疆域空前广阔的东到东海以及朝鲜，西至临洮、羌中，南到日南郡北户，北方据守黄河以为关塞，依傍着阴山，一直到辽东的以汉族为主体的多民族的封建大帝国。

为了加强中央集权，秦始皇否定了丞相王绾提出的恢复分封制的主张，实行郡县制，分天下为三十六郡。郡置郡守，县置县令，中央设立“三公九卿”，协助皇帝处理政治、军事、经济等事务。这一政治体制，加强了皇帝对政权的有效控制，开创了帝权独揽的封建专制主义的先河。

与此同时，为了防止敌对势力的滋生，他还下令毁掉各地的城池，屠戮天下豪杰之士，收缴全国各地的兵器，把它们聚集在咸阳，统一销毁，熔铸成乐器和十二座铜人，借以消除各种潜在的反抗力量。为了便于朝廷控制，还把关东六国的贵族、豪富十二万户，统一迁徙到秦都咸阳附近，随时侦察他们的动静。并以咸阳为中心，修筑了两条驰道：一条东通海边，一条南入吴楚，以便哪个地方一旦发现叛乱动向与苗头，即能迅速调动军队前去弹压。

他采纳了丞相李斯的主张，下令除医药、卜筮、种植之书和秦国史书外，其他书籍一律烧毁。对于相聚讨论诗书者，在市上处死；推崇古代、诽谤当世的，诛杀全族；知情而不检举者，以同罪论。一年过后，由于发生了议论皇帝“天性刚戾、以刑杀为威”的方士相率叛逃的事件，始皇帝遂迁怒于儒生，以“或为妖言以乱黔首”的罪名，活埋了四百六十多人，制造了历史上首例“焚书坑儒”事件。

这样，就更加激起了人们的反抗。谤议丛生，谶言风起。有人在流星陨石上写下了“始皇帝死而地分”的话。他遂派遣御史逐户审问、搜查，弄不清楚来由，便把住在陨石附近的所有居民，统统抓起来杀掉。紧接着，又有使者报称，有人散布“今年祖龙死”的言论，这进一步加剧了他求生畏死、希冀长生的欲望。

二

其实，期望也好，欲求也好，终归只是一厢情愿，能否付诸实现，并不是个人的主观意志所能主宰的。况且，从根本上说，欲望即是痛苦。纵使某种欲望有幸得以达成，也会迅即进入一种饱和状态，随之惬意的快感也就失去。因为占有的结果，即意味着它的刺激能量的消逝。于是，欲望、需求之火，便会以新的形态重新燃起，否则，寂寞、空虚、无聊，就会迎面袭来。燃烧，熄灭，失落，再燃烧，一辈子陷在这种循环圈里不能自拔。像德国人生哲学家叔本华所说的，“举凡人生，皆消耗殆尽于欲望和达到欲望这两者之间”。

秦始皇就正是这样。

他既平六国，“凡平生志欲无不遂，唯不可必得志者，寿耳”。（清人丘琼山《纲鉴合编》）于是，“生在地上想上天，做了皇帝想成仙”，便成了秦始皇的终极追求。他不相信“死生有命，富贵在天”的宿命论，决意冲破人生百岁的寿命大限，实现长生不老，纵令做不到“王母桃花千遍开”（三千年开一次），起码也要像传说中的彭祖那样，活上个千八百岁。

一些方士遂投其所好，编织神仙下凡的神话，声称海上有仙人仙药，结缘仙人、服食仙药，便可永远健康，长生不死。为此，始皇帝便四出巡行，访药求仙。

他先是仿效黄帝，出巡陇西、北地，登上了鸡头山；向往着周穆王，要像他那样，驾八骏之车，访求神仙，会西王母于瑶池之上。尔后，又率领大队人马前往东方的渤海巡游。他站在芝罘岛上，纵目观览，但见云海迷茫中，隐现着山川人物、殿阁楼台，不禁心驰神往。方士们为了迎合其渴望长生的心理，将这种“海市蜃楼”景象说成是人间仙境。齐地的方士徐福更是趁便上书，侈谈海上有蓬莱、方丈、瀛洲三座仙山，上面住着神仙，有长生不老之术，请求皇帝准许他斋戒沐浴之后，带领童男童女入海求仙。秦始皇全部信以为真，迅速组织大批童男、童女，跟随徐福乘船出海，觅求长生不老之术。

不久，徐福回来诉说，海神已经见到，但嫌礼数不周，品物单薄，拒绝赐予仙药。对于这种明眼人一听就能识破的谎言，欲令智昏的始皇帝却深信不疑，赶忙增派童男童女三千人，以及大量工匠、技师，还带上了各种谷物的种子，统统交给徐福，让他再度率船出海。为着尽早听到“福音”，始皇帝便在东海之滨静候了三个月，最后也不见徐福的踪影，才怅然返驾回銮。

紧接着，又开始了第三次出巡，首途辽西，沿渤海湾前行，抵达碣石山。他指派燕地的方士卢生，去寻访羡门、高誓这两个据说成仙得道、长生不老的仙人，还派遣韩终、侯公、石生等人，继续蹈海穿波，寻求长生不老之药，自然最终都一无所获。后来，卢生终于传递来信息：寻找灵芝奇药和神仙、法术，之所以总是不能奏效，是由于途中有“异类”作祟，妄图伤害皇帝和求仙者。

为此，他们建议，需要改变以往的做法。皇帝应该秘密进出，行踪与驻地不能让任何人知道，以躲避恶鬼的袭击。这样，那些沉水不会濡湿、入火不会烫伤，驾着云气在天空里游行，寿命和天地一样长久的“真人”，才会悄然降临。于是，始皇帝下令在咸阳广建宫观楼阁，并以天桥、复道相连，以便皇帝秘密巡行其中，住所、行踪绝对保密，有不慎泄露者立即处死。

第五次出巡，再次来到山东琅琊。始皇帝一直惦记着徐福入海求仙的事情，刚一到达，便传唤他前来复命。徐福担心会因为一无所获而招致重谴，遂“死马当作活马医”，大胆地编造出更为离奇的事由：“蓬莱仙岛的神药是可以拿到的，只是航行中常常受到大鲨鱼的袭击，因此，普通船只无法到达。希望皇帝能够派些技术高强的弓箭手，和求仙者一同前往，发现了大鲨鱼，就用强弓劲弩把它射死。”

始皇帝求仙心切，当即吩咐有关人员带上捕杀鲨鱼的武器，他自己也准备了强弓劲弩，一路上监视着鲨鱼的动静。海船由琅琊北面起程，一直航行到荣成山，也没有见到鲨鱼的踪影，后来船到芝罘，大鲨鱼终于露面了，在万弩齐发之下，流血气绝。始皇帝很高兴，认为此后尽可以安心求仙采药了，无须再费周折，便又命令徐福率船出行。只是，他自己已经等不及了，不久就命断沙丘（在今河北平乡境内）。徐福则乐得自在逍遥，连同载着数千名童男童女的楼船，向着烟水茫茫飘然而去，不知所终了。

面对冀求长生、逃避死亡这一永远无法解决的课题，人类耗尽了精神、气力，历经无数艰难曲折，甚至付出了不知几许的生命代价，最后，所有的努力全部告吹。秦始皇死后一百余年，汉武帝紧步他的后尘，为实现长生不老，同样做了大量的“无效功”；唐代自太宗起，宪宗、穆宗、武宗、宣宗，五代君王“接力赛”一般，竞相寻求长生之术，均以失败告终；而最可悲的却是“一代天骄成吉思汗”，他西征归来，曾踌躇满志地说：“直到如今，我还没有遇到一个不能击败的敌手。我现在，只希望征服死亡。”但是，这话出口不久，他便在清水县行营“一命呜呼”了。

始皇帝死后，丞相李斯为防止出现变故，遂秘不发丧，将棺材放入辒凉车中，派亲信的宦者驾车，每到一处照常送饭，接受朝臣奏章。当时恰值炎热天气，车上发出了尸臭，只好将鲍鱼装上去，以乱人嗅觉。唐代诗人李贺讽刺妄冀长生的诗句：“刘彻（汉武帝）茂陵多滞骨，嬴政梓棺费鲍鱼。”正是抓住了这一点。

三

始皇帝笃信“君权神授”和“万物有灵”的观念，认为天地神灵的喜怒哀乐，能够决定人世间的兴衰成败、祸福休咎，因此，不惜耗费巨大的人力财力，率领浩浩荡荡的巡行队伍，举行封禅泰山、祭告天神等活动。客观上的效应，是借此勒碑刻铭，歌功颂德，传之久远；又可以振武宣威，慑服天下。

史书上说，当日始皇帝御驾出巡，正在咸阳从事徭役的泗水亭长刘邦，目睹了皇家盛大的车马仪仗队，精锐的步骑警卫军，遥遥地仰望着始皇帝渐去渐远的身影，仿佛瞻仰着金光灿烂的太阳，含光受彩之余，身心受到了强烈的震撼，当即色眯眯地说，“呜呼！大丈夫当如是也”，艳羡之情溢于言表。而“力拔山兮气盖世”的豪强项羽，竟脱口而出：“彼可取而代也。”反正在强权、威势面前，他们谁也不是无动于衷。这从侧面验证了始皇帝耀武宣威、显扬功业的成效。

同炫耀、显示、骄狂一样，穷极奢侈、尽情享乐也是一种人生欲望。据《淮南子·人间训》记载：为了获取越地的犀牛角、象牙和翡翠、珠玑，始皇帝派遣将军尉屠睢调发五十万士卒，分成五路大军，分别扼守镡城山岭、九嶷要塞、番禺城中、南野境内、余干水边。各路人马，三年之中没有解甲弛弓。斑白羸弱的百姓都得在大道上拉车服役，运送给养；官吏们则拿上畚箕在路口搜刮民财。致使各地男子不能在田里耕种，妇女不能在家中纺线织麻，病人得不到医治，死人得不到掩埋。

始皇帝以为咸阳人多，而先王的宫廷狭小，便在渭河南岸的上林苑中营造朝宫，经营壮丽的宫殿。其中前殿阿房，东西五百步，南北五十丈，殿中可以容纳万人，殿下能够竖立五丈之旗。从雍门向东一直到泾水、渭水交汇之处，八百里范围内，离宫别馆林立。又架木为桥，搭成立交桥式的“复道”，四围楼阁宫观彼此相连，把从各诸侯国掳来的美女、钟鼓填置其间。

现如今，宫殿早已化为尘土，但是，唐人杜牧的名篇《阿房宫赋》还在，千载之后读来，还觉宛然如见：

> 明星荧荧，开妆镜也；绿云扰扰，梳晓鬟也；渭流涨腻，弃脂水也；烟斜雾横，焚椒兰也；雷霆乍惊，宫车过也；辘辘远听，杳不知其所之也。一肌一容，尽态极妍，缦立远视，而望幸焉。有不得见者，三十六年。

虽然出于文人丰富的想象力，就中难免有虚饰夸张之处，但是，作为一个纵欲主义者，秦始皇的穷奢极欲，恣意享乐的情形，却表现得淋漓尽致。

刘向在《说苑·反质》中道，“（秦始皇）又兴骊山之役，锢三泉之底，关中离宫三百所，关外四百所，皆有钟盘帷帐，妇女倡优”，共达“数巨万人，钟鼓之乐，流漫无穷”。未兼并天下前，始皇帝的周围已经有不少郑、卫的声色和“随俗雅化、佳冶窈窕”的赵女；灭六国后，更是大量罗致各国诸侯的美人。他死后，后宫许多美女“非有子者”“皆令从死，死者甚众”。

这种骄奢淫逸、纵欲无度的直接后果，是加速了他的“向死”的进程，与冀求长生恰成相反的对照；当然，同时也撒播了众多的种子，经学者考证，始皇帝的子女达三十三人，二世胡亥为第十八子。

始皇帝的欲望在无限度地扩张，又在一重重地幻灭。

先是期待着煌煌帝业千秋万世绵延不绝，因而，下力打造一个固若金汤的千年王国。后来觉得，既然自己是德配“三皇”、功侔“五帝”的不世出的伟人，那就应该像神仙那样，摆脱“生命有期”的限制，于是，求仙拜神，乞求长生不老之药。待到觉察这一欲望轻易难以实现时，便大做死后的文章，奉行中国自古以来“侍死如侍生”的礼制，坚信死后还会有一个幽冥的世界，可以把生前的一切统统带到地下，这样，在阴世间的生活，就会同活着时一样。于是，动用了七十多万民夫，为自己精心营造陵墓——一个规模庞大、形制复杂的地下王国。

始皇陵占地六十多平方公里，周长两千一百多米，高达一百二十米。经过两千多年的人为破坏与风雨剥蚀，至今仍有六十五米高。墓内构思奇特，极具匠心，设计完全仿照都城咸阳模式。内外两重城垣，呈南北狭长的“回”字形。咸阳皇宫所在的小城，位于大城之西；供他死后灵魂起居的寝宫，也建在小城内，同样处于陵墓西部。墓中修建了各种宫殿，厘定百官的位次，并贮藏无数珍稀贵重的宝物。里面砌筑“纹石”，堵塞了地下泉水，四周厚涂丹漆，以防止潮湿。还用水银做成百川四渎，环绕其间，以机械转动，川流不息。

民间广泛流传，秦陵地宫内有水银所制的五湖四海，始皇帝躺在纯金打就的棺材里，游荡在水银液汇成的江河之上，如同生前四出巡幸一般。穹顶上，有日月星辰，状如天体，下面做成山川地理形状，取人鱼脂肪做成蜡烛，经久燃烧不熄。为了防止日后被人盗发，陵寝中遍置能够自动发射的弩机暗箭。

近年，还在地宫中发现了百戏俑坑，无疑为冥间的娱乐场所；而内城、外城之间的珍禽异兽坑，就好比上林苑囿，为“死皇帝”射猎、奔逐的所在。真是应有尽有，匪夷所思。

在墓葬配房中，配置了成组的车马，其中一驾铜马车，由驷马安车和驷马高车两乘銮舆组成。驭手和驾车的骏马，形象生动逼真，栩栩如生。在另一处陪葬坑中，还摆满了数以万计的石质盔甲，这是地下军团的后勤装备库。而最引人注目的，是皇陵三公里外，东门大道北侧的三个陶制兵马俑坑，上万名步、骑、车兵武士，环卫其中，再现了秦帝国当年威武强大的军容。

这支始皇帝的警卫部队、阴间皇城的守护者，代表了人间欲望的巅峰，也标志着两千年前世界塑造史上的极致。兵员全部面向东方，做随时准备出击状。在始皇帝的想象中，如果六国贵族在阴间发动叛乱，连横反抗秦国，这些军队将全部调动起来，进行殊死决战。可见，即便到了阴曹地府，他也要一统冥界，成为名副其实的地下霸主。

四

说到秦始皇的欲望重重，有人认为 ，这和他出生于赵国的都城邯郸有关——不是有一句“邯郸道上，欲望无穷”的谚语吗？不过，“邯郸梦”导源于唐人的《枕中记》，却是始皇帝身后千年的作品，可见，其间并没有什么瓜葛。

倒可能是遗传因子起了作用。始皇帝的生身父亲、阳翟大贾吕不韦，不满足于贩贱卖贵，家累千金，却要苦心孤诣，在政治上干起“奇货可居”的投机生意，终于成功地实现了谋嫡夺国的如意算盘。《战国策》载：

> （吕不韦）谓父曰：“耕田之利几倍？”
>
> （父）曰：“十倍。”
>
> （吕问：）“珠玉之赢几倍？”
>
> （父）曰：“百倍。”
>
> （吕问：）“立国家之主赢利几倍？”
>
> （父）曰：“无数。”
>
> （吕）曰：“今力田疾作，不得暖衣余食，而建国立君，泽可以遗世，愿往事之。”

一种欲望实现后，竟然无法计利，甚至“泽可以遗世”，岂不“猗欤盛哉”！

贾谊用“怀贪鄙之心，行自奋之智”十个字，概括秦始皇的人生轨迹。这种人一朝得志，便会忘乎所以，无限扩张。而这，也正是体现了所有那些雄心勃勃的封建君王所共有的贪得无厌的社会性。像后世的汉武帝刘彻、元太祖成吉思汗、明太祖朱元璋，都属于这种类型。

当然，始皇帝的残暴与贪婪，又并非一般的“统治阶级本性”足以囊括的，这就关涉到他的个性、品格问题。欲望，是人生的一种真实而自然的存在，又是人的本质的实际展现。由于人的个性的差别，每一个人欲望的指向与欲望的强弱都判然有别。秦始皇这个“千古一帝”，个性是非常鲜明的，一曰贪婪无度；二曰冷酷无情。他是典型的唯我主义者，具有物质追求与权力攫取的强烈意志。他习惯于把自我摆在同社会对立的位置上，在他的视野中，没有“他人”，没有“社会”，只有自我。

方士侯生和卢生认为，始皇帝的为人，天生脾气刚强暴戾，自以为是，从诸侯出身到兼并天下，凡事称心如意，任意而为，因此，自以为从古到今没有人能超过自己。与嬴政有过广泛接触的谋士尉缭，曾私下里议论说，始皇帝鼻如黄蜂，胸同鸷鸟，声似豺狼，这种人刻薄寡恩，以虎狼为心，困难的时候可以对人谦卑，得志的时候便会轻易地吞噬他人。如果真的让他得志于天下，天下人便都会成了他的俘虏。

在遗传基因、阶级本性、个人品格这些重要因素之外，始皇帝还有其特殊的一层，就是他所由成长的环境——秦人的文化基因、价值取向，也大大助长了他的贪婪、残暴，好大喜功。

从文化学的角度看，一个民族的文化包括很多层次，物质的、制度的、风俗习惯的，等等，而根植于最深层的则是价值观念。已故历史学家林剑鸣教授指出，在秦人的价值评断中，并没有给道德伦理留下位置，而完全是以世俗的功利为标准，人们关心的是生产、作战等与日常生活密切相关的利害。正因为如此，追求“大”和“多”就成为秦人的时尚，审美观的重要标准，也成为秦文化的重要特征。

就目前已发现的秦人遗迹、遗物看，抛开其内容不论，单从形式上就很容易看出，它具有“大”而“多”的普遍特征。这种唯“大”尚“多”的价值观，反映在政治上，就是统治者对权力和国土的不断增长的追求欲望。

秦统一之前，整个战国时代四百余年，中国社会出现了法家化的过程，其中又以秦为最甚。权力中心主义、军事至上、强者政治、经济垄断、信赏必罚，这些为法家所崇尚的内容，在秦国都有相当深广的影响。商鞅变法之后，秦国历史的主要内容，就是向外扩展领土，一直到公元前 221 年最后统一中国。秦的统一，实际是法家的成功。

统一之后的秦王朝统治者，并没有停止对外开拓，继续北伐匈奴，南戍五岭，又派人至海外去寻觅“仙山”，这都反映了秦人权力至上、欲望无穷的价值观。在这些方面，始皇帝既是影响的接受者，更是直接的参与者、推进者。

五

应该说，秦始皇的一生，是飞扬跋扈的一生，自我膨胀的一生；也是奔波、困苦、忧思、烦恼的一生；是充满希望的一生，壮丽、饱满的一生，也是遍布着人生缺憾，步步逼近失望以至绝望的一生。他的“人生角斗场”，犹如一片光怪陆离的海洋，金光四溅，浪花朵朵，到处都是奇观，都是诱惑，却又暗礁密布，怒涛翻滚；看似不断地网取“胜利”，实际上，正在一步步地向着船毁人亡、葬身海底的结局逼近。“活无常”在身后不时地吐着舌头，准备伺机把他领走。

按说，号称“千古一帝”的秦王嬴政，原本是一位了不起的历史人物。他以雄才大略，奋扫六合，统一天下，结束了西周末年以来诸侯长期纷争的局面，建立了中国历史上第一个统一的中央集权的封建国家。“百代都行秦政制”，其非凡的功绩，在中国历代帝王中，都是数得着的。可是，无尽的欲望、狂妄的野心，竟弄得他云山雾罩，颠倒迷离，欲望的神话把他折磨得昏头涨脑，结果干下了许许多多堪笑又堪怜的蠢事，成为饱受后世讥评的可悲角色。

历史老人很会同雄心勃勃的始皇帝开玩笑：你不是期望万世一系吗？偏偏让你二世而亡；你不是幻想长生不老吗？最后只拨给你四十九年寿算，连半个世纪还不到。北筑长城万里，防备强胡入侵，结果是中原大地上两个耕夫揭竿而起；焚书坑儒，防备读书人造反，而亡秦者却是不读书的刘、项。一切都事与愿违，大谬而不然。

他的一生是悲剧性的。在整个生命途程中，每一步，他都试图挑战无限，冲破无限，超越无限，却又无时无刻不在向着有限回归，向着有限缴械投降，最后恨恨地辞别人世。“但见三泉下，金棺葬寒灰”。(李白诗句）这是历史的无情，也是人生的无奈。

不仅此也。人常说，“一死无大难”，“死者已矣”。他却是，死犹有难，死而未已。盖棺之后两千多年，他从来也没有安静过，消停过。“非秦”与“颂秦”竟然成了一对“欢喜冤家”，时不时地就露头一次；而他，只不过是用来说事的由头，经常以政治需要为转移。当然，完全坐实到他身上的，也所在多有——他的一生中几乎所有的重大行为，都没有逃过史家的讥评和文人的骂笔。

——讥刺他不恤民力，修筑长城者，占了很大篇幅。

唐代诗人陈陶就其导致田园荒芜、民不堪命的恶果，进行直接的控诉：

秦家无庙略，遮虏续长城。
万姓陇头死，中原荆棘生。

还有人从心劳日拙、枉费心机方面加以讥刺。唐人胡曾指出：

祖舜宗尧自太平，秦皇何事苦苍生。
不知祸起萧墙内，虚筑防胡万里城。

宋人张孝祥在诗中说：北筑长城也好，南修象郡坚城也好，都丝毫不起作用，这些精心设防的地方，偏偏烟尘未起，平静得很；而完全没有料到中原大泽乡里，却有两个耕夫（陈胜、吴广）揭竿而起。

堑山堙谷北防胡，南筑坚城更远图。
桂海冰天尘不动，那知垅上两耕夫！

——“焚书坑儒”遭到了历代诗人的无情鞭挞。

晚唐的章碣路过骊山附近的焚书坑时，写诗指出：秦始皇以为烧掉了诗书就可以消灾去祸，从此天下太平，结果适得其反，很快秦王朝就陷入了风雨飘摇的地步。

竹帛烟销帝业虚，关河空锁祖龙居。
坑灰未冷山东乱，刘项原来不读书。

清人陆士云的诗：

儒冠儒服委丘墟，文采风流化土苴。
尚有陆生坑不尽，留他马上说诗书。

清人王文濡评论这首诗说，秦始皇焚书，却还有黄石公传授张良的兵书；销毁兵器，却留下博浪沙袭击秦皇之铁锥；坑儒生，则尚有“马上说诗书”的陆贾——针对刘邦轻视文化的偏见，陆贾曾提出“马上得天下，不可与马上治之”的高超见解。秦始皇实行文化专制主义，结果事与愿违，文化与学者均未绝种。其愚蠢之处，一经拈出，真觉可笑。

——在各类讽刺诗中，最多的是嘲笑始皇帝求仙不成，终归难免一死。

唐人罗隐诗云：

长策东鞭及海隅，鼋鼍奔走鬼神趋。

怜君未到沙丘日，肯信人间有死无？

先说他叱咤风云，不可一世；然后，笔锋陡然一转，冷冷地设问："在你病死沙丘之前，大概不会相信人总有一死吧？"

晚清诗人黄道让则从另外一个角度加以讥刺。指出：从始皇帝开始，就已经不是嬴秦氏的天下了，更不必说万世。可悲的是，费尽心机寻找长生不老之药，到头来什么也没有留下，还赶不上那伙在桃花源中"避秦时乱"的村民了。(事见陶潜《桃花源记》)

世上原无二世秦，况复万世在其身！

可怜觅尽蓬莱药，输与桃源逃难人。

而再早一些的清人朱瑄的诗，更是别开生面：

徐市楼船竟不还，祖龙旋已葬骊山。

琼田倘致长生草，眼见诸侯尽入关。

说徐福不回来也好，否则，求得仙方，始皇帝真的长生了，眼见刘、项大军纷纷入关，心里该是多么难受呀！

——对秦始皇煞费苦心，经营死后的天地，诗人也同样没有放过。

唐人许浑《途经秦始皇墓》：

龙盘虎踞树层层，势入浮云亦是崩。

一种青山秋草里，路人唯拜汉文陵。

“钟阜龙盘，石城虎踞”，原本是状写帝王之都金陵的。现在，诗人把它拿过来形容一个墓地，不说其大，而宏伟自见。层层绿树环绕着，而且，“势入浮云”，高耸天际，实在是峻极无比，气象峥嵘。然而，结果如何呢？“崩”了。大也好，小也好；高也好，低也好，到头来，同样都是“崩盘”。“崩”字，历来都用于书写皇帝之死。“也是崩”三个字安在这里，既嘲笑了始皇帝冀求长生之虚妄，又恰好表明，他生前的威权尽管势可熏天，但最终也免不了撒手人间，一了百了。讽刺意味极为浓烈。

更妙的还在后面。不管你多么巍峨高峻，“势入浮云”，路人却根本不买那个账，反倒是并不怎么显眼的汉文帝的陵墓，却受到路人的虔诚礼拜。原因是汉文帝清静无为，俭朴自律，与民休息，深得人心。对这样一位皇帝，人们衷心仰慕，是自然不过的。一冷一热，一褒一贬，对专横腐败、欲壑难填的鞭挞，对谦卑自抑、不求显赫的颂扬，都在“唯”字中透出。汉文陵在今陕西蓝田县，距始皇陵不过二十几公里，说“一种青山秋草里”，也甚为贴切。

明代诗人齐之鸾也写了一首题为《始皇墓》的七绝：

金泉已涸鲍鱼枯，四海骊山夜送徒。
牧火燎原机械尽，祖龙空作万年图。

传之万世的打算告吹了，长生不死的欲望落空了，包括想象中的“地下王国”也已化为尘土。那么，还剩下了什么？无非是留下“秦始皇帝”这样一个文字符号，作为千秋万世言说不尽的话题，永远弥漫在历史时空里。

作个才人真绝代

一

西方有一句格言，说："人生最奢侈的事，就是做你想做的事。"难道"做你想做的事"，竟是那么难得可贵，那么不易实现吗？是的。

徽宗赵佶本来是个非常出色的书法家、绘画大师和诗词作手，又是一位十分称职的宫廷画院院长，可是，命运老人在关键时刻扳了个道岔儿，结果，阴错阳差地当上了北宋的第八任皇帝。

你道这皇帝可是好干的？当日在宋哲宗赵煦龙驭宾天之后，皇太后就有意让赵佶接班，可是，执掌铨衡、善于识人的宰相却说他"轻佻，不可以君天下"。当然，"胳膊总拧不过大腿"，最后还是老太后一锤定音。这样，赵佶就被拥上了龙椅，开始了中国历史上出名的无道昏君的浪荡生涯，而他自己也就走上了充满悲剧色彩的人生道路。

赵佶继位之后，他的心思仍然是专注于书画的创作与欣赏，便将治国理政的一应大事，全都交付给了权奸蔡京和宦官童贯等一干人。而这，正是这班野心勃勃、权欲熏心的人所求之不得的。且听听蔡京父子是怎样劝说徽宗的："人主当以四海为家，太平为娱，岁月能几何？岂可徒自劳苦。"既然要以"太平为娱"，那就需要大把大把的银子作支撑啊，于是，他们就告诉徽宗了："今泉币所积赢五千万，和足以广乐，富足以备礼。"进而倡导"丰、亨、豫、大"之说，蛊惑徽宗纵情挥霍民脂民膏，尽情尽兴于声色狗马，大兴土木，恣意享乐。这对徽宗来说，可说是“仰体圣衷，正中宸怀”，乐得过着花天酒地的放荡生活，整天吃喝玩乐，尽享荣华富贵。

徽宗末年，发生了这样一件事：说起来也很蹊跷，你说徽宗皇帝不问政、不作为吧，偏偏又贸然决定，联金灭辽，以图收复燕云十六州。原来，这个主意是大阉童贯帮他出的。燕云十六州经后晋的“儿皇帝”石敬瑭之手奉献给契丹人，已经过去了一百八十年，现在要把它收回来，应该说，是一件名垂竹帛的千秋伟业。可惜，这在当时只是一场虚幻的梦想，根本不具备实现的条件。对此，许多朝臣都是一清二楚的。当听到朝廷将“兴燕云之役”，引金人夹攻契丹时，中书舍人宇文虚中立即上疏进谏：

> 用兵之策，必先计强弱，策虚实，知彼知己，当图万全。今边圉无应敌之具，府库无数月之储，安危存亡，系兹一举，岂可轻议？且中国与契丹讲和，今逾百年，自遭女真侵削以来，向慕本朝，一切恭顺。今舍恭顺之契丹，不羁縻封殖，为我蕃篱，而远逾海外，引强悍之女真以为邻域。女真借百胜之势，虚喝骄矜，不可以礼义服，不可以言说诱，持卞庄“两斗”之计，引兵逾境，以百年骄惰之兵，当新锐难抗之敌；以寡谋安逸之将，角逐于血肉之林。臣恐中国之祸未有宁息之期也。

在这篇奏章中，通过精辟的论辩，揭示徽宗决策致命的弱点——犯了用兵的大忌：既不知己更不知彼。以当时的国力、兵力，北宋根本不具备出兵条件，实际上，已经到了“泥菩萨过河——自身难保”的尴尬地步。而徽宗却头脑发热，竟要轻启边衅，引狼入室。说明他不会分析形势，更不懂得如何因应时变，判断敌友。当此之际，辽朝已是强弩之末，而金人正处于“百胜”的强势，早有吞辽蚀宋之志，与它订盟，不啻与虎谋皮；而设想像古代勇士卞庄那样，让两虎相斗，然后坐收渔利，尤其是不现实的。到头来，必然是开门揖盗，祸在不测。

后来的实践完全验证了这一判断的正确性。出人意料的是，奉献高明、警策见解的宇文虚中，不但未能得到表彰与重用，反而遭到奸臣的倾陷，受到了降职处分。说到家，就是徽宗根本不具备政治运作的资质和条件，依靠他来运筹帷幄、决策千里，无异于“盲人骑瞎马，夜半临深池”，后果不问可知。何况，身旁还有那班成事不足、败事有余的阉宦大佬，就更是必然跌入覆亡深渊的。

这么说来，宋徽宗赵佶简直是一无是处了。你看他，在位二十六年，政治上信任奸臣，昏庸无道，边防废弛，民变于内，兵败于外；生活上，穷奢极侈，纵情挥霍，花天酒地，荒淫无度。要说经邦济世，治国泽民，他真正是个低能儿，在“靖康之变”的历史耻辱柱上，刻下了千秋万世永难湔雪的破国亡家之痛。不过，换个角度去看，他又是一位少有的艺术天才。作为多才多艺的书画家和诗人，他曾以其独具特殊审美意义的艺术才华，占据了中国以至世界文化艺术史上的一页辉煌。

赵佶原本就以“天纵才智”见称，有着超群的艺术天分和感悟能力，又兼自幼便与许多知名的大家交往，获得高人指点，更使他的艺术才能得以充分地施展。宋人蔡絛《铁围山丛谈》记载，未当皇帝之前，他就与驸马王晋卿、宗室赵大年往来。这两个人都“善文辞，妙图画”，又富于收藏。他还同内知客吴元瑜一起学画。这个吴元瑜本是著名花鸟画家崔白的弟子。赵佶年轻时经常与这些书画名家往来，耳濡目染，从中获取许多教益，锤炼了坚实的艺术功力，尔后，勤奋耕耘，数十年不辍，更加精益求精。

北宋艺学十分昌盛，内府收藏名人书画浩如烟海。《宣和画谱》记载，仅徽宗一朝收藏的花鸟画，即有二千七百八十六件，占全部藏品的百分之四十四。这使他大大地开阔了眼界，具有得天独厚的机会。面对如此珍贵的艺术遗产，通过朝夕展玩，并一一亲手临摹，转益多师，从而使他的创作水平日渐提高。加之，他在汴京的宫苑中，罗致了一切能够到手的各种珍禽异兽、名花美卉，为他提供了绝好的描形写生的现实条件。

绘画史名著、南宋邓椿的《画继》一书，对于宋徽宗的画作评价极高，说他“笔墨天成，妙体众形，兼备六法，艺极于神”。其艺术成就以花鸟画为最高。赵佶艺术的独创性和对后代的影响力，也主要体现在花鸟画中。他的花鸟画构图，匠心独运。如《鸜鹆图》轴，画幅下面靠左边以水墨写鸜鹆两只，奋翅相争，纠缠错结，一反一正，羽毛狼藉。上者处于优势，以利爪抓住对方的胸腹，张嘴怒视；而下者也不示弱，奋力挣扎，予以反击，回头猛啄对手的右足。描形拟态，惟妙惟肖，鸜鹆的心理感情，也刻画得细致入微。他画的《雪江归棹图》，形体谨严，风度凝重，气韵苍古，满幅充溢着一股荒寒之气，被誉为“直闯王右丞（王维）堂奥”。他画禽鸟，创造了“点睛多用黑漆，隐然豆许，高出缣素，几欲活动”的全新技法。

在历代擅长书法的帝王中，赵佶是最具创造性的。他初习黄庭坚，后又学褚遂良和薛稷、薛曜兄弟，并杂糅各家，既取众家所长，又能独出己意，最终创造出别具一格的“瘦金书”体。宋代书法以韵趣见长，赵佶的“瘦金书”即体现出这种时代审美趣味，所谓“天骨遒美，逸趣霭然”；又具有强烈的个性色彩，即“如屈铁断金”。其书结体严谨，骨格纤瘦，笔画细挺，顿挫有节，外露锋芒，风流飘洒，在刚劲中透出秀丽的丰姿，堪称书苑奇葩。这种书体，在前人的书法作品中，还未曾出现过。他的草书，信笔挥洒，一气呵成，狂放酣畅，可以看出张旭和怀素（特别是怀素）的门径。对于前辈和当代书家，他总是师其神髓而变其法度，达到自出新意，自成一家。

他即位以后，经常召见著名书画家、鉴赏家米芾，相与探讨书法艺术。《钱氏私志》云：

> 徽皇闻米芾有字学，一日于瑶林殿张绢图方广二丈许，设玛瑙砚、李廷珪墨、牙管笔、金砚匣、玉镇纸、水滴，召米书之。上映帘观赏，令梁守道相伴，赐酒果。米反系袍袖，跳跃便捷，落笔如云，龙蛇飞动，闻上在帘下，回顾抗声曰：‘奇绝陛下！’上大喜，即以御筵笔砚之属赐之，寻除书学博士。

由于北宋时期文学艺术昌盛的优良环境的熏陶，前代留存下来的丰富艺术遗产的借鉴，加之赵佶本人对艺术的倾心揣摩、勇于探索，使他终于成为一位诗词书画并精，山水、人物、花鸟、杂画兼善，具有全面艺术修养的“皇帝艺术家”。

赵佶诗词现存几十首，总体上看，质量是比较高的，尤其是后期作品，产生于变乱、屈辱的环境中，凄绝哀婉，感情深沉而真挚，颇有特色。他有一首《燕山亭·北行见杏花》词，艺术性很高，一向被推为千古杰作：

> 裁剪冰绡，轻叠数重，淡著胭脂匀注。新样靓妆，艳溢香融，羞杀蕊珠宫女。易得凋零，更多少无情风雨。愁苦！问院落凄凉，几番春暮？　　凭寄离恨重重，这双燕何曾，会人言语。天遥地远，万水千山，知他故宫何处？怎不思量，除梦里有时曾去。无据，和梦也新来不做。

赵佶在被金兵掳往东北苦寒之地的途中，忽然见到了盛开的杏花，一时百感交集，写下了这首刻画困顿生涯与凄苦心灵的泣血之作。开头描写凌寒怒放的杏花，运笔非常细腻，好似一幅淡淡的工笔画。接着，陡作变徵之音，从杏花的极盛写到“易得凋零”，难禁风雨，急转直下，仿佛一落千丈的凄惨人生。所有的文字都是痛感、悲情的释放。情绪低沉，音调哀伤，体现了“亡国之音哀以思”的特点。李后主词：“梦里不知身是客，一晌贪欢。”至赵佶则曰：连梦也不做了，其情岂不更惨！

二

赵佶在文学艺术方面的贡献，不仅表现于自己具有卓绝的艺术天才，创作出大量传世的诗书画杰作；而且，由于他非常重视文艺事业的传承与发展，凭借其特殊地位和卓越才能，成功地改善、强化了画院制度，积极培养艺术人才，为繁荣北宋末年以至后世的艺术事业做出了突出贡献。历代都有一些帝王喜爱鉴藏书画，有的还参与创作，但像宋徽宗那样，以全副身心投入到书画事业中去，并能把个人的爱好广泛而深入地推广到全社会的文化生活中去，使之成为一种社会文化现象，却是独一无二的。

这方面的建树，突出表现在他对宫廷画院的改革与建设上。有宋一代，继承前代西蜀和南唐的传统，在宫廷中建立了翰林书画院，组织画家进行艺术创作，并培养大批书画方面的人才，直接为宫廷服务。作为画院的直接的组织领导者，宋徽宗按照自己的艺术旨趣和鉴赏标准，实施了一系列颇具创造性的革新措施，为它订立了一套完整的制度，在画学、考试、课程设置和教学过程中，进行了大胆的探索与改革。

徽宗改画院征召体制为考试录取，正式列入科举考试之中，像遴选高级官员一样，开科取士。这是一项带有根本性的改革。前朝帝王仅仅是将画院看作一种服役机构，而徽宗则从长远建设出发，从人才培养、艺术发展的高度去建设画院。他采取了“旧人旧办法，新人新办法”的区别对待方针，除前代留下的已在院内供职的知名画家外，其余全部通过考试录取。由于徽宗本人深谙绘画艺术，他所招纳的人才自然也是高标准的。在国子监增设画学，共设佛道、人物、山水、鸟兽、花竹、屋木六科。又设“博士”衔，作为监考官。以“不仿前人，而物之情态形色俱若自然，笔韵高简”为评画标准。据说，当时四方考生源源而来，盛况不下于今天的美术院校联考，有幸中选者为百里挑一。

考试时，摘取古人诗句为题，令考生作画，用以测试学生对于诗画结合、诗情画意的理解能力。要求作画者能够先读懂直至深悟诗句的境界，然后再把它化为可视的画面。考题如“嫩绿枝头红一点，动人春色不须多”、“深山藏古寺”、“竹锁桥边卖酒家”，等。在试绘“踏花归去马蹄香”诗意时，许多人只是着意于描写归马、落花，就题作题；有一位聪明的画家，却只画几只蝴蝶，在马蹄后面飞逐，便巧妙地暗示出抽象的花香。对于“野水无人渡，孤舟尽日横”的考题，许多人都是画一个空船，或者船头立着一只水鸟，以表示船上无人。但取得第一名的，却画了一个舟子在船尾酣然睡去，身边放置一根笛子，说明并非无人，只是“无人渡”而已。这样，就更加切题，而且意境深远。再如，画“深山藏古寺”一题，立意原在“藏”字上，不须颇费气力地去写丛林、古刹，只要画一个小和尚在溪边担水，就足以凸显画题了。要做好这种富有意境和情趣的试题，应试者必须具有高度的想象力和表现力，富于独创精神，否则难以夺魁、入选。正如《萤窗丛谈》所说的：“夫以画学取人，取其意思超拔者为上。”

所谓“超拔”，就是创意新颖，不蹈袭前人；观察能力、思想感情、技巧修养都须有过人之处。赵佶把它作为取舍的标准，颇具识见。

因为赵佶本人诗书画兼擅，有深厚的文学功底，所以，在教学中也并非单纯地传授艺术技法，而是全面讲授文化基础知识，课程中包括《说文》《尔雅》《释名》等学术研究。赵佶特别重视对于青年画家的培养。他看到画院学生王希孟很有天才，便亲自教授他笔法，使之迅速成长，终于创作出了《千里江山图》这样优秀的鸿篇巨制。他对学生的要求非常严格，经常亲自检查、指导。要求师法自然，把握对象的“情态形色”，符合物理，不倚傍前人。

龙德宫建成后，赵佶亲自前往验收壁画，看到有一枝月季花，画出了春天中午的形态，他表示满意，立即赐予作画的青年画家“服绯”。他告诉大家，月季开花“四时朝暮，花、蕊、叶皆不同”，对于“动植之物”，必须细致观察，以求“曲尽其性”。还有一次，他要一位画家画孔雀升屏，画了几次他都不满意，原因是，孔雀开屏升高时一定先要举左脚，而画家却都画成抬右脚了。赵佶不仅重视写生，还讲究物理法度。他曾画过鹤的二十种不同姿态。在这些方面，影响了当时画院以至整个时代的院画风格。

书画院中的学生身份各有等差，一般分为外舍、内舍、上舍三级。对学品兼优者依次晋升。画家被录取之后，根据其文化修养和出身的不同，分为“士流”（士大夫出身的）与“杂流”（从民间工匠选入的），“别其斋以居之”。“士流”可以转作其他的行政官员，而“杂流”不行。同时，按照成绩的高下，对每个学员分别授以不同的职称，其名目有画学生、供奉、祇侯、待诏、艺学、画学正等。经过每月的“私试”和每年的“公试”，随时进行遴选、拔升。

从前，宫廷画家的地位、待遇都是非常低的，即使是后来办了画院，情况有所改善，较之其他文化部门仍然差很大一截。这和前代帝王把那些画家只看成服务工具，“俳优蓄之”，有直接关系。到了宋徽宗手下，他们被作为艺术人才、创作力量来看待，这就有天壤之别了。政和、宣和年间，赵佶取消旧制，特意恩准书画两院的人员和其他文官一样，不但可以服绯紫，而且能够佩戴鱼袋（一种代表身份、等级的金质或银质的鱼形装饰）；有的画家还授予官衔。在朝廷序班上，画院为首，书院次之，而后才是琴院、棋院、百工等。领取薪俸，画、书两院称为“俸直”，其他诸院叫作“食钱”。画院诸生习学，凡系籍者，每有过犯，止许罚值；其罪重者，亦听奏裁。由于待遇优厚，一般画家都把能够进入画院引为荣幸。

在皇帝的亲切关怀和不懈努力下，当时画院与画学在培养人才方面，已经具备一套比较系统完整的体制，对于以后的艺术人才培养和艺术教学、画艺研究产生了重要影响。说是画院，其实，与后世常见的那种单一的、松散的画家组合不同，而是一所由皇帝亲自领导、亲自执教，完全按照其旨意办学的名副其实的高等艺术学校。其办学成就是巨大的。

首先，培养了大批优秀画家，如：张希颜、费道宁、戴琬、王道亨、韩若拙、赵宣、富燮、刘益、黄宗道、田逸民、赵廉、和成忠、马贲、孟应之、宣亨、卢章、张戬、刘坚、李希成等人，都是宣和画院的名家。即如南渡后的代表性画家李唐、刘宗古、李端、李迪、苏汉臣、朱锐等，也都是宣和年间的画院待诏。

其次，由于画院采用了考试制度，不少来自民间的优秀画家，被录入画院，故而很多具有民间风格的作品，也在画院中出现，使民间风格在画院中占有相当地位。

其三，由于画院教学中重视学生的诗、书方面修养，从而开拓了绘画的新境地，使文人画日益繁荣，画院体制更加完备。

其四，在推进书画鉴藏和金石学研究方面，也取得了优异成绩。

赵佶对于艺术珍品酷爱到极点，即位不久，即派心腹宦官去全国各地搜罗古器物和书画名迹。《画继》记载：

> 宣和殿御阁有展子虔《四载图》，最为高品，上每爱玩，或终日不舍，但恨止有三图，其水行一图，待补遗耳。一日中使至洛，忽闻洛中故家有之，亟告留守求观，既见，则愕曰："御阁正欠此一图。"登时进入。

在徽宗皇帝的刻意搜求下，秘府收藏之富百倍于先朝；同时，他还组织画院画家临摹了许多内府收藏的名迹，为保存与赓续中国文化的优良传统做出了颇多贡献。流传至今的传统绘画作品中，有相当一部分是依靠宋代的摹作才为后世所知闻的。尤其值得大书特书的，是《宣和博古图》《宣和书谱》《宣和画谱》的编著。这些具有画史与画学理论研究丰富内涵的著作，对于后世美术事业的发展，其作用是不可低估的。

上有所好，下必甚焉。北宋末年亲王、宗室、贵族、官宦学画之风蔚然兴起，并出现了赵伯驹、赵伯骕那样的皇族名家。加之，徽宗朝经常举办观赏御府所藏图画及临摹古画活动，使朝臣、贵胄眼界大开，逐渐提高了艺术修养，在一定程度上促进了两宋之交文化艺术的繁荣。

三

说到宋徽宗赵佶的文采风流，人们会联想到南唐后主李煜。他们许多方面是相像的：

他们都是文学艺术领域的佼佼者，是创造诗书画"三绝"的多面手。像徽宗一样，李后主艺术天分也非常高，从小就废寝忘食地浸淫于诗词、书法、绘画、音乐的广阔天地。书法初学柳公权，后来博采众长，匠心独运，创制出具有独特风格的“金错刀”体；他也善画，举凡人物山水、花木翎毛，无不涉猎，尤精墨竹；同时精于鉴赏，酷爱收藏。至于诗词，更是独步千古。因为有了李煜，词体完成了从应歌侑酒的“歌辞”向抒写个人情志的新型抒情诗词的转变，特别是在描写人生缺憾和表现哀婉之情方面，达到了文学史上新的巅峰。

他们同样都是悲剧的角色，人不能尽其才，才不能尽其用，硬是“赶鸭子上架”，不情愿地被按在龙墩之上，以致消极怠工，荒废政事，纵情声色，误国误民。

他们同样整天沉溺于宗教的虚幻世界，而不能自拔：徽宗执著地崇信道教，后主则一意佞佛，取号“莲峰居士”，头戴僧伽帽，身穿袈裟，礼佛诵经，跪拜稽首。最后，都同样导致了亡国。

他们同样信任奸佞，陷害忠良。对于李后主的荒政、乱政，当时许多朝臣都曾冒死进谏，言词最激烈的是内史舍人潘佑，连上八道奏章，并当面批评说：

> 陛下蔽奸邪，曲容谄伪，遂使家国愔愔，如日将暮。古有桀、纣、孙皓者，破国亡家，自己而作，尚为千古所笑；今陛下纵容奸佞，败乱国家，不及桀、纣、孙皓远矣！

后主冥顽不灵，根本听不进去，潘佑反而因此被逼致死。

他们都是亡国之君，结局同样悲惨。巧还巧在，他们败降之后，又分别遇到了宋太宗和金太宗两个同样凶狠、毒辣、残忍的对手。当宋太宗用牵机药毒死李煜的时候，他绝对不会料到，一百五十七年之后，他的五世嫡孙赵佶竟瘐毙在金太宗设置的穷边绝塞的囚牢之中。

他们同样遭到无情的命运的作弄，先是不得其宜地登上帝王宝座，使他们阅尽“人间春色”，也出尽奇乖大丑，然后手掌一翻，啪的一下，再把他们从荣耀的巅峰打翻到灾难的谷底，让他们在残酷无比的炼狱里，饱遭心灵的折磨，充分体验人世间的大悲大苦大劫大难。

也许因为他们两个人的相似之处太多了，于是，有人就传说宋徽宗是南唐李后主托生的。据说，徽宗出世前，他的父亲宋哲宗赵煦曾经去秘书省观看李煜的画像，对这位风流才子的儒雅风标颇为心仪。随后，赵佶就降生了。有人写诗为赞：

> 闻说重光有后身，道君耽艺岂无根？
> 谁知百五余年后，也作降王拜女真。

李煜字重光；赵佶笃信道教，称“教主道君皇帝”。李煜死后一百五十二年，赵佶父子也做了金人的俘虏。有人说，这是宋太宗赵光义残酷虐杀李后主的因果报应。

这当然属于无稽之谈，但宋徽宗与李后主由于才非所用，最后导致灭国亡身的悲惨命运，却是千真万确的。关于这位南唐国主，宋太祖赵匡胤有个十分恰当的评价：“李煜好个翰林学士，可惜无才作人主耳！”又说：“李煜若以作诗工夫治国事，岂能为我虏乎？”清代诗人郭频伽也咏叹他：“作个才人真绝代，可怜薄命作君王！”本来不是君王的材料，却偏偏被拥上“九五之尊”，结果，既逃脱不了亡国罪责，留下千秋的愧憾，又要终日以泪水洗面，断送残生，而且祸殃妻孥，真是所为何来？实在是一场历史的误会。

历史不容假设，但我也曾偶发痴想，假如宋徽宗、李后主，当初没有当上皇帝，而是从其所欲，专心致志于所擅长的专业，那又会怎样呢？

清代文人程羽文听到朋友聊天说：古今多少才子佳人，由于父母一手包办，或者从中作梗，不能和意中人畅怀适意地缔结鸳盟，以致郁郁终生，每番想起这些前人的憾事，都意气难平，看来，卓文君与司马相如那样私奔、偷情，真是上上策了。为这番话所打动，程羽文回去后，便作了一篇《鸳鸯牒》，充分发挥想象力，打通古今，漫游时空，让那些先辈的古人自择婚配，如愿以偿。

总共为三十六位才子佳人（包括文学人物）另择佳偶。比如朱淑真，旷世一怨女也，虽才气纵横却难免嫁作商人妇，“困此驽庸”，程羽文拉出宋代的苏子瞻、秦少游、晁无咎、陈季常、黄山谷、王晋卿、晏同叔、苏子美、柳耆卿等多位风流才俊，让她从中任选其一。再如，他把“灵心慧齿，辱迹穹庐”的蔡文姬配给弥正平，二人琴瑟相和，“以胡笳十八拍，佐渔阳三挝鼓，宫商迭奏，悲壮互陈”。他还想让“英华鲜颢，诏可催花”的武则天，“借配魏武帝，锁之铜雀台上”；或者“正配海陵王，两雄旗鼓，颇足相当”。让继承其兄余业、补作《汉书》的才女班昭，去匹配注《十三经》的郑玄。用程羽文的话说：这一家子是“六经为庖厨，百家为异馔”，堪称人间佳偶。

我想，如果我们顺着这种“如愿以偿”的思路做下去，分配赵佶去当宣和书画院的院长，李煜出任金陵的诗词学会会长；或者把权力再扩大一些，让他们分别担任北宋和南唐的文联主席或者文化部长，充分用其所长，那么，就不仅能够确保其个人才智充分发挥，为泱泱华夏以至整个人类留下更多的精神财富；而且，可以在更大的时空中扩展他们的积极影响，润育当时，泽流后世。而这两个国家，也会因为少了一个无道昏君，生灵免遭一些涂炭。

历史上类似的事例还有很多。南怀瑾老先生曾引述过他的塾师所做的一首七绝：

隋炀不幸为天子，安石可怜作相公。

若使二人穷到老，一为名士一文雄。

意思是说，隋炀帝运气不好，当了皇帝；而王安石很可怜，做了宰相。如果这两个人终生不得志，一贫到老死，那么，王安石将成为雄视古今的文豪，要比他现有的声誉高得多、重得多；而隋炀帝，若是作为一个名士、一个才子，也就不致留下千古骂名了。

还有唐朝的几个皇帝，比如那个具有卓绝的音乐、戏剧天才，创办过“梨园”戏校的唐玄宗，那个酷嗜象棋，而且棋艺甚高的唐肃宗，那个马球技艺娴熟、自称如果“应考球进士，一定能考得头名状元”的唐僖宗，如果都能让他们从其所愿，能够在艺术、体育方面做出应有的贡献，那该多么理想啊？

至于另外一类同样富有文誉、才华横溢、风流倜傥的帝王，比如金代的海陵王完颜亮，则不应归入此列。因为他怀有强烈的权势欲、占有欲和磅礴的政治野心，其本色与初衷，原非献身于艺术，更不甘心只做一个诗人或者学者，而是要开创一番惊天伟业，成为秦始皇那样名垂青史的有作为的君主。这样的人，还是该做什么就让他去做什么，远离文艺圣殿为好。而李、赵等人则异于此。你看，赵佶对于画院竟然那么全身心地投入；李煜更是诗人第一，帝位第二，直到最后，也还表示无意于皇权的占有，他曾上表给宋太祖，说微臣乃先君的一个普通皇子，为人庸碌无能，自幼虽热心向学，但视功名利禄如浮云。原想恬淡逍遥，像巢父、许由、伯夷、叔齐那样归隐山林，只是形格势禁，身不由己，真是万般无奈的事。

“自是人生长恨水长东。”应该说，悲剧的意味也正在于此。德国悲观主义哲学家叔本华说过，“人生是在痛苦与无聊之中像钟摆一样来回摆动”，而且“一个人的智力愈高，认识愈明确，就愈痛苦，具有天才的人则最痛苦”。单就赵佶与李煜说来，整个一生都处在想要做的与己无缘，而不想做的却又无力摆脱的“囚徒状态”，就必然会感受到加倍的痛苦与悲哀，这就使他们真正成为“可怜虫”了。

当然，也不妨作如是想：如果他们能够从心所欲，不是沦为阶下囚，不是“此中日夕，只以眼泪洗面”，跌进任人宰割的苦难深渊；而是在安富尊荣中尽享文园艺海之乐，那么，他们还能成为“以血书者”，写出令人心碎、传诵千古的《燕山亭》《虞美人》词吗？苦难造就了诗人。“欢愉之言难工，愁苦之言易好”（韩愈语），“国家不幸诗家幸，赋到沧桑句便工”（赵翼诗），如此而已，岂有他哉。

王国维在《人间词话》里写道：“词至李后主而眼界始大，感慨遂深。”而李煜最有名的作品，当数他的绝命词《虞美人》，即使是千年后的我们读起来，仍为作者心中无边的愁云和悔恨所笼罩：忧愁是那样的深，那样的广，那样的无穷无尽。除了赞赏他的旷世奇才，我们又不能不充满憾恨地说上一句：“南唐才子真无福，不作词臣作帝王！”

创业有方　交班无术

一

以撰写大观楼一百八十字长联闻名于世的清代诗人孙髯翁，登临滇南武定县狮子山时，听说明初“靖难之役”中流亡出走的建文帝曾经长期遁迹于此，一时感慨兴怀，为雄才大略、虑远谋深的朱元璋创业有方却交班无术而深致惋惜，当即赋诗一首，其中有这样两句：

> 滁阳一旅兴王易，
> 建业千宫继统难。

其实，当日朱元璋接替郭子兴成为“滁阳一旅”的领军人物，击楫渡江，建立应天据点，孤军独守，兴王创业，又何尝容易！无非是，比起后来在帝都金陵（古称建业）反反复复地选择继统对象，最后仍然出了纰漏，相对来说，较为顺利罢了。

不管怎么说，这寥寥十四个字，确是概括了封建王朝在开基与继统方面一个带规律性的现象。

在“家天下”、世袭制的体制下，一切封建帝王，尤其是开国皇帝，对于继统问题无不极端重视，都把它看作是立国之基、社稷之本。当取得皇位之后，他们所昼夜焦虑、念兹在兹的，是自身的统治权如何巩固；而随着皇权的日趋巩固和高度集中，王位继承问题便一跃成为“悠悠万事，唯此为大”的核心问题。

对于继统问题，朱元璋当日绸缪甚早，还在做吴王时，就确定嫡长子朱标为世子，即皇帝位后，遂封为太子。不过，他逐渐地发现，朝中掌控要津者多是一些元勋大佬，而生性仁和、温文雅驯的朱标，势难驾驭这个国事繁剧、边防多事、矛盾纷繁的全局。不久，朱标病逝。依照老皇帝的意向，四子朱棣沉雄、果断，颇有父风，应该册立他为皇储。但朝臣们都以朱棣本系庶出（生母为高丽国进贡给太祖的一个妃子），前面又有两个兄长，弃兄立弟，“违反古制”为由，极力加以反对。最终确定朱标之子允炆为皇太孙。朱元璋也料到了诸叔王未必服气，便特意编写一部《永鉴录》，教育诸王安分守己，顾全大局；又颁布了《皇明祖训》，提出皇亲中如果发现谋逆之事，格杀勿论。但是，这一切终究是纸上文章，一当他撒手红尘，约束力便化为乌有了。诸叔王凭借手中的雄厚实力，言多不敬，行辄越法，根本不把这个年轻、文弱的建文帝放在眼里。特别是燕王朱棣，从青年时代起，即跟随父亲驰驱疆场，战功卓著，成为诸王中的佼佼者，对于建文帝构成了严重威胁。后来，终于借口奸臣跋扈，朝廷孤立，社稷危亡，援引《皇明祖训》，以“清君侧”为由，入京“靖难”。从而爆发了一场持续四年之久的争夺皇位的内战，史称“靖难之役”。

说到“古制”，需要远溯到上古时代。在母系氏族社会，民主选举产生部落首领，财产统归以母系计算的氏族共有。后来进入父系氏族社会，出现了私有财产，但共同财产部分仍然属于全体成员所共有，因而，氏族成员仍然拥有选定与撤换首领的权力。到了公元前二十一世纪，出现了第一个世袭君主制王朝，“夏传子，家天下”代替了“天下为公”，选贤任能的“禅让制”。接下来是商朝。王国维先生认为，商之继统法，以“兄死弟及”为主，而以“子继”辅之，无弟而后传子。执行的结果，是导致王位纷争，国都几次迁徙，史称“九世之乱”。迨至西周前期，周公旦曾以武王之弟身份继位称王，但由于兄弟不服，引起了一场叛乱。这样，便产生了“皇位嫡长子继承制”：在后妃所生诸子中，皇后之子优先继位；而在皇后所生诸子中，长子又具有优先继承权。明初朝臣所谓“古制”，就是指此。

这种体制的建立，源于宗法制度，更同皇帝多妻制紧相联结着。封建帝王为确保其家族香火绵延，并满足其无度的淫欲，遂广置后妃，以充后宫。《礼记》上说：“古者天子立六宫、三夫人、九嫔、二十七命妇、八十一御妻。”后世有了更大的发展，到了唐代，皇后之外，还有贵妃、淑妃、德妃、贤妃，统称夫人；昭仪、昭容、昭媛、修仪、修容、修媛、充仪、充容、充媛，叫作九嫔；另有婕妤、美人、才人各九人；宝林、御女、采女各二十七人。开天之际，长安三宫和东都两宫，共有宫女四万人。以当时全国四千多万人口计，唐玄宗的妻妾占了千分之一。这样，皇子自然瓜瓞连绵，动辄上百。只能根据母亲身份贵贱，将皇子区分为嫡子、庶子；最后，依照先嫡先长、后庶后幼顺序，锁定一个王位继承人，以保证皇权在家族内部平稳过渡。

这种“嫡长子继承制”，起于周初，止于清代前期，施行两千七百多年。对于皇权顺利交接、防止皇族内部因为争夺储位而同室操戈，确是起到一定作用。且看，从西汉至晚清，二十九个娃娃皇帝，大体上都还顺利地爬上龙墩，显然借力于这种“百王不易之制”。

当然，其弊端也是显而易见的。本来，高度集中、不受制约的专制皇权，对于君王的个人德才素质与治国理政能力，提出了至高、至严的要求；可是，“立嫡立长不以贤”，断然放弃了德才考量，成为一种典型的排除贤才、摒弃智能的继统方式。这种强烈的反差，使它与儒家的“尚贤”、“传贤”的政治理想完全脱节；最严峻、最尖锐的矛盾，还在于它同现实的需要根本对不上号。众所周知，在纷繁万端的政治事务和错综复杂的宫廷纷争面前，即使经过严格挑选的贤能君主也难以应对，何况在嫡长子继承制度下，幼儿、白痴、草包、恶棍登上皇位，在所难免；而由于君主的终身制，其后果就更为严重。明朝十七帝共二百七十六年，有八人庸劣不堪，占去一百七十三年，而昏聩的嘉靖和以懒惰著称的万历，分别在位四十五年和四十八年。难怪这个庞大帝国，中后期竟然弄得那么混乱，糟糕！

制定嫡长子继统制的出发点，是太子定位之后，诸皇子各守本分，从而弭除祸乱；实际情况恰恰相反，其间命定地潜伏着种种危机。太子预定之后，在后妃生下的众多皇子中，难免会出现才能、功业、威望超常的二三佼佼者，那么，东宫太子将何以安其位？纵使因为老皇帝在位，暂时使祸乱隐蔽下来；可是，如果太子本人根本缺乏统御天下的才具，未来总是难以坐稳龙墩。这样，老皇帝在撒手红尘之际，又怎么能够放心、瞑目？

嫡长子继承制的施行，存在着太多的变数与不确定性，制约、干扰的因素很多。比如，许多皇后并没有生下儿子，或者虽然生了儿子却又早殇；有一些即使得以顺利地成长，或因君王的好恶妨害了嫡长制的施行，或因对于皇后的感情变化，“爱屋及乌”或者“殃及池鱼”，也会影响到嫡长子的继统；再就是，权奸、藩镇、阉宦、后妃、外戚干政，也是影响嫡长子继承制贯彻实施的重要因素。

史书记载，秦汉两朝二十八位皇帝、宋代十八位皇帝中，嫡出的都只有三人；东汉诸帝中竟无一人为皇后所生；唐代，二十二位继统的皇帝中（开基创业的高祖李渊和大周皇帝武则天除外），只有六人为嫡长子，不到三分之一。说到制约、干扰的因素，唐代颇有代表性：前期，太宗至肃宗七朝皇帝，全部是通过宫廷斗争登上王位的；后期，穆宗至昭宗八朝皇帝中，七人为宦官所立，只有敬宗一人凭借储位侥幸继统，最后还是被宦官弄死了。

鉴于嫡长子继承制存在着诸多弊端，施行过程中又会遭遇种种变故，历代封建统治者不断采取补救措施，对建储、继统制度加以完善。他们不遗余力地宣扬儒家的纲常名教，倡导君尊臣卑、君敬臣忠、父慈子孝、兄友弟恭，为执行这一制度奠定必要的思想基础；特别是高度重视对于皇太子以及诸皇子的人格塑造和品德教育。与此同时，他们也曾实行一些极端的防范措施。比如，北魏为防止母后专擅，规定册立太子之前，必须先将其亲生母亲杀掉。姑无论这种做法残酷残忍，泯灭人性，单就效果而言，也所见甚微。因为危及皇权的因素实在太多，岂是杀掉一个母后所能了得！辽太祖耶律阿保机的改革措施是，皇位继承人先在本部宗亲中选择，使多名候选人同时备选；最后在由各个部族及政治集团参加的“世选”中，实行终选。结果是未见其利而先受其害——每个候选者都有一定的政治势力作为后盾，从而引发了候选人（及其后台班底）之间的激烈争夺，直接导致王朝动荡、社会混乱，终辽之世，未曾平息过。

清代雍正帝即位之后，鉴于康熙帝为建储一事殚精竭虑，最后还是祸乱丛生的深刻教训，着手对建储制度进行改革。具体做法是，由皇帝将准备继统的皇子的名字，亲写密封，藏于匣内，置之乾清宫“正大光明”匾额之后，待皇帝晏驾后，再启封揭晓。这样，建储就由公开转向秘密，皇帝一人独掌权衡，不受任何干扰；同时，也使皇位继承问题暂时显得不那么尖锐、敏感，延缓了皇室内部的火并、争夺。当然，根本性的矛盾并没有解决。

乾隆帝继位之后，曾经试图对这种“秘密建储制”加以改进，就是在储位秘定后明确宣布：待预定的皇子年龄稍长、识见扩充、志气坚定，骄矜之气不再生、诱惑之举不为动之时，他将布告天下，以明正储位。然而，在实际践行中，却遭遇了严重挫折，两次预立的嫡子相继早殇，使他原来的由秘密到公开立嗣的想法未能得以实现。他把个人的失算归结为天意，说："先朝（指其父祖辈）未有以元后正嫡绍承大统者，朕乃欲行先人所未行之事，邀先人不能获之福，此乃朕过也。"最后，回过头来，又把乃父的秘密建储制度重新捡起，并作为本朝基本制度坚持下去。乾、嘉、道、咸四代，没有一个是嫡长子。百余年间，皇位继承大体上顺利。

二

纵观两千多年封建王朝史，"嫡长子继承制"也好，"秘密建储制"也好，都未能从根本上消除皇位争夺的祸端。可以说，自从皇权世袭这一体制确立下来，就始终潜伏着无法克服，甚至是无法预测的矛盾，成为一切封建王朝永远跳不出的怪圈：要么，你就干脆放弃"家天下"、世袭制，"天下为公"，选贤任能；要么，就得每时每刻都要面对这一根本无法解决的难题，兵连祸结，骨肉相残，朝廷危机四伏，社会动荡不宁，直至政权丧失，国家灭亡。放弃前者不可能，因为"家天下"、世袭制是历朝封建皇帝的命根子；这样，就只能永无穷尽地吞咽混乱、败亡的苦果。

祸乱的根源在于"普天之下，莫非王土；率土之滨，莫非王臣"，君王拥有绝对的权威、至高无上的权力，世间一切荣华富贵集于一身，而且又能传宗接代。面对皇权的强大诱惑力，一切觊觎王位的人，都不惜断头流血，拼命争夺。这样，交班就成为老皇帝最为棘手的难题。

且看历史上几位大有作为的英主——

隋朝的开创者杨坚，平定江南，统一中国，结束了自东汉末年军阀混战以来长达四百年的分裂割据局面。本人也躬行节俭，励精图治，堪称是一代英主。但是，由于他猜忌多疑，最后导致建储失当，所传非人，不出十四年，就使繁荣富强的隋王朝归于覆灭。

杨坚登上帝位之后，确立嫡长子杨勇为太子。杨勇赋性仁厚，率直任性，不懂得曲意逢迎；加上有些事没有处置好，造成父母疑忌，使他的太子地位发生了动摇。这就为聪慧狡黠、善于伪装，从而博得父母欢心的皇次子杨广趁势夺取储位提供了机会。杨广成为太子以后，原形毕露，日益骄纵无忌，竟至调戏他父亲的宠妃。杨坚这时才认清其狡诈嘴脸，顿生废黜之心。杨广见势不妙，便抢先下手，投毒害死父亲，抢登帝座。结果引发了内乱，双方出动了数十万兵马，浴血凶杀，朝野上下为之震荡。

先前，文帝杨坚曾自豪地说："前世天子，溺于嬖幸，嫡庶分争，遂有废立，或至亡国；朕旁无姬妾，五子同母，可谓真兄弟也。"谁知，曾岁月之几何，这五个"真兄弟"，便为疯狂的权欲、野心所驱使，明争暗斗，势同水火，最后，五人竟无一善终。

唐朝的开国帝王李渊，带领建成、世民、元吉同胞三兄弟，起兵反隋，很快就攻下长安，建立了唐朝。遵照皇位嫡长子继承制，李渊登极一个月，即册立嫡长子建成为太子，同时封世民为秦王，元吉为齐王。为了帮助太子树立威信，李渊经常委之以重任，每次临朝，都让他随侍左右，使之洞悉国事，增长才干。而把领兵出征、削平四方割据势力、镇压农民起义、广泛扩展地盘等重要军务，都交给了世民。本来，在灭隋立国过程中，主要是依靠世民的智谋和勇敢，现在，由于他战胜攻取，屡建奇功，勋劳卓著，就益发获取了崇高威望。在世民手下，有一大批著名战将，还有号称"十八学士"的智囊团队；而建成与元吉串通一气，外结朝臣，内连嬖幸、宠妃，在父王面前诋毁世民。从而在王朝内部形成了两个势不两立的政治集团，斗争之激烈，达到了白热化程度。

在这一始料未及的严重态势面前，李渊陷入极度苦恼之中：明明知道，世民劳苦功高，应该得位；可是，建成待位已久，又无法让他退出。真是事出两难，一筹莫展。最后，他想出一个点子，让世民居洛阳，“自陕以东皆主之”，建天子旌旗，规格拟于皇上。李渊的意图，是想借鉴汉文帝的经验，通过施行“平衡术”来缓和兄弟间的冲突，并保全诸子。但他并未深加考虑，雄心勃勃的世民，如果独据陕东，不啻如虎添翼，最后必然导致一朝二主，国家分裂。后来经过建成提醒，老皇帝也就幡然醒悟，收回成命了。

恰在这时，突厥发数万骑兵大举进犯，太子提议由齐王元吉代替世民率兵出征，以夺取世民的兵权；齐王又提出条件，要秦王府的尉迟恭、程知节、秦叔宝等大批将领随军出征，采取“釜底抽薪”策略架空秦王，以便乘机将他除掉。李渊并没有想到这一层，也就点头同意了。但秦王府的智囊却看得一清二楚，他们立刻商议对策，最后决定抢先下手，伏兵玄武门，截杀建成、元吉。这就是历史上著名的“玄武门之变”。结局是，三天过后，李渊便宣布世民为太子，全权处理国家政务，两个月后太子即皇帝位，李渊当了太上皇。

清代学者王夫之在《读通鉴论》中评论说：初得天下，李渊完全可以创制垂法，立贤能、有功者为皇储，而不必拘守“立嫡立长”的成例。可是他没有这么做，结果就步步被动，“故高祖之处此，难矣。非直难也，诚无以处之，智者不能为之辩，勇者不能为之决也”。

具有讽刺意味的是，号称千古明君的唐太宗本人，最后也不免重蹈他父亲的覆辙，在立嗣方面屡走败棋。先是立八岁的长子李承乾为太子，悉心培养，无奈他太不成器，胡作非为，后来竟然在权臣的煽动下谋反，事败被废为庶人。皇四子魏王李泰聪明好学，端肃多才，太宗比较看好，曾面许立为太子；但朝中重臣多数反对，指出：“陛下日者既立承乾为太子，复宠魏王，礼秩过于承乾，以成今日之祸。前事不远，足以为鉴。”他们主张立皇九子晋王李治。就在太宗举棋不定情况下，李泰恃宠骄横，干了许多蠢事，最后遭到罢黜。这样，李治便获得了储位，进而又继承大统。由于他庸懦昏弱，“溺爱衽席”，执意立武则天为皇后，险些断送了大唐王朝。

面对诸皇子争夺储位的火拼纷争，太宗苦恼万分，自叹“我心诚无聊赖”，竟然“自投于床”，“抽佩刀欲自刺”。《新唐书·本纪》中批评他：“以太宗之明，昧于知子，废立之际，不能自决，卒用昏童。”

与唐太宗类似，清代的康熙帝也因为建储问题而耗尽精神，心力交瘁。说起他的功业，确实是彪炳千古，有口皆碑；对于传位、继统的重要性，他也非常清楚，因而很早就做出了安排。早在康熙十四年，他仅仅二十一岁，就立了皇后生下的二子胤礽为太子。为什么没有立长子胤禔呢？因为他是庶出。在立长立嫡无法兼顾的情况下，康熙帝做了这样选择。他为了培养太子胤礽，可说是煞费苦心，从小就延请名儒施教，自己还亲自讲授“四书五经”；稍长，无论是南巡北狩，都令其随行，朝夕传授治国之道。太子进步很快，学识渊博，而且精于骑射，深得康熙帝的信任和喜爱。

随着时间的推移，众多的皇子相继长大成人，他们各自在权臣的辅佐下，施展权术，培植势力，做谋取储位的准备。而胤礽作为法定继承人，背上的包袱最重，既害怕诸兄弟夺位，又担心老皇帝移爱。于是，在朝中扩充自己的实力，并和权臣索额图结成了帮派，以专宠固位。而索额图与另一位权臣明珠水火不容，拼搏激烈。明珠等就力推皇长子胤禔争储，双方拉开了决斗的阵势。康熙帝自然不会容忍这种事态发生，便先后向两个权臣开刀。索额图被处死后，激起了太子对皇帝的怨恨，蓄意为之报仇。致使康熙帝昼夜担心自己的生命安全，于是决心易储。

这样，又引起了更多皇子的觊觎，尤其是皇长子胤禔、皇八子胤禩，都做了充分表演，被康熙帝一一看穿。在很短时间里，拘囚了六个皇子。但他毕竟已经年近六旬，这样下去，将如何收场呢？后来，除皇长子外，其余五人全部放出，并让群臣公议立储之事。结果，包括皇九子、皇十子、皇十四子在内的诸皇子及王公重臣，一致保举皇八子胤禩为太子。康熙帝发现胤禩竟如此深孚众望，为了防止其直接危及皇权，便摆出一着出人意料的绝棋，复立胤礽为太子。这一举措，引致了新的混乱，众多保举胤禩者都危不自安。为了稳定人心，康熙帝便对其他皇子加爵晋封。同样没有达到预期目的，反而增加了诸皇子新的拼争砝码；而胤礽也并没有因为得以复立而心存感激，反倒变本加厉地为夺取皇位疯狂运作。结果，逼使康熙帝痛下决心，再度废掉太子。为了给自己选人失当找出借口，康熙帝强调，胤礽的变坏乃是上了坏人的当："凡人幼时犹可教训，及长，而诱于党类，便各有所为，不复能拘制矣。"

这两度废立，反复折腾，使康熙帝受到极大的刺激，对于预立太子的弊端也深有所悟，于是，明令告诫："诸皇子中如有谋为皇太子者，即国之贼，法所不宥。"这当然并不能从根本上解决问题。在帝位至尊、皇权无限的诱惑下，诸皇子哪个也不甘示弱，仍然"纷置党羽，联络臣工，刺探朝政及其父王之起居，希冀迎合上意，借邀宠眷"。就在这日甚一日的激烈竞争中，老皇帝带着深重的苦恼和无边的憾恨，撒手尘寰了。

三

前面论及中国封建王朝史上颇有作为、堪称英主的五位帝王，其中的隋文帝、唐高祖、明太祖还是开国皇帝。这些创业垂统、叱咤风云、建树了伟绩丰功的大人物，都曾是攻无不克、战无不胜、所向披靡的强者。照常理推测，他们筹措任何事情都应该是得心应手，心想事成，一帆风顺，没有闯不过的关口；可是，唯独在建储、交班这件事上，屡屡受挫，捉襟见肘，焦头烂额，狼狈不堪。而且，越是那些开基创业、大有作为的英明君主，在处理继统问题上，越是容易出现麻烦。这真是一个发人深思的现象，其间究竟有些什么规律性认识可供研索呢？

可以从史学角度分析。这种“龙头鼠尾”，或“其兴也勃，其亡也忽”现象，反映了历史的规律性。鲁迅先生说过：“无论什么局面，当开创之际，必靠许多‘还债者’；创业既定，即发生许多‘讨债者’。此‘讨债者’发生迟，局面好；发生早，局面糟；与‘还债的’同时发生，局面完。呜呼‘还债的’也！”一声浩叹，感喟无尽。那些费尽了移山气力，开创了宏基伟业的英明君主，不都是标准的“还债者”吗？封建王朝的盛衰、兴替，正是这些“还债者”与“讨债者”（败家子，不成器的接班人）相伴而生、统一构成的必然结果。

也可以从哲学角度探索。“种下的是龙种，收获的是跳蚤”。这种愿望与实际、动机与效果恰相背离的“悖论”，是一种无解性的命题，也可以说命题自身即体现着不可破解的矛盾。之所以如此，盖因其间封建帝统制度、僵死的惰性的接班人机制起着决定作用。

还有什么角度呢？似可引述《道德经》中“天之道，其犹张弓欤，高者抑之，下者举之，有余者损之，不足者补之”，说明“天道忌全”，不使“一家独大”。老百姓也常说：“上辈精明下辈茶，太阳老爷轮流转。”也可借助自然现象来证明：高山之下，必有峻谷；长松之下，寸草不生。上一代把风光占尽了，不曾为下一代预留余地，结果是“君子之泽，一世而斩”。这是一种带有某些神秘性、先验性的解释。其然，岂其然乎？

规律说，悖论说，天意说——各逞异辞，言人人殊。

其实，症结所在，是封建专制下的皇位世袭制与终身制。所谓“无解性命题”，根源盖出于此。明确一点说，再英明的君主，也难以摆脱“立嫡立长不以贤”的死框框，最终同昏庸君主一样，陷入那个永远跳不出的魔圈。这里有三个侧面：

一、太子。贤也罢，愚也罢，太子这个角色实在难以把持，或者说，很难站住脚。而且，待位时间越长，风险越大，危机越深。作为君权的法定继承人、权力继承的最大受益者，他当然盼望君权能够平稳过渡。可是，实际情况却要复杂得多。太子公开册立之日，便是他与皇帝、与其他皇子启衅之时。太子与皇帝，说是骨肉情深，实际上，关系最难处理。对于太子，老皇帝总是戒心、疑心胜过爱意、亲情。皇帝的特权具有唯一性，绝对不容许任何人（太子也不例外）侵犯一丝一毫；而皇帝本身又负有培养太子继承君权的义务，需要帮助太子树立权威，否则，日后接班，他将难以服众，难以遏制女后、外戚、宗室、功臣等多种势力对最高权力的觊觎。在皇帝面前，太子如果太得人心，肯定遭到疑忌；而若真的庸懦无能，又难入英明君父的法眼。这是难解的二元悖论，用一句歇后语来形容，叫作“反贴门神——左右难”。

由于处在权力争夺的风口浪尖，太子必然要设法自保，以防备他人取代。除了费尽心机邀宠于君父，还须利用储君身份，扩展私人势力，千方百计压倒潜在的竞争对手。从另一面看，权力是一种强烈的腐蚀剂。一人之下、万人之上的特殊地位，使他虽未践位，但手中握着权力的“潜力股”，升值空间无限；一当其羽翼长成，很容易骄纵自恃，萌生祸心，所谓“储位既正，人性易骄”，权欲熏蒸、野心狂炽。特别是身边还有大批想要扯着太子衣襟往上蹿的权臣、太监，更会极力撺掇他以种种非常手段抢班夺权。历代王朝更迭中，一幅幅父子、兄弟、叔侄互相残杀的血腥画面，彰彰在人耳目。

二、英明的君主。他们属于顶级封建统治者中较有政治远见的人物。特别是那些开国帝王，因为经历了前朝的兵连祸结、社会动乱，熟谙为政得失的要害，所以，总是比较注重轻徭薄赋，勤政亲民，不使社会矛盾激化为国家灾难，危及帝国的长治久安。但是，由于受到时代、阶级的限制，他们的根本出发点不可能是天下或人民，只能是个人及家族的利益。这样，立储之时，首先必然考虑到，如何在众多因素制约下，选出符合皇族利益和皇帝本人意愿的人，以保障皇权的顺利交接，“家天下”的世袭不替。

可是，实际上，古今中外，对于任何君主来说，包括那些英明睿智、明察秋毫的圣帝贤王，选择接班人都是一个天大的难题。“不如意者常八九”，处置得当、达到理想要求的，为数甚少。由于封建继统实行的是“嫡长子继承制”或“秘密建储制”，缺乏一种公开、公平、公正的机制，皇帝总是根据自己的判断、依凭个人的喜好来选择继统者。再英明的君主，也会看人“走眼”；即使当时并没有看错，而处在动态过程中的太子，随着时间的推移、地位的改变、周围环境的影响，也难保日后不会发生异化。

为了后继有人，能够发皇历经千难万险开创的帝业，那些英主明君在择储、建储过程中，无不百般慎重，小心翼翼，仔细掂量，唯恐出现闪失；结果导致信息错乱，干扰因素重叠，脱离正常状态，受到某种特殊的意念支配，反而加大了难度与风险。最恰当的例证，是给至爱亲朋做手术，医生越是加倍小心，往往越会出现纰漏。

按照创业与守成的规律，面对开创者所建立的惊天伟业、留下的巨大摊子，以及亟待处置的各种遗留问题，要求继统者即使不能“强爷胜祖”，超越前辈，起码也应该能够相为伯仲。因此，英主选择接班人，难免条件苛刻，期望值过高，总觉得择非所求，未能如愿，以致犹疑不定，出尔反尔。这样，反倒容易挑花了眼；更是导致储君地位不稳，从而横生枝节、平添变故的直接原因。

当然，也有另一种说法：有些强势的君主比较看好弱势的接班人。

如果存在下述考虑，这种说法或可成立：一是“一山不容二虎”；二是老皇帝害怕继任者擅革旧制，希望有个“三年无改于父之道”的孝子。不过，更多情况下，恐怕是皇子震慑于无比雄强、桀骜的父辈，在辉煌耀眼的功业面前，常会产生一种自愧弗如的敬畏心理；特别是在强势君父的过苛吹求、严格管束之下，日久天长，遂逐渐养成盲目崇拜、无条件服从、唯唯诺诺的性格。还有一种可能，并非继统者真的弱势，而是父辈过于强势，事业过于宏伟，继统者无法望其项背，相对地看就显得弱势了。

历史经验表明，确立储君还有个最佳时机的选择问题。选立储君，为时过早，并不一定就是好事。乾隆帝最初立储时，正当春秋鼎盛之际，太子才两岁，上面一个长兄，也不过四岁，而且是庶出，不具备竞争条件。因此，没有遇到任何障碍。可是，由于他在位的时间过长，几十年间，又生下了三十三个皇子。这样，当两任太子相继早殇之后，再怎么选择就大费周章了。当然，立储过晚，同样也成问题。到了“英雄迟暮”之秋，濒临行将谢幕的窘迫处境，时不我与，被动应付，选择余地很小，而变数却很大，种种棘手问题横置其间，必然难于措置。何况，即便是英主明君，到了晚年，也会在性格、心理方面发生一些变异，这就更增加了选拔、培育接班人的难度。

三、客观环境、条件。这一点至关重要。人是环境的产物。社会环境、成熟条件、人生阅历、生命体验，就每个人来说，都是特定的。从这个意义上讲，那些奇才颖异的创业者是不可复制的。他们胜利地削除群雄、横扫六合，经过历史长期的层层汰洗、苛刻选择，终于被推上了政治历史舞台，登上了龙廷宝座。当时，因缘际会，风虎云龙，主动权在握，有尽多的驰骋天地，具备了大展奇才的条件。而那些后来人，包括刻意遴选出来的储君，并不具备君父成长的环境、人生的经历，因而很难造就出杰出的才能。这是无可奈何的悲哀。尤其是，绝大多数储君处于承平之世，外无敌国外患，内部一切可以坐享其成，本人又“生于深宫之中，长于妇人之手”，自幼锦衣玉食，不知稼穑之艰难，只能成为纨绔子弟。再加上，有些创业开基的君主，鉴于自己一生历险犯难，吃尽了世间苦楚，不忍心再让孩子重走老路，便一味放纵、溺爱。这样培育出来的接班人，必然庸劣不堪，不是昏聩无能，便是贪残暴虐，绝无杰出、优秀之可言。

通过前面的“三论”和后面从三个侧面所做的剖析，我觉得问题大致说清楚了。

无赖刘三

一

公元前 195 年，刘邦南面称王的第十二个年头。

这年十月，他率兵讨伐淮南王英布，安抚了南越王赵佗，平定了淮南、荆、楚地区，还朝途中，经过故乡沛县，留驻了下来。他在沛宫置酒高会，宴请家乡父老与旧时朋友。大家无拘无束地聚集在一起，一块儿喝酒、谈天；还挑选出一百二十名少年，教歌、习舞，尽情欢乐。

酒酣耳热、激情喷涌之际，刘邦回首几十年的戎马生涯，为已经取得的恢宏业绩踌躇满志；同时，也想到自己的身体已经大不如前，而太子又过分仁弱，朝野人心未定，还存在着诸多不安定的因素。且不说，一些诸侯王不能安分守己，各怀异志；就是边疆上也烟尘未息，需要有足够数量的勇猛、雄强的将士防守。汉兴以来，原本是“猛将如云，谋臣如雨”；无奈，刘邦对于战功卓著的元戎、统帅，心存戒虑，猜忌重重，担心他们拥兵自重，割据称雄，自谋发展，因此，一一剪除殆尽。这样，在他看来，真正赤胆忠心扶保汉室，且又具有超常军事才能的人，实在是少之又少了。于是，喜极而痛，不禁感伤起来，情不自禁地操起筑（一种类似琴的乐器）来，一边弹着，一边唱起自己随口编成的《大风歌》：

大风起兮云飞扬，
威加海内兮归故乡，
安得猛士兮守四方！

那“风起云扬”的意象，着实令人鼓舞，用它来状写秦汉之际政治形势的发展变化，也是形象而又贴切的。接着，诗思一转，导出这位“马上皇帝”稳操胜券、衣锦还乡的得意心态，也抒发了他对故乡的深厚感情。最后，“卒章显志”，表露出全诗的主旨所在，把他为一手开创的汉家基业而深谋远虑、呕心沥血的内心世界，和盘托出。

那天，高祖令所有的少年都跟着合唱，自己则随歌起舞，慷慨伤怀，“泣数行下”。他对父老乡亲们说：

游子悲故乡，朕虽以关中为都，长住都中，但万年之后，魂魄仍然乐于思念沛县。且朕由沛公身分出兵征讨暴逆，今日方能据有天下。因此，我要以沛县作朕的汤沐邑，免除全县民众的赋税，世世代代都不用交税了。

父老兄弟及旧日朋友听了，自是感激不尽，此后每天都陪着皇帝饮酒、叙话，彼此欢乐逾常。送行时，全县倾城出动。尔后，又在邑西设帐三天，饮酒作乐。

从刘邦的诗句与话语中，我们可以充分地感受到他的“恋乡情结”和其中所隐含的悲凉意绪。“胡马依北风，越鸟巢南枝。”人，何尝不是如此。过往的一切行走，原都是一步步地向着他的来路逼近，即使是那些叱咤风云的盖世豪杰，富有四海的一朝霸主，也不可能例外。特别是人到暮年，更有落叶归根、狐死首丘的强烈愿望。

这一年，刘邦已经六十二岁了。而且，在讨伐英布时为流矢所中，箭镞穿过厚厚的铠甲，进到肉里一寸左右，这使他的锐气为之大挫，心性有些灰颓。尽管眼下的荣华富贵、地位威权已经登峰造极，并世无人可比；但是，毕竟岁月无情，老之将至，正所谓“英雄得志犹情累，富贵还乡奈老何”（清人孙原湘诗）。事实的发展也恰像他所挂虑的那样，回去后仅仅四个月，就在长乐宫中“龙驭宾天”了。

正由于恋乡、怀土意识乃人情之常，因而，古往今来，它已经成为一个言说不尽的热门话题。不过，话又说回来，作为常人，可能说一说也就算了，最后无关大局；若是轮到一些临大事、膺重命、举足轻重的大人物身上，情况可就复杂得多了，最典型的莫过于西楚霸王项羽。

说到项羽，恐怕没有谁会否认他是英雄、好汉、大丈夫；但是，论者又普遍认为，他终究算不得成就宏图伟业、富有政治远见的杰出的政治家。在最关键的时刻，他缺乏“志在四方”的深谋远略，以致功败垂成。当他率军杀进关中，坐上皇帝的龙墩只是举步之劳的时候，他却踌躇不前，望而却步了。倒不是出于恐惧，——西楚霸王心目中没有不可战胜的敌手；而是做了情感的俘虏。当他望见咸阳的宫殿已经化为灰烬，到处都是废瓦颓垣，士兵们又都想念着东方的故土，而他自己也觉得秦人对他或者他对秦人共同没有好感，留在“八百里秦川”很没有意思。当即决定，放弃关中，挥师东向，以紧邻故乡的彭城作为西楚的都城。

当下，谋士韩生加以劝阻，说：“关中高山险要，河流围绕，东有函谷关，南有武关，西有乌关，北有黄河，山河四塞，土地膏腴，作为都城真是太理想了。”项王却说：“富贵不归故乡，有如夜行衣锦，谁知之者?”韩生大失所望，骂他是“沐猴而冠”，结果，被扔进油锅里成了“油炸鬼”。

无赖与英豪过招儿，想的不是如何出奇制胜，而是，眼睛紧紧盯住对手的失误。而粗心大意的乌鸦一唱高调，叼着的肉块便会落入狡猾的狐狸口中。刘邦正是适时捕捉到项羽留置的可乘之机，因势乘便，不出三个月，汉军就大举入关，迅速填补了权力的真空，占据了关中的有利地盘。

宋代文学家苏洵评论项羽，“有取天下之才，而无取天下之虑”。清代诗人王昙也写诗加以批评：“天意何曾袒刘季，大王失计恋江东。早摧函谷称西帝，何必鸿门杀沛公。”针对项羽死前说的“此天之亡我，非战之罪也”，劈头断喝，说天意并没有袒护刘邦；项王的失策在于他留恋江东，决计返回故乡，以致坐失良机。如果能够早日攻破函谷关，进军长安，登上帝座；又何必等到后来刘邦成了“气候”，才不得不设下“鸿门宴”去设法谋杀他呢！

应该说，在这方面，刘邦是很会处理的。尽管他也非常留恋故乡，但并不感情用事，能够从大局出发，做出正确的决策。《资治通鉴》记载，刘邦开始定都洛阳，齐人娄敬劝他迁都长安。他一时拿不定主意，想要听听大家的意见。群臣中当地人占多数，“争言洛阳优势”，唯独张良力排众议，大讲关中在政治、经济、军事方面的重要地位，指出洛阳四面受敌，“非用武之国”。刘邦甚以为是，即日决定迁都长安。宋代学者胡致堂盛赞此举：“高帝起兵八年，岁无宁居，至是天下平定，当亦少思安逸之时也。而敏于用言，不自遑暇如此。其成帝业，宜哉！”

二

对高祖还乡这一颇具轰动效应的著名历史事件，《史记》《汉书》上都皇皇在录，历代的诗文典籍，也都以不同观点、从不同角度，作了大量的评述。

唐代诗人胡曾题诗予以赞颂：

汉高辛苦事干戈，帝业兴隆俊杰多。
犹恨四方无猛士，还乡悲唱大风歌。

清代诗人袁枚就此写了两首七律，对高皇帝荣归故里、慷慨悲歌这一豪情壮举，特别是对于那首前无古人的千秋绝唱，极尽颂扬之能事。其一云：

高台击筑忆英雄，马上归来句亦工。
一代君王酣饮后，千年魂魄故乡中。
青天弓剑无留影，落日河山有大风。
百二十人飘散尽，满村牧笛是歌童。

第二首诗中的后四句是：

父老尚知皇帝贵，水流如听筑声孤。
千秋万岁风云在，似此还乡信丈夫。

此老一向会作趋奉文章，这些诗句也同样弥漫着这种陈腐的味道。

而最具特色的是元代散曲作家睢景臣的《哨遍·高祖还乡》。作者选取独特的视角，以全新的手法和十分巧妙的叙述方式，再现了当时的场景，对一千多年前的史迹进行别开生面的解读。

作品一开头，就通过一位担当“叙述人”角色的村民，以第一人称描述村社头面人物准备接驾的场景——那些原本土头土脑、懵懵懂懂的村干部，今天却显得威风八面、盛气凌人，摊派差使、布置场面，比过去加倍的蛮横无理。一方面描绘了这一盛典的肃穆、庄严；一方面也衬托出这位“草根皇帝”还乡可鄙可笑的行径。

在叙述人看来，你皇上也好，大员也好，回乡就回乡呗，有什么必要招摇造势，小题大做呢！而那班筹划接驾的人，整饬衣裳、执盘备酒、吹笛擂鼓，原本是一帮“乔男女”在那里弄景、“装幺”、“胡踢蹬”。

紧接着，作者以［耍孩儿］、［五煞］、［四煞］三支曲子，描画了皇家仪仗、舆服的赫赫声势，通过村民眼中所见，活灵活现地展示了封建帝王出巡时的盛大排场。但并非正面铺陈，而是以戏谑、调侃的话语出之，从而涂抹掉笼罩在“龙章凤质”之上的神秘灵光。那无比庄严、神圣的月旗、日旗、蟠龙旗、凤凰旗、飞虎旗，在这位村民眼中，却成了：

> 一面旗白胡阑套住个迎霜兔，一面旗红曲连打着个毕月乌，一面旗鸡学舞，一面旗狗生双翅，一面旗蛇缠葫芦。

而金瓜、钺斧、朝天镫、红叉、雉扇，以及那些执仗者，则是：

> 红漆了叉，银铮了斧，甜瓜苦瓜黄金镀，明晃晃马镫枪尖上挑，白雪雪鹅毛扇上铺。这几个乔人物，拿着些不曾见的器仗，穿着些大作怪衣服。

通过对迎驾队伍与皇家仪仗、扈从场面的杂乱、喧嚣的渲染，使人感到所谓御驾还乡的盛典，不过是一场莫名其妙、笑料百出的滑稽闹剧。

仪仗队过去之后，皇帝的车驾迎面而来。皇帝下车了！那君临天下、威仪万方的帝王，在这位村民眼中，只就是“那大汉”。接下来的四支曲子，集中地表现了叙事人对“那大汉”的蔑视态度。

[三煞] 那大汉下的车，众人施礼数。那大汉觑得人如无物。众乡老展脚舒腰拜，那大汉挪身着手扶。猛可里抬头觑，觑多时认得，险气破我胸脯！

[二煞] 你须身姓刘，你妻须姓吕。把你两家儿根脚从头数。你本身做亭长，耽几盏酒；你丈人教村学，读几卷书。曾在俺庄东住，也曾与我喂牛切草，拽柙扶锄。

[一煞] 春采了桑，冬借了俺粟，零支了米麦无重数。换田契强秤了麻三秤，还酒债偷量了豆几斛。有甚糊涂处？明标着册历，现放着文书。

[尾] 少我的钱，差发内旋拨还；欠我的粟，税粮中私准除。只道刘三，谁肯把你揪捽住？白甚么改了姓、更了名，唤做汉高祖！

这样，就直接把矛头对准了皇帝本人，大胆泼辣地进行挖苦、嘲弄与鞭挞。“泄底最怕老乡亲”。由那位本来就熟识刘邦的村民出面来戳穿老底，历数他当年如何不务正业、好酒贪杯、抢麻偷豆，什么坏事都曾干过，彻底地暴露了这个“无赖刘三”的本来面目，让人们看清楚了声威赫赫的帝王原本是个什么东西。

前情后景，事件经过，都是通过这个了解底细的村民眼中所见、心中所想，并巧借他的嘴巴说出来，反映了这位当事人的生活经验、心理反应、认识能力和观察事物的特点。

本来，“汉高祖”是刘邦死后的庙号，他活着的时候不可能有这种称呼；可是，出自一个村民之口，当面指斥他：大丈夫做事要敢作敢当，不该为了逃脱债务，便改姓更名，叫什么“汉高祖”，这就令人忍俊不禁，掩口胡卢而笑了。

作品把一向被奉为神圣不可侵犯的皇家盛典，处理成怪相迭出、滑稽无比、颇为村民侧目的一场闹剧，意在剥下皇帝的伪装，还他流氓无赖的本真面目，以倾泻世人深藏于心底的不满情绪。

散曲问世后，数百年间受到了文学界的普遍赞誉。与作者同时代的钟嗣成称赞说：“维扬诸公，俱作《高祖还乡》套数，惟公《哨遍》制作新奇，余者皆出其下。”现代著名文学史家郑振铎在《插图本中国文学史》中，也说它“确是一篇奇作”，通篇“借了村庄农人们的眼光，看出这位‘流氓皇帝’装模作样的衣锦还乡的可笑的情形来。真把刘邦挖苦透了”。

三

其实，说起这位“流氓皇帝”的般般行径，史书上原本就有案可查，是无须文人笔下渲染的。刘邦的痞子个性与无赖习气，在历代帝王中是出了名的，而且，为当时公众所有目共睹，以致本朝修撰的所谓“正史”，也无法巧加涂饰，“为尊者讳”。

他出身农家，却又游手好闲，不事生产，而且好色、轻薄。当亭长时，对公所中的吏人无不加以轻侮，并经常向酒馆赊酒，无钱付账，醉卧不起。父亲刘太公嫌他没有出息，直接指斥他为“无赖”。直到当上了皇帝，也还是流里流气，对他人缺乏应有的尊重。诸如，往儒生的帽子里撒尿；骑在大臣的脖子上问话；对于诸侯王动辄“箕踞骂詈”，加以慢侮；等等，都充分地反映出他的市井流氓习气。借用孟老夫子评价梁襄王的话：“望之不似人君，就之而不见所畏焉。”倒是恰合榫卯的。

刘邦从小就厌烦读书，缺乏应有的文化素养，是中国第一个“匹夫崛起而有天下者”。他最初当泗水亭长，大约是负责接待往来公干的食宿、行旅。比起他在沛上的那些朋友，就算是有头有脸的了。经常与他交游的那些人，大多是引车卖浆、贩夫走卒者流，有的甚至连个正当职业都没有。萧何、曹参，史书上说他们，“皆起秦刀笔吏，当时碌碌，未有奇节”。周勃“为布衣时，鄙朴庸人”，生活无着，靠帮助人家办丧事混点零花钱。

单父县有个吕公，为着躲避仇人，迁来沛县落户，沛中豪杰、吏人都前往祝贺。当时，萧何担任接待、受礼的差使，一看来的人太多了，便宣布贺礼不足一千钱的一律坐于堂下。这天刘邦也到场了，他哪里拿得出一千钱，但觉得坐在堂下不够体面，便高喊：“贺钱一万！”然后，就毫不客气地端坐于首席之上，谈笑自若，频频饮酒。萧何也拿他没有办法。

夏侯婴是他的同乡，两人一向很亲近。有一次，他开玩笑，不小心把夏侯婴弄伤了，被他人告发。按当时的条律，他身为亭长，有官职而伤害人，应该科以重罪。于是，他就申诉说，并无伤害别人之事，还让夏侯婴本人出来作证。后来案子翻了过来，进行复审，结果，夏侯婴为他坐牢一年多，并被鞭笞数百。

这是对待朋友。那么，对待自己的亲人又如何呢？同样是忮刻寡恩，不讲情面。他在寒微时，常常带朋友们到家里吃饭，长嫂讨厌他只吃饭不干活，便在他到来时，故意用勺子敲锅，表明羹汤已经喝光了，示意他们到别处去另找饭顿。可是，过后他弄清了真相，便记恨在心。当了皇帝之后，分封宗室，独独漏掉了这位长嫂的儿子。刘邦的老父亲觉得不公平，便出来为孙子讲情。刘邦说，只因为他的母亲不够资格做一个长辈。最后，经过讨价还价，封侄儿为“羹颉侯”。

羹颉者，羹竭也，以此对于长嫂进行报复。

刘邦就是这样，贵为天子、富有四海之后，气度仍然十分狭小，早年的丝恩发怨他都不肯放过，用群众的口语说，叫作“好翻小肠”。汉高祖九年，未央宫建成之日，他大宴群臣，席间，趁着向身为太上皇的父亲敬酒祝寿的机会，问道：“当年，你常常骂我为奸诈狡猾的无赖，说我不知道治理家业，不如我二哥勤俭。今天你看到了吧，我置下的产业与二哥相比，到底是谁多呀？”快意之情，溢于言表。在场的群臣高呼万岁，“大笑为乐”。只是，刘太公可难堪了，弄得面红耳赤，尴尬无言。

宋代诗人张方平，对此颇不以为然，写诗加以讥讽：

> 中酒疏狂不治生，中阳有土不归耕。
> 偶因世乱成功业，更向翁前与仲争！

中阳，是刘邦的故里。诗人指斥刘邦：酗酒疏狂，有地不种，不事生产；只是趁着乱世，浑水摸鱼，才夺得了天下，有什么值得夸耀的？到头来终究是个无赖。

刘邦的“产业观”，典型地反映了封建君主的天下私有论。他们“视天下为莫大之产业，传之子孙，受享无穷。汉高帝所谓‘某业所就，孰与仲多’者，其逐利之情，不觉溢之于辞矣”。（清初思想家黄宗羲语）

晚唐诗人唐彦谦则从另外一个角度，加以驳斥：

> 千载遗踪寄薜萝，沛中乡里汉山河。
> 长陵亦是闲丘陇，异日谁知与仲多！

诗中冷冷地说：岁月无情，时间淡化一切。风光无限的帝里，于今已沉埋于荒烟蔓草之中；而长陵（汉高祖墓）上的土，当时谁若是动了一点点，就算犯下杀头之罪，现在也都成了闲丘废陇了。究竟是谁高谁下，谁少谁多，怎么去说呢？

刘邦极端自私、残忍，存在着人性缺陷。楚汉战争全面展开后，彭城之役，汉军的主力被楚军围困，尽归覆没，刘邦率数十骑乘风奔逃。他带着一双儿女——后来的孝惠帝和鲁元公主，乘坐在驾术高超的夏侯婴的车上。当时，挽马已经疲惫不堪，后面的敌人又穷追不舍，他嫌车上人多，车跑得不够快，便屡次用脚去踢两个孩子，想把他们丢下车去。夏侯婴不忍心甩下无辜的孩子，每次都抱起相救。这样，自然就影响到马车奔跑的速度，刘邦气急败坏，几次要把夏侯婴杀掉。其为人之鸷狠，于兹可见。

广武之战中，项羽与他相持不下。这时，汉将彭越由梁地出兵，断绝楚军粮食，项羽深以为患。于是，便把作为人质的刘太公拉过来，放在阵前一个高处，然后给刘邦喊话："你现在若是不赶快投降，我就烹杀太公。"刘邦部下见此情景，都焦急万分；你道他是怎样答复项羽的：我们二人"都曾北面受命于怀王，同时'约为兄弟'。所以，我的父亲就是你的父亲。你如果一定要烹杀你的父亲，那就请你也分给我一杯羹"！话说得竟是这么轻松、洒脱，似乎与己毫不相干。真是无赖已极！

四

当然，刘邦最遭人诟病、最受世人谴责的还是他的残酷寡恩，诛戮功臣。到他还乡前后，开基创业的元勋已经被他诛杀殆尽；可是，唱起《大风歌》来，却又"泣数行下"，呼唤猛士。奸雄欺人，大抵如此。

应该说，刘邦对于英才在国脉兴衰、事业成败中的决定性作用，还是认识深刻的。他不仅善于从敌人营垒中争夺人才，像谋臣陈平、猛将韩信等都是从敌手项羽那里挖来的，对他们都给予了足够的信任，充分发挥其卓越的才能；而且，对于出身卑微，但才能超众的人也都加以破格使用。比如，对于当过吹鼓手的周勃，做过屠夫的樊哙，布贩出身的灌婴，穷书生郦食其，车老板娄敬，草寇彭越、英布等，他都网罗到身旁，并按照各人的特长委以重任，从而形成一个由智囊、猛将、战略家组成的庞大的人才集团。

但这只是一个方面。作为封建帝王，刘邦还有另外的一面。他在消灭了强大的敌手项羽之后，即皇帝位于汜水之阳，自以为天下既定，四海归一，便充分暴露其残忍、狠毒的本性，多疑善忌，诛戮功臣。

萧何，是刘邦的老乡，功高汉室，位冠群臣。在楚汉相争中，一身系着天下的安危，深得刘邦的倚重，但是，却不能消除对他的猜忌。诛杀淮阴侯韩信之后，萧何被拜为相国，加封五千户，并派五百士兵负责保卫他的安全。周围的人都向他致贺，唯独邵平哀吊他。邵平说：灾祸从现在开始了。皇上带着军队，在外辛苦作战，而你安守城中，没有矢石之险，却增加封地，还派遣众兵守卫——实际是看守、监视着你。看得出皇帝已经心生疑忌了。这番话正好说到萧何的心坎里。

他记得，早在与项羽对峙时，刘邦就曾多次派人侦察他的动向。后来，他主动让子孙兄弟凡是能够作战的全都到汉军里服役，实际是充当了人质，这才解除了汉王的怀疑。这次，他听了邵平的劝告，把全部家财捐助给军队，以讨好皇上。但这还不够，因为他自到关中以来，一直得到百姓的拥戴，刘邦听说后，曾屡次派人监视他的作为，怕的是人民归向于他而背离皇上。为此，他便多买一些田地，利用手中的权势，鱼肉百姓，以激起民愤，污秽自己。这样，刘邦的心才算踏实了，免除了对他的戒虑，他才得以善终。

就此，宋代诗人张耒有诗云：

> 萧公俯仰系安危，功业君王心独知。
> 犹道邵平能缓颊（婉言劝解），君臣从古固多疑。

对一个刀笔吏出身的相国，刘邦尚且如此疑神疑鬼；至于手握重兵的人，当然就更是深猜重忌，必欲除之而后已了。

大将韩信的奇功伟业不消说了。即如彭越、英布，也是大有功于汉室的。当日刘邦大败于荥阳、成皋之间，项羽之所以不能挥师西进，捉此“瓮中之鳖”，也就是因为彭越在梁地流动作战，与汉军紧相配合，死死地拖住了楚军。当时，他的作用是，投于楚则汉破，投于汉则楚危。而号称“功冠诸侯”的英布，素以骁勇善战著称，由于他的背楚向汉，使双方力量的对比发生了显著变化。在垓下决战中，英布也曾发挥过举足轻重的作用。那么，刘邦得位之后，又是怎样报答他们的呢？

本来，他在封赐韩信等功臣王位之后，曾经信誓旦旦地做出承诺，给予他们以免罪特权，“剖符作誓，丹书铁契，金匮石言，藏之宗庙”。可是，墨迹未干，言犹在耳，他就出尔反尔，上下其手，设计逮捕了韩信，降王为侯，囚禁起来，最后被吕后杀掉，并诛灭了三族。同一年，梁王彭越也被剁成了肉酱。尔后，淮南王英布因惧祸及身，被逼谋反，也惨遭屠戮。真是“功似韩彭犹俎醢，英雄末路太凄凉”啊！

铲除异姓诸侯王，确保刘氏“家天下”，这是汉高帝既定的国策，而前者又是后者得以实现的前提条件。这从《史记·淮阴侯列传》高祖“见（韩）信死，且喜且怜之”的记载中，也可以看得出来。异姓功臣封王，原本是汉初一项“事出无奈”的权宜之计，或者说是一种羁縻策略。因为如果不这样做，就笼络不住那些手握重兵、喑哑叱咤的“强梁”。但它毕竟是和刘邦“家天下”的基本国策大相悖反的。史载：高帝在日，即曾杀白马而为盟誓：“非刘氏而王，天下共击之。”因而，“谋反”云云，不过是一种借口；那些异姓诸侯王即使不以“谋反”见诛，也会因其他罪名、以其他形式，招致杀身之祸。后世的宋太祖说得再露骨不过了：“卧榻之旁，岂容他人鼾睡耶！”

作为一个雄猜、鸷狠的封建帝王，从他防止分裂割据、建立统一的多民族的封建国家的政治需要而言，或者巩固其刘氏一家一姓的专制统治来考量，诛杀异姓诸侯王，自有其足够的理由；但是，若从人性的角度、道义的角度、做人的角度，来评说刘邦的立身处世、功过是非，那就是另外一码事了。

诗人看问题，有其敏锐的视角。纵观历代诗坛，大多数人对于刘邦都持鄙薄、批评的态度。最有名的是北宋两位诗人的绝句。张方平有一首《歌风台》诗：

落魄刘郎作帝归，樽前感慨大风诗。
淮阴反接英彭族，更欲多求猛士为？

在叙说过落魄失意的刘郎当上皇帝，衣锦还乡，乘兴作歌之后，接着反问道：连那些当年立下汗马功劳的元勋宿将，像韩信、英布、彭越等，都被你一个个地绑缚杀戮，夷灭三族了，现在，还呼唤更多的猛士干什么呢？

王安石在《读汉功臣表》一诗中，诘问得也十分峻厉：

汉家封土建忠良，铁券丹书信誓长。

本待山河如带砺，缘何俎醢赠侯王？

尖锐地揭示了刘邦杀功臣和求猛士的矛盾与对立。

清代诗人黄任也借着这个题目，向刘邦发出了质问：

天子依然归故乡，大风歌罢转苍凉。
当时何不怜功狗，留取韩彭守四方？

意思是说，与其现在高呼猛士，何不当时爱怜韩信、彭越那一些“功狗”（指为汉家天下建功立业的人），让他们镇守四方，靖难天下呢？出语冷隽，即使刘邦于地下闻之，亦当声噎语塞。驳诘力是很强的。

唐代诗人刘禹锡写过这样一首诗：

将略兵机命世雄，苍黄钟室叹良弓。
遂令后代登坛者，每一寻思怕立功。

“苍黄钟室叹良弓”之句，专说韩信。其中包括两层意思：一是，韩信被杀之前，曾被囚禁于长乐宫的钟室。二是，汉高祖六年，有人密告韩信谋反，刘邦将他绑缚起来。韩信慨然长叹，说：“果然像人们所说的：‘狡兔死，走狗烹；高鸟尽，良弓藏；敌国破，谋臣亡。’天下已定，我固然应该遭到杀头的命运。”后面两句，下笔如刀，道尽了封建制度下登坛拜将的功臣良将的共同的悲惨下场。

五

在楚强汉弱，实力悬殊的情势下，刘邦居然能够获得胜利，原因是多方面的，诸如坚持了正确的政治主张，得到人民的拥护，符合历史发展的要求；实行成功的战略策略；特别是善于用人，多谋善断，都是重要因素。但是应该说，同他善于利用权术、不择手段、不守信义，不放过任何机会，该出手时就出手，根本不考虑什么形象、什么道义、什么原则、什么是非，一切以现实的功利为转移，从而能够掌握先机，稳操胜算，也有直接关系。

正是他的那种不守信义、六亲不认的卑劣人格与无赖习气，那种政治流氓的惯用手段、欺骗伎俩，那种只求功利、不顾情理，只看现实、不计后果，只讲目的、不择手段的实用主义，多次帮助他走出困境，化险为夷，转败为胜。而这种道德与功业完全脱节的情况之所以出现，乃是由于秦汉之际，价值体系紊乱，社会道德沦丧，重功利轻伦理成为一时的风尚，从而使刘邦的肆行无忌，不仅逃脱了社会舆论的谴责，而且获得了广阔的发展空间。

这里有一个典型事例。楚汉相争之际，刘邦受困于荥阳，粮饷断绝，命运岌岌可危。为了帮助他脱离险境，由将军纪信假扮作汉王刘邦，穿上王者之服，乘上黄盖车，用在东门外“假投降”的办法，来哄骗项羽。还把许多美貌女子安排在前边，后面跟随着两千多名军民，大家鱼贯而出，造成一种集体逃亡的假象。而刘邦则趁着这个时机，带上了数十骑，悄没声地由西门溜出，逃往成皋去了。项王弄清真相之后，气得暴跳如雷，当即把纪信连同车辆一齐烧毁。刘邦就是这样，为了一己活命，置将军纪信的生命于不顾，而且，使数千士兵、百姓跟着蒙难。说来也并不奇怪，只要联系到他无情地剪除那些与他一道出生入死、创立了伟绩奇功的开国元勋，就一切都洞若观火了。

在刘邦看来，这一切，都是正常的，必要的，是残酷的政治斗争使然，是当时的险恶环境所决定的。政治斗争，有如两军对阵，是一场你死我活、白刀子进红刀子出、你不吃人就会被人吃掉的殊死拼搏。如果一味地讲道义、守信誉、重然诺、讲交情，满脑子仁义道德、温良恭俭让，恪守公平竞争原则，而不懂得如何运用政治手腕、策划阴谋阳谋，那就连起码的生存条件都保不住，更何谈斗争的胜利、事业之成功呢！

说到对待功臣，刘邦也有他自己的看法。在他看来，韩信本不过是一名"官不过郎中，位不过执戟，言不听，画（谋划）不用"的普通士卒，是皇帝破格任用了他，为他提供了施展英才、建功立业的机会。要说感激，首先应该是功臣感激皇帝，而不是皇帝感激功臣。一切立足于自我，这正代表了这类封建帝王的个性特征。

汉兴之初，以现实功利为依归的另一个典型事例，是"雍齿封侯"。汉高祖遍封功臣之后，听到沙滩上有数人偶语，原来是在议论：皇上所封的都是故人及所亲爱者，而诛杀的都是平生仇怨之人。许多人担心因受疑忌而遭到屠杀，于是，聚到一处，准备反叛。刘邦适时地采纳了张良的建议，把他的最大仇人、曾经多次污辱过他的雍齿封为什方侯。这样，那些聚议反叛的人都安定了下来，说："雍齿尚且能够封侯，我们这些人还怕什么呢？"

听到这些，有人会接上问一句：那么，那个当年为他献身的纪信，死后可曾获得了什么封赏？对不起，皇帝老倌早就忘记了。对此，清代诗人吴昌荣为诗以刺之：

沙中偶语坐斜曛，雍齿封侯解众纷。
忘却焚身功第一，黄金未铸纪将军。

而这一点，恰恰是出身于贵族世家，耳濡目染孔孟倡导的仁爱忠信，从而常常束缚于各种道德规范的项羽所不具备的。刘邦手下的将领高起和王陵，曾对刘邦说："陛下慢而侮人，项羽仁而爱人。"听了，刘邦也未予反驳，可见，他是认同这一结论的。所以，我们有理由说，项羽的悲剧，其实是道德的悲剧。当时以至后世，之所以对这位失败的英雄追思、赞叹，人格的魅力与道德的张力起了很大作用。

这里揭示了一种历史的悖论，亦即功业与道德的背反。正是：

我是流氓我怕谁？汉家天子有施为。
项王仁义输天下，千古堪怜更可悲。

这样的事例，在历史上是屡见不鲜的。《左传》记载：公元前638年，宋与楚战。当时，宋军已排成阵列，而楚军正在渡河。当楚军半渡之时，宋大司马公孙固提议："我军人数少，楚军兵力强，应该乘他们还没有渡过泓水之时，向他们发起攻击。"宋襄公回绝说："不能乘人之危！"当楚军渡河完毕，尚在列阵之时，公孙固又请求发令进击楚军，襄公还是说："不，我不能乘人之危。"等到楚军列阵已毕，宋襄公这才下达攻击令。结果，由于失去了战机，宋军溃败，襄公也被射伤了大腿，他左右的将士，尽被歼灭。事后，国人埋怨襄公奉行仁义而招致败绩。襄公分辩说："仁者作战时，不攻击已经受伤的敌人，也不攻打头发斑白的老人。古人作战，并不依靠关塞险阻取胜。宋国虽然就要灭亡了，但寡人仍不忍心去攻打没有布好阵的敌人。"

实际上，宋襄公所处的时代，已经是视奸诈为智慧、视欺骗为才能的时代。而他却在残酷的两军对阵中，固守所谓"仁义道德"的底线，那还能取胜吗？

最后，为本文作个小结。

在刘邦身上，充分体现着历史的吊诡：一面残酷无情地诛戮功臣、杀害英才；一面却涕泗交流地高声呼唤着“安得猛士兮守四方”，是逢场作戏，装模作样？是仓皇反复，两面三刀？还是奸雄欺人，上下其手？楚汉相争的结局，揭示了道德与功业的悖反。项王的悲剧，从一定意义上说，是道德的悲剧；而刘邦的胜利，则颇得益于他的政治流氓的欺骗伎俩和善用权术、不守信义的卑劣人格与无赖习气，这使他把握住战场上的先机，多次化险为夷，转败为胜。“偶因世乱成功业”，功业把“流氓皇帝”装扮成了英雄；而真正的英雄——“力拔山兮气盖世”的西楚霸王，却因为失败而声名受损。流氓成功，小人得志，会使英雄气短，混世者为之扬眉吐气。

第三辑　他这一辈子

用破一生心

一

伴随着“皇帝热”、“辫子热”的蒸腾，曾国藩也被“炒”得不亦乐乎。其缘由未必都是市场的驱动，很可能还出自一种膜拜心理：拜罢英明的“圣主”，再来追慕一番“中兴第一名臣”，也是满合乎逻辑的。只是我总觉得，这位曾公似乎并不像某些人说的那样可亲、可敬，倒是十足地可怜。他的生命乐章太不浏亮，在那显赫的身影后面，除了一具猥琐、畏缩的躯壳之外，看不到多少生命的活力、灵魂的光彩——人们不禁要问：活得那么苦、那么累，值得吗？

关于苦，佛禅讲得最多，有所谓“人生八苦”的说法：生、老、病、死，与生俱来，可说是任人皆有的，只是程度不同而已；而求不得、厌憎聚、爱别离、五蕴盛，则是由欲而生，就因人各异了。古人说，人之有苦，为其有欲，如其无欲，苦从何来？曾国藩的苦，主要是来自过多、过强、过盛、过高的欲望，结果就心为形役，苦不堪言，最后不免活活地累死。

说到欲望，曾国藩原也无异于常人。经书上说：“饮食男女，人之大欲存焉。”他出生在农村，少年时代也是生性活泼，情感丰富的。十多岁出外就读，浪漫不羁，倜傥风流。相传他曾狎妓，妓名春燕，于春末三月三十日病殁，他遂集句书联以悼之：“未免有情，忆酒绿灯红，此日竟随春去了；似曾相识，帐梁空泥落，几时重见燕归来？”一时传为佳构。至于桎梏性灵，压抑情感，则是系统地接受了儒家思想，特别是程朱理学之后。其间自有一段改造、清洗的过程。

他原名子城，字伯涵，二十一岁肄业于湘乡书院，改号涤生，六年后中进士，更名国藩。“涤生”，取涤除旧污，以期进德修业之意；“国藩”，为国屏藩，显然是以“国之干城”相期许。合在一起，完整地勾画出儒家“修、齐、治、平”的成才之路，也恰切地表明了他的立德、立功、立言“三不朽”的终极追求。目标既定，剩下来的就是如何践履、如何操作的问题了。他在这条漫漫人生之路上，做出了明确的战略选择：一方面要超越平凡，通过登龙入仕，建立赫赫事功，达到出人头地；一方面要超越“此在”，通过内省功夫，跻身圣贤之域，“不忝于父母之所生，不愧为天地之完人”，达到名垂万世。

这种人生鹄的，无疑是至高、至上的。许多人拼搏终生，青灯皓发，碧血黄沙，直至赔上了那把老骨头，也终归不能望其项背。某些硕儒名流，德足为百世师，言可为天下法，却缺乏煌煌之业、赫赫之功；而一些建不世功、封万里侯的勋臣宿将，其道德文章又未足以副之，最后，都只能在徒唤奈何中咽下那死不甘心的一口气。求之于历代名臣，曾国藩可说是一个少见的例外。他居京十载，中进士，授翰林，拔擢内阁学士，遍兼礼部、兵部、刑部、工部、吏部侍郎，外放之后，办湘军，创洋务，兼署数省总督，权倾朝野，位列三公，成为清朝立国以来汉族大臣中功勋最大、权势最重、地位最高之人，应该说是超越了平凡；作为封建时代最后一位理学家，在思想、学术上造诣精深，当世及后人称之为“道德文章冠冕一代”，甚至被目为“今古完人”，也算得上是超越了“此在”吧？

可是，人们是否晓得，为了实现这“两个超越”，他竟耗费了多少心血，历经何等艰辛啊？只要翻开那部《曾文正公全集》浏览一过，你就不难得出结论，他是一个地地道道、不折不扣的悲剧人物，是一个终生置身炼狱，心灵备受熬煎，历经无边苦痛的可怜虫。

“功名两个字，用破一生心。”他自从背负上从儒家那里承袭下来的立功扬名的沉重包袱之后，便坠入了一张密密实实、巨细无遗的罗网，任凭你有孙悟空那样的冲天本领，也难以挣破网眼，逃逸出去；何况，他自己还要主动地参与结网，刻意去做那“缀网劳蛛”呢！随着读书渐多，理路渐明，那一套“立德、立功、立言”的终极追求，便像定海神针一般把他牢牢地锁定在无形的炼狱里。

歌德老人说，性格决定命运。那么，性格又是由什么决定的呢？这恐怕不是一个“遗传基因”所能了得，主要的还应从环境和教养方面查找原因。雄厚而沉重的历史文化积淀，已经为他做好了精巧的设计，给出了一切人生的答案，不可能再作别样的选择。他在读解历史、认知时代的过程中，一天天地被塑造、被结构了，最终成为历史和时代的制成品。于是，他本人也就像历史和时代那样复杂，那样诡谲，那样充满了悖论。这样一来，他也就作为父、祖辈道德观念的“人质”，作为封建祭坛上的牺牲，彻底地告别了自由，付出了自我，失去了自身固有的活力，再也无法摆脱其悲剧性的人生命运。

二

这种无形的炼狱，是由他自己一手铸成的。其中的奥蕴无穷，但一经勘破，却也十分简单：要实现“两个超越”，就必须跨越一系列的障碍，面对种种难以克服的矛盾，这也就是他进退维谷，跋前疐后，终生抑塞难舒，身后还要饱遭世人訾议的根本原因。

封建王朝一切建立奇功伟业者，都免不了要遭遇忠而见疑，功成身殒的危机，曾国藩自然也不例外，而且，由于他的汉员大臣身份，在种族界隔至为分明的清朝主子面前，这种危机更像一柄“达摩克利斯之剑”时时悬在头上。这是一种无法摆脱的两难选择：如果你能够甘于寂寞，终老林泉，倒可以避开一切风险，像庄子说的，山木“以不材得终其天年”，这一点是他所不取的——圣人早就教诲了：“君子疾没世而名不称焉”；而要立功名世，就会遭谗受忌，就要日夕思考如何保身、保位这个严峻的课题。明乎此，就不难理解曾国藩何以怀有那么强烈的危机感，几乎是惶惶不可终日。他对于古代盈虚、祸福的哲理，功高震主、树大招风的历史教训，实在是太熟悉、太留意了，因而时时处处都在防备着颠危之虞、杀身之祸。

他一生的主要功业在镇压太平军方面。但他率兵伊始，初出茅庐第一回，就在“靖港之役”中遭受灭顶的惨败，眼看着积年的心血、升腾的指望毁于一旦，一时百忧交集，痛不欲生，他两番纵身投江，都被左右救起。回到省城之后，又备受官绅、同僚奚落与攻击，愤懑之下，他声称要自杀以谢湘人，并写下了遗嘱，还让人购置了棺材。心中惨苦万状，却又“哑巴吃黄连”，有苦不能说，只好“打掉门牙肚里吞”。正如他所自述的：“余庚戌、辛亥间，为京师权贵所唾骂，癸丑、甲寅为长沙所唾骂，乙卯、丙辰为江西所唾骂，以及滨州之败、靖港之败、湖口之败，盖打脱牙之时多矣，无一次不和血吞之。”

那么，获取胜利之后又怎样呢？扑灭太平天国，兵克金陵，是曾氏梦寐以求的胜业，也是他一生成就的辉煌顶点，一时间，声望、权位如日中天，达于极盛。按说，这时候应该一释愁怀，快然于心了。可是，他反而“郁郁不自得，愁肠九回”，城破之日，竟然终夜无眠。原来，他在花团锦簇的后面看到了重重的陷阱、不测的深渊。同是一种苦痛，却有不同层次：过去为求胜而不得，自是困心恒虑，但那种焦苦之情常常消融于不断追求之中，里面总还透露着希望的曙光；而现在的苦痛，是在历经千难万险终于实现了胜利目标之后，却发现等待着自己的竟是一场灾祸，而并非预期的福祉，这实在是最可悲，也最令人伤心绝望的。

到现在，情况已经非常清楚了，尽管他竭忠尽智，立下了汗马功劳，但因其用兵过久，兵权太重，地盘忒大，朝廷从长远利益考虑，不能不视之为致命威胁。过去所以委之以重任，乃因东南半壁江山危如累卵，对付太平军非他莫属。而今，席卷江南、飙飞电举的太平军已经灰飞烟灭，代之而起的、随时都能问鼎京师的，是以湘军为核心的精强剽悍的汉族地主政治、军事力量。在历史老人的拨弄下，他和洪秀全翻了一个烧饼，湘军和太平军调换了位置，成为最高统治者的心腹大患。

其实，早在天京陷落之前，清廷即已从中央与地方、集权与分权的总体战略出发，采取多种防范措施，一面调兵遣将，把守关津，防止湘军异动；一面蓄意扶植淮军，从内部进行瓦解，限制其势力的膨胀。破城后，清廷立即密令亲信以查阅旗营为名，探察湘军动静。当日咸丰帝曾有“克复金陵者王”的遗命，可是，庆功之日，曾氏兄弟仅分别获封一等侯、伯。尤其使他心寒胆战的是，湘军入城伊始，即有许多官员弹劾其纪律废弛，虏获无数，残民以逞。清廷下诏，令其从速呈报历年军费开支账目。打了十几年烂仗，军饷一毫不拨，七拼八凑，勉强维持到今日。现在，征袍上血渍未干，却拉下脸子来查账，实无异于颁下了十二道金牌。闻讯后，曾国藩忧愤填膺，痛心如捣。“狡兔死走狗烹，飞鸟尽良弓藏，敌国破谋臣亡”的血腥史影，立刻在眼前浮现。此时心迹，他已披露在日记中：“古之得虚名而值时艰者，往往不克保其终。思此不胜大惧。”

对于清廷的转眼无恩，总有一天会“卸磨杀驴”，湘军众将领早已料得一清二楚，彷徨、困惑中，不免萌生“拥立”之念。据说，曾氏至为倚重的中兴名将胡林翼，几年前就曾专函探试：“东南半壁无主，我公其有意乎？”曾国藩看后惶恐骇汗，悄悄地撕个粉碎。湘军集团第二号人物左宗棠也曾撰写一联，故意向他请教：“神所凭依，将在德矣；鼎之轻重，似可问焉。”曾阅后，将下联的“似”改为“未”，原封送还。曾的幕僚王门运在一次闲谈中向他表明了“取彼虏而代之”的意思，他竟吓得不敢开腔，只是手蘸茶汁，在几案上有所点画。曾起立更衣，王偷着看了一眼，乃是一连串的“妄”字。

其实，曾国藩对他的主子也未必就那么死心塌地地愚忠，只是，审时度势，不敢贸然孤掷，以免断了那条得天地正气、做今古完人的圣路。于是，为了保全功名，免遭疑忌，继续取得清廷的信任，他毅然采取“断臂全身”的策略，在剪除太平军之后，主动奏请将自己一手创办并赖以起家的湘军五万名主力裁撤过半，并劝说其弟国荃奏请朝廷因病开缺，回籍调养，以避开因功遭忌的锋芒。他说：“处大位大权而震享大名，自古能有几人能善其末路者？总须设法将权位二字推让少许，灭去几成，则晚节渐可以收场耳。”这两项举措，正都是清廷急欲施行却又有些碍口的，见他主动提出，当即予以批准。还赏赐曾国荃六两人参，却无一言以相慰，使曾氏兄弟伤心至极。

三

曾国藩的人生追求，是“内圣外王”，既建非凡的功业，又做天地间之完人，从内外两界实现全面的超越；那么，他的痛苦也就同样来源于内外两界：一方面是朝廷上下的威胁，用他自己的话说，“处兹乱世，凡高位、大名、重权三者皆在忧危之中”，因而“畏祸之心刻刻不忘”；一方面是内在的心理压力，时时处处，一言一行，为树立高大而完美的形象，同样是如临深渊、如履薄冰般的惕惧。

去世前两年，他曾自撰一副对联：“战战兢兢，即生时不忘地狱；

坦坦荡荡，虽逆境亦畅天怀。”上联揭示内心的衷曲，还算写实；下联则仅仅是一种愿望而已，哪里有什么“坦坦荡荡”，恰恰相反，倒是“凄凄、惨惨、戚戚”，庶几近之。他完全明白，居官愈久，其阙失势必暴露得愈充分，被天下世人耻笑的把柄势必越积越多；而且，人都是有七情六欲的，种种视、听、言、动，未必都合乎圣训，中规中矩。在这么多的“心中的魔鬼”面前，他还能活得真实而自在吗？

他对自己的一切翰墨都看得很重，不要说函札之类本来就是写给他人看的，即使每天的日记，他也绝不马虎。他知道，日记既为内心的独白，就有揭示灵魂、敞开自我的作用，生前殁后，必然为亲友、僚属所知闻，甚至会广泛流布于世间，因此，下笔至为审慎，举凡对朝廷的看法，对他人的评骘，绝少涉及，为的是不致招惹麻烦，甚至有辱清名。相反地，里面倒是记载了个人的一些过苛过细的自责。比如，当他与人谈话时，自己表示了太多的意见；或者看人下棋，从旁指点了几招，他都要痛自悔责，在日记上骂自己“好表现，简直不是人”。甚至在私房里与太太开开玩笑，过后也要自讼“房闱不敬”，觉得与自己的身份不合，有失体统。

他在日记里写道：“近来焦虑过多，无一日游于坦荡之天，总由于名心太切，俗见太重二端”，“今欲去此二病，须在一‘淡’字上着意”，“凡人我之际，须看得平；功名之际，须看得淡”。脉把得很准，治疗也是对症的，应该承认，他的头脑非常清醒。只是，坐而言不能起而行，无异于放了一阵空枪，最后，依旧是找不到自我。他最欣赏苏东坡的一首诗：“治生不求富，读书不求官。譬如饮不醉，陶然有余欢。”可是，也就是止于欣赏而已。假如真的照着苏东坡说的做，真的能在一个“淡”字上着意，那也就没有后来的曾国藩了，自然，也就再无苦恼之可言了。由于他整天忧惧不已，遂导致长期失眠。一位友人深知他的病根所在，为他开了一个药方，他打开一看，竟是十二个字："岐黄可医身病，黄老可医心病。"他一笑置之。他何尝不懂得黄老之学可疗心疾，可是，在那"三不朽"的人生目标的驱策下，他又要建不世之功，又要做万世师表，怎么可能淡泊无为呢？

世间的苦是多种多样的。曾国藩的苦，有别于古代诗人为了"一语惊人"，冥心孤诣、刳肚搜肠之苦。比如唐朝的李贺，他的母亲就曾说："是儿要呕出心乃已耳！"但这种苦吟中，常常含蕴着无穷的乐趣；曾国藩的苦，和那些终日持斋受戒、面壁枯坐的"苦行僧"也不同。"苦行僧"的宗教虔诚发自一种真正的信仰，由于确信来生幸福的光芒照临着前路，因而苦亦不觉其苦，反而甘之如饴。而"中堂大人"则不然，他的灵魂是破碎的，心理是矛盾的，他的忍辱包羞、屈心抑志，俯首甘为荒淫君主、阴险太后的忠顺奴才，并非源于什么衷心的信仰，也不是寄希望于来生，而是为了实现现实人生中的一种欲望。这是一种人性的扭曲，绝无丝毫乐趣可言。从一定意义来说，他的这种痛深创钜的苦难经验，倒与旧时的贞妇守节有些相似。贞妇为了挣得一座旌表节烈的牌坊，甘心忍受人间最沉重的痛苦；而曾国藩同样也是为着那块意念中的"功德碑"而万苦不辞。

他节欲，戒烟，制怒，限制饮食，起居有常，保真养气，日食青菜若干、行数千步，夜晚不出房门，防止精神耗损，可说是最为重视养生的。但是，他却疾病缠身，体质日见衰弱，终致心力交瘁，中风不语，勉强活了六十二岁。死，对于他来说，其实倒是一种彻底的解脱。什么"超越"，什么"不朽"，统统地由他去吧！当然，那种无边的痛苦，并没有随着他的溘然长逝而扫地以尽，而是通过那些家训呀，书札呀，文集呀，言行录呀，转到了亲属、后人身上，这是一种名副其实的痛苦的传承，媒体的链接。

前几年看到一本"语录体"文字，它从曾国藩的诗文、家书、函札、日记中摘录出有关治生、用世、立身、修业等内容的大量论述，名之曰《人生苦语》。一个“苦”字将曾公的全部行藏、心迹活灵活现地概括出来，堪称点睛之笔。

四

曾国藩以匡时济世为人生的旨归，以修身进德为立身之本，采取积极进取的人生态度，这无疑是承传了孔孟之道的衣钵，但他同时，也有意识地吸收了老庄哲学的营养。他是由儒、道两种不同的传统生命智慧锻冶而成，因而能够站在更高的层次上，可以说，他是中国历史上兼收孔老、杂糅儒道最为纯熟、最见功力的一个。

由于他机敏过人，巧于应付，一生仕途基本上顺遂，加之，立功求名之心极为热切，简直就是一个有进无退的“过河卒子”，因而未曾真正地退藏过；但是，出于明哲保身的机智和韬光养晦的策略上的需要，他也还是把“盛时常作衰时想，上场当念下场时”奉为终生的座右铭，把黄老之学看作是一个精神的逋逃薮，一种适生价值与自卫方式，准备随时蜷缩到这个乌龟壳里，一面咀嚼着那些“高下相生，死生相因”的哲理，以求得心灵上的抚慰；一面从“尺蠖之屈，以求伸也”的权谋中，把握其再生的策略。

同是道家，在他的眼里，老子与庄周的分量并不一样。别看他选定的奉为效法榜样的三十二位中国古代圣哲中，只有庄周而无老子，其实，这是一种“兴发于此而义归于彼”的障眼法。庄周力主发现自我，强调独立的人格；不仅无求于世，而且，还要遗身于世虑江山之外，不为世人所求。这一套浮云富贵、粪土王侯、旷达恣肆、彻悟人生的生命方式，对曾国藩来说，无异于南辕北辙；倒是作为权谋家、策略家、彻底的功利主义者的老子，更贴近他的需要，符合他的胃口——儒家是很推崇知进退、识时务，见机而作的，孟子就说过：“孔子，圣之时者也”。

他平生笃信《淮南子》关于“功可强成，名可强立”的说法。“强”也者，勉强磨炼之谓也，就是在猎取功名上，要下一番“知其不可而为之”的强勉功夫。但他又有别于那种蛮干、硬拼的武勇之徒。他的胞弟曾国荃刚愎自用，好勇斗狠，有时不免意气用事，曾国藩怕他因倨傲招来祸患，总是费尽唇舌，劝诫他要“慎修以远罪”。听说其弟要弹劾一位大臣，当即力加劝止，他说，这种官司即使侥幸获胜，众人也会对你虎视眈眈，侧目相看，遭贬的本人也许无力报复，但其他人一定会蜂拥而起，寻隙启衅。须知，楼高易倒，树高易折，我们兄弟时时处身险境，不能不考虑后果。他告诫其弟：从此以后，只从波平浪静处安身，莫向掀天揭地处着想。这并不是萎靡不振，而是因为位高名重，不如此，那就处处都是危途。

清代道咸以降，世风柔靡、泄沓，盛行一种政治相对主义和圆融、混沌的处世方式。最典型的是道光朝的宰相曹振镛，晚年恩遇日隆，身名俱泰。门人向他请教，答曰：“无他，但多磕头少说话耳。”有人赋《一剪梅》词来描画这种时弊：“仕途钻刺要精工，京信常通，炭敬常丰；莫谈时事逞英雄，一味圆融，一味谦恭。大臣经济在从容，莫显奇功，莫说精忠；万般人事要朦胧，驳也无庸，议也无庸。八方无事岁年丰，国运方隆，官运方通；大家襄赞要和衷，好也弥缝，歹也弥缝。无灾无难到三公，妻受荣封，子荫郎中；流芳身后更无穷，不谥文忠，也谥文恭。”曾国藩由于深受儒学濡染，志在立功扬名，垂范万世，肩负着深重的责任感，尽管老于世故，明于趋避，但同这类“琉璃蛋”、“官混子”却是判然有别的。我们也许不以他的功业为然，也许鄙薄他的为人处世，但是，对于他的困知敏学，勤谨敬业，勇于用事的精神，还应该予以承认。

曾国藩是一个极为复杂的生命个体，是一部内容丰富的“大书”。

在解读过程中，我们会发现，他的清醒、成熟、机敏之处实在令人心折，确是通体布满了灵窍，积淀着丰厚的传统文化精神，到处闪现着智者的辉芒。当然，这是从文化学、社会学、心理学的角度来研究；如果就人性批评意义上说，却又觉得多无足取。在他的身上，智谋呀，经验呀，知识呀，修养呀，可说应有尽有；唯一缺乏的是本色，天真。其实，一个人只要丧失了本我，也便失去了生命的出发点，迷失了存在的本源，充其量，只是一个头脑发达而灵魂猥琐，智性充盈而人性泯灭的有知觉的机器人。

五

对于阅世极深的曾国藩来说，我想，他不会看不出封建官僚政治下的人生不过是一场闹剧，而扮演角色的无非是一具具被人牵线的玩偶，原是无须那么较真的。他自己就曾说过，大凡人中君子，率常终身黯然退藏。难道是他们有什么特异的天性？不过是因为真正看到了大的方面，而悟解一般人所追逐的是不值得计较的。秦汉以来至于今日，达官贵人何可胜数？当其高踞权要之时，自以为才智高人万万，简直是不可一世；可是，等到他们死去以后再看，跟那些“营营而生，草草而死”的厮役贱卒，原没有什么区别。那么，今天的那些处高位而猎取浮名者，竟然泰然自若地以高明自居，不晓得自己和那些贱夫杂役一样都要同归于汩没，到头来并没有什么差异——难道这还不值得悲哀吗？

我们发现，在曾国藩身上，存在一种异常现象，即所谓“分裂性格”。比如，上面那番话说得是多么动听啊，可是，做起来却恰恰相反，言论和行动形成了巨大的反差。加之，他以不同凡俗的“超人”自命，事事求全责备，处处追求圆满，般般都要“毫发无遗憾”，其结果，自是加倍地苦累，而且必然产生矫情与伪饰，以致不时露出破绽，被人识破其伪君子、假道学的真面目。明人有言："名心盛者必作伪。"对此，清廷已早有察觉，曾降谕于他，直白地加以指斥：总因"过于好名所致，甚至饰辞巧辩。好名之过尚小，违旨之罪甚大"。至于他身旁的人，那就更是洞若观火了。幕僚王闿运在《湘军志》一书中，对曾氏多有微辞，主要是觉得他做人太坚忍、太矫情了；而与曾氏有"道义之交"的今文经学家邵懿辰则毫不客气，竟当面责之以虚伪，说他"对人能作几副面孔"；左宗棠更是专标一个"伪"字来戳穿他的画皮，逢人便说："曾国藩一切都是虚伪的。"

作为一位正统的理学家，曾国藩的"高明"之处在于，他在接受程朱理学巧伪、矫饰的同时，却能不为其迂腐与空疏所拘缚，表现出足够的成熟与圆融。也许正是因为这样，我总觉得，在他身上，透过礼教的层层甲胄，散发着一种浓重的表演意识。人们往往难以分辨他究竟是在正常地生活还是逢场作戏，究竟是出自真心去做还是虚应故事；而他自己，时日既久，也就自我认同于这种人格面具的遮蔽，以致忘记了人生毕竟不是舞台，卸妆之后还须进入真实的生活。

他尝以轻世离俗自许，实际上根本不是那回事。因为如果真的轻世离俗，就说明已经彻悟人生，必然生发出一种对人世的大悲悯，就会表现得最仁慈，最宽容，自己也会最轻松，最自在。而他何尝有一日的轻松自在，有一毫的宽容、悲悯呢？他那坚忍、强勉的秉性，期在必成、老而弥笃的强烈欲求，已经冻结了、硬化了全部的爱心，剩下来的只有漠然无动于衷的冷酷与残忍，而且，还要挂出神圣的幌子。他办团练时，以利国安民为号召，主张"捕人要多，杀人要快"，"不必拘守常例"。因此，每逢团绅捉来"人犯"，总是不问情由，立即处死。一次，曾国藩路过一村，遇卖桃人与买者争吵，卖者说没有付款，买者说已经付了。经过拘讯，证明是卖者撒谎，他当即下令将其斩杀。

一时街市大哗，民众惊呼："钦差杀人了!"因而得名"曾屠户"。事见《梵天庐丛录》。

他曾亲自为湘军撰写了一首《爱民歌》，让官兵们传唱："三军个个仔细听，行军先要爱百姓。贼匪害了百姓们，全靠官兵来救人。……官兵不抢贼匪抢，官兵不淫贼匪淫。若是官兵也淫抢，便同贼匪一条心。"实际执行情况又怎样呢？曾氏幕僚赵烈文记下了攻破天京后的亲眼所见："城破之日，全军掠夺，无一人顾大局"；"又见中军各勇留营者皆去搜刮，甚至各棚厮役皆去，担负相属于道"。湘军逢男人便杀，见妇女便掳，"其老弱本地人民不能挑担，又无窖可挖者，尽遭杀死，沿街死尸十之九皆老者，其幼孩未满二三岁者亦斫戮以为戏"，"哀号之声，达于四远"，"尸骸塞路，臭不可闻"。湘军将领彭玉麟写过一首《攻克九江屠城》的七律，后四句云："九派涛红翻战血，一天雨黑洗征裘。直教殄灭无遗种，尸拥长江水不流。"对照这般记述，再回过头来读一遍那堂而皇之的《爱民歌》，岂不恰成尖锐的讽刺!

省社会科学院的一位朋友来聊天，看了我写的这份初稿。他说，选取人性阅读这个角度颇有新意。临走前，还告诉我，从他外祖父手中传下来一幅曾国藩的照片，看一看也许有助于了解其人，因为相貌总是精神的一种外现，即使不是全部，起码也能部分地反映出一个人的内在性格。我赶忙跟他到家，拿过照片来细细地端详一番：宽敞的前额上横着几道很深很深的皱纹；脸庞是瘦长的，尖下颏，高颧骨；粗粗的扫帚眉下，长着长挑挑的三角眼，双眸里闪射出两道阴冷、凌厉的毫光；浓密的胡须间隐现着一张轻易不会嘻开的薄唇阔口。留给人的印象很深，有一种心事重重、渊深莫测的感觉。

是的，我心目中的曾国藩，就是这样。

他这一辈子

一

这里说的是大名鼎鼎的李鸿章。

关于这位“李二先生”，我已经琢磨多少年了。起始，还停留在一些概念上，形象影影绰绰，模模糊糊；后来，逐渐逐渐地变得鲜亮，清晰了，一个有血有肉的活生生的人物，挺立在我的眼前，最后，竟然依次显现出四种形象：

首先，他是个“不倒翁”。一生中，他始终处于各种矛盾的中心，经常在夹缝里讨生活。上面坐着阴险的老太后、怯懦的小皇帝，身旁围绕着数不清的王爷、太监、宰辅、权臣，一个个钩心斗角，狗扯羊皮，像掐架的乌眼鸡似的；而他居然能够斡旋其间，纵横肆应，游刃有余，如同他自己所说的，“少年科第，壮年戎马，中年封疆，晚年洋务，一路扶摇”。在他当政的几十年间，可以说，朝廷的每一件大事都和他挂连着。咱们不妨掰着指头算一算，晚清时期那几个丧权辱国的条约，哪一个不是经他手签订的！他真的成了“签约专业户”。这样，就难免招来连番的痛骂。可是，骂归骂，他却照样官运亨通，而且官越做越大。单就这一点来说，当时的满朝文武，从他的老师曾国藩算起，包括光绪皇帝的教师爷翁同龢，号称“变色龙”的张之洞，还有后来的阴谋家袁世凯，大概没有谁能比得过他。

这当然得力于他的宦术高明，手腕圆活。他有一套善于腾挪、招架的过硬本领，他是一个出色的“太极拳师”。

他还有一种形象，就是“撞钟的和尚”。“我能活几年？当一日和尚撞一日钟，钟不鸣了，和尚亦死了。”这是他的夫子自道。当时掣肘、下绊者多多，处境十分艰难，话里夹带着哀怨，透露出几分牢骚。那时候，社会上流行着两首《一剪梅》词：

仕途钻刺要精工，京信常通，炭敬常丰。
莫谈时事逞英雄，一味圆通，一味谦恭。
大臣经济要从容，莫显奇功，莫说精忠。
万般人事要从容，议也毋庸，驳也毋庸。

八方无事岁年丰，国运方隆，官运方通。
大家赞襄要和衷，好也弥缝，歹也弥缝。
无灾无难到三公，妻受荣封，子荫郎中。
流芳百世更无穷，不谥文忠，便谥文恭。

形象地概括了晚清官场中的流弊。不过，李鸿章的勤政是出了名的，他既做官又做事，不是那种“多磕头少说话”，敷衍塞责，坐啸画诺的混混儿。七十四岁那年，他还奉旨出访俄国，尔后水陆兼程，遍游欧美，历时二百天，奔波九万里。对于大清王朝，他称得上是鞠躬尽瘁，死而后已的楷模。

当然，最具哲学意味的还是“裱糊匠”的形象。李鸿章曾把清王朝比作一间破纸屋，自已是个裱糊匠。他说，“我办了一辈子的事，练兵也，海军也”，“不过勉强涂饰，虚有其表，不揭破犹可敷衍一时。如一间破屋，由裱糊匠东补西贴，居然成一净室，虽明知为纸片糊裱，然究竟决不定里面是何等材料。即有小小风雨，打成几个窟窿，随时补葺亦可支吾对付”。正所谓：屋不成屋还是屋，糊无可糊偏要糊。他所扮演的正是这种角色。

他这一辈子，虽然没有大起大落，却是大红大绿伴随着大青大紫：一方面活得有头有脸儿，风光无限，生荣死哀，名闻四海；另一方面，又是受够了苦，遭足了罪，活得憋憋屈屈，窝窝囊囊，像一个饱遭老拳的伤号，浑身青一块紫一块的。北宋那个“奉旨填词”的柳三变，是“忍把浮名，换得浅斟低唱”；“李二先生”倒是：忍把功名，换得骂名远扬。

作为一种文化现象，李鸿章的出现不是偶然的。他是腐朽没落，外强中干，色厉内荏的晚清王朝的社会时代产物，是中国官僚体制下的一个集大成者，是近代官场的一个标本。

二

李鸿章所处的时代——如他自己所说的——为“三千年未有之变局”。

他出生于道光继统的第三个年头（公元 1823 年）。鸦片战争那一年，他中了秀才。从此，中国的国门被英国人的舰炮轰开，天朝大国的神话开始揭破了。封建王朝的末世苍茫，大体上相似，但晚清又有其独特性。其他王朝所遇到的威胁，或来自内陆边疆，或遭遇民变蜂起，或祸起萧墙之内；而晚清七十年间，却是海外列强饿虎捕食一般，蜂拥而上。外边面临着瓜分惨剧，内囊里又溃烂得一塌糊涂，女主昏庸残暴，文恬武嬉，官场腐败无能达于极点。在这种情势下，李鸿章的“裱糊匠”角色，可以说是命定了的。

当然，这并非他的初衷。由于深受儒学的熏陶，他从小就立下了宏誓大愿。二十岁时，他写过十首《入都》诗，里面满是“丈夫只手把吴钩，意气高于百尺楼”；“出山志在登鳌顶，何日身才入凤池”；“倘无驷马高车日，誓不重回故里车”之类的句子。果然，第二年就中了举人，三年后又中进士，入翰林。他在参加殿试时，借着《孟子曰：予岂好辩哉？予不得已也》的考题大肆发挥：“今当举世披靡之会，使皆以缄默鸣高，则挽回风运之大权，其将谁属耶？”坦然以力挽狂澜、只手擎天自任，大有一种“舍我其谁”的骄人气概。

李鸿章在他七十八年的生命途程中，以 1862 年经曾国藩举荐正式出任地方都抚为中线，前后恰好都是三十九年。他历任江苏巡抚、两江总督、湖广总督、直隶总督兼北洋通商大臣、两广总督及武英殿大学士、文华殿大学士，直到 1901 年因病死在任上。他是晚清政坛上活动时间最长、任事最多、影响最大的一个核心人物。

热心仕进，渴望功名，原是旧时代大多数中国知识分子的共同追求，但像李鸿章那样执著，那样迷恋，却是古今少见的。一般人是“达则兼济天下，穷则独善其身”；而李鸿章则是不分顺境逆境，不问成败利钝，总是过河卒子有进无退。他把功名利禄看作命根子，入仕之后一天也没有离开过官场，真是生命不息，做官不止。他是一个道道地地的“官迷”。曾国藩说过：他的两个弟子，“俞樾拚命著书，少荃（鸿章）拚命做官”。以高度的自觉、狂热的劲头、强烈的欲望追逐功名仕进，这是李鸿章的典型性格。

李鸿章一生功业甚多，但他的蜚声中外，以至成为“世界级”的名人，主要是在洋务、外交方面。在慈禧太后和洋人的心目中，李鸿章与清廷的外交事务是一而二、二而一的。每当大清国外事方面遇到了麻烦、面临着危机，老太后总是“着李鸿章为特命全权大臣”，于是，这个年迈的衰翁便会披挂上阵，出来收拾残局，做一些“人情所最难堪”之事。在他生命的最后十五年间，竟连续签订了《中法新约》《马关条约》《中俄密约》《辛丑条约》四个屈辱条约。

俗话说，伴君如伴虎。可以想见，李鸿章在西太后身边，日子是不会好过的。相传，德国铁血宰相俾斯麦与李鸿章交谈时，曾暗喻他只会打内战，他听了喟然长叹道："与妇人孺子共事，亦不得已也。"老李当然无法与老俾相比。威廉一世和老俾君臣合契，是一对理想的搭档。书载，威廉皇帝回到后宫，经常愤怒地摔砸器皿。皇后知道这是因为受了老俾的气，便问："你为什么这么宠着他？"皇帝说："他是首相，下面许多人的气他都要受，受了气往哪儿出？只好往我身上出啊！我又往哪儿出呢？就只有摔茶杯了。"老李受的气绝不会比老俾的少，但他敢找"老佛爷"出气吗？

他在甲午战争中，声名尤为狼藉，民怨沸腾之下，清廷不得不给他"褫去黄马褂"的处分。一天，江苏昆曲名丑杨三演出《白蛇传》，在演到"水斗"一场时，故意把台词作些改动，说："娘娘有旨，攻打金山寺，如有退缩，定将黄马褂剥去。"观众心领神会，哄堂大笑。李鸿章的鹰犬也都在场，恨得牙痒痒的却又不便当众发作，但事后到底把杨三弄得求生无路，惨痛而死。悲愤中，有人撰联嘲骂：

杨三已死无苏丑，
李二先生是汉奸。

李鸿章的长兄不忍心看着弟弟遭罪受辱，劝他早日离开官场，一起告老退休，他却坚决不肯。中日《马关条约》签订之后，"杀李以谢天下"的呼声遍于朝野。而李鸿章则"晏如也"，毫无退避之念，"笑骂由人笑骂，好官我自为之"。他故作镇定，撰联悬于书斋：

受尽天下百官气，

养就胸中一段春。

这也是跟他的老师学的——曾国藩当年也曾写过类似的联语：

挺起两根穷骨头，
养就一段春意思。

他们所奉行的都是一种“挺经”。

你若说他全然不在乎，倒也未必。有时候，处境过于艰难，他也会头脑暂时清醒一些，显现出一种平常心来。比如，当他接到已经退出官场的湘军名将彭玉麟的函件后，看到这位故人徜徉于湖光山色之中，逍遥在世虑尘氛之外，不禁涌起艳羡的情怀。复函里说：

弟日在尘网中，劳劳碌碌，于时事毫无补救，又不敢言退。仰视孤云野鹤，翱翔天表，听其所止而休，岂啻仙凡之别！……江山清福，惟神仙中英雄退步，始能独占。下视我辈陷入泥涂如醉如梦者，不知几时可醒耳。

这自是真情流露，但也无非说说而已，实际上却根本做不到。对于李鸿章来说，官场的荣华富贵毕竟要比湖山的清虚冷落更具诱惑力。

彭玉麟的辞官不就，视富贵如浮云，是出了名的。他曾三辞安徽巡抚，三辞漕运总督，一辞兵部右侍郎，一辞两江总督并南洋通商大臣，两辞兵部尚书。每次辞官，他都情真意切，绝非借此鸣高，沽名钓誉。他能在功名场中陡然收住脚步，“英雄回首即神仙”，有其深刻的思想基础，像他在诗中所咏叹的：“黄粱已熟前番梦，白发新添昨夜霜。布袜青鞋容我懒，金貂紫绶任人忙。”“纵使平生遭际盛，须防末路保全难。登场端赖收场早，进步何如退步安。”这种境界，同李鸿章相距何止十万八千里！而他的那几句诗，“我笑世人心太热，男儿抵死觅封侯”，“底事老僧最辛苦，利心热透道心微”，简直就像专门说给李鸿章听的，无奈，言者谆谆，听者渺渺，最后只能是“马耳东风”。

三

李鸿章的飞黄腾达，得益于曾国藩者甚多，他们之间的师承关系比较明显。两人都具有深厚的儒学功底，恪守着封建社会的政治原则，都为维护大清王朝的统治而竭忠尽智；但二人的气质、取向不尽相同，因而，为官之道也存在着差异。

曾国藩看重伦理道德，期望着超凡入圣；而李鸿章却着眼于实用，不想做那种“中看不中吃”的佛前点心。他公开说：人以利聚，“非名利，无以鼓舞俊杰”；“天下熙熙攘攘，皆为利耳。我无利于人，谁肯助我?”。当然，曾国藩说的那一套也并非都要实行，有些是说给别人听的；而李鸿章却是连说也不说。反过来，对于一些于义有亏的事，曾国藩往往是做而不说，而李鸿章却是又做又说。其差别就在于，一个是伪君子，一个是真小人。李鸿章声明过，他“平生不惯作伪人”，这与城府极深、诚伪兼施的乃师相比，要显得坦白一些。由此我想起了一个故事：袁世凯看京戏《捉放曹》，当听到“宁教我负天下人，毋教天下人负我”这句话时，他说，可惜曹操当时没有把陈宫也干掉，否则，这句有损于曹操形象的恶言就不会传出了。记得讲故事的人紧接着又补充一句：“其实，老袁也是没有心计，既有此意，何必说出?”李鸿章对于袁世凯是很欣赏的。临终前，他还曾荐袁以自代。

在政治上，曾国藩患有一种“恐高症”，他一向主张知足知止，急流勇退。每当立下大功，取得高位，总是如临深渊，惕惧不已。咸丰末年，他被任命为钦差大臣、两江总督，江、浙、皖、赣四省军务及巡抚、提督以下各官均归其节制。这一高官显位，不知使多少人艳羡、垂涎，但曾国藩却并不开心，他说：“权位太尊，虚望太隆，可悚可畏！”面对天京城破这一期望多年的胜局，他不仅没有欣喜若狂，反而终夜难眠，认为物极必反，名之所至，谤亦随之，因而诚惶诚恐。在《家书》中，他特意告诫子弟：“处大位大权而兼享大名，自古曾有几人能善其末路者?”为此，必须持有三种心态：一是不参与，好像事情与己无涉；二是不善终，高位都是险地，居高履危能够善终的很少；三是不胜任，好像在朽烂的跳板上驾驭着六马奔车，随时都有坠入万丈深渊的危险，所以战战兢兢，唯恐不能胜任。他的韬晦之计，后来发展成为功成身退、避祸全躯的行动。他多次奏请开缺回籍，归老林泉。对于老师晚年一再消极求退的做法，李鸿章颇不以为然，直接批评为“无益之请”。他说：“今人大多讳言‘热中’二字，予独不然。即予目前，便是非常热中。仕则慕君，士人以身许国，上致下泽，事业经济，皆非得君不可。予今不得于君，安能不热中耶?”

一冷一热，一退一进，这和他们所处的境遇不同有直接关系。曾氏当政时，清王朝所面临的威胁主要来自农民起义；他所时刻警戒的，集中在功高震主、拥兵自重方面。“打下一个洪秀全，上来一个曾国藩。”这是他最怕听的一句话。而阴险毒辣的西太后，承袭了祖上康熙皇帝的惯用伎俩，善于利用大臣间的矛盾以制衡其权力与威势，她一面重用曾国藩，一面又扶植左宗棠、沈葆桢，发展李鸿章的淮军势力。就是说，你曾国藩已经翦除了太平军，我的心腹之患消除了，在你身后，左、李、沈都壮大起来，不怕你曾氏兄弟兴妖、起屁、尥蹶子，没有你这两个“鸡蛋”，我照样能做“槽子糕”。

而在李鸿章当政之后，情况就不同了。曾国藩已死；左宗棠虽在，正远征西北；恭亲王已被免除了议政王，芥蒂既生，宠信自不如前；

至于翁同龢等帝党头目和“清流派”的张之洞、李鸿藻等，或老朽顽庸，或徒逞空谈，难抵实用。尤其是面临着列强鲸吞之势，要与之斡旋、谈判，折冲樽俎，更非李鸿章莫属。此之谓“形势比人强”也。

在封建社会里，任何时期都得有替君王承担失误责任、代杖受罚的大臣。晚清时期的李鸿章，就充当了西太后的这种角色。他像避雷针那样，把因兵败求和，割地赔款，签订丧权辱国条约所激起的强大的公愤“电流”，统统吸引到自己身上，从而缓和了人们对朝廷的不满，维护了“老佛爷”的圣明形象。试想，这样的角色还能倒下吗？

而且，李鸿章不像曾国藩那么古板，也不像左宗棠那么刚愎自用，张之洞那么浮华、惜名，他纵横捭阖，巧于趋避，有一套讨好、应付“老佛爷”的招法，因而能够一路胜出。

一次，朝廷要他查办四川总督吴棠贪墨索贿的案件。他敷衍了几个月，最后上了一道奏折，说吴棠一贯忠厚廉谨，官声尚好，所参各项查无实据，而且，在籍士绅都赞颂他善政利民。结果是，吴棠安然过关，而原参者却受到申斥。实际上，所参各项都完全属实，只是由于吴棠曾有恩于慈禧，李鸿章便做了这种违心灭良的处置。原来，吴棠任清河县令时，一个老朋友的灵柩路过那里，吴知县派人送去三百两银子作为赙礼。不料，当时河里并排停着两艘大船，仆役把银子错送给邻船了。吴棠盛怒之下处分了仆役，正待上船索还，一个幕僚从旁解劝说：邻船上的是入京参选秀女的满洲闺秀，说不定日后成了贵人，还能够借利呢！吴棠听了甚以为是，便换成一副笑脸，登船问候母女三人。那位母亲慨然地说，如今世态炎凉，我们孤儿寡母一路上受尽了冷落，唯独吴老爷古道热肠，真是难得，我们母女誓不能忘。那两个女儿，你知道是谁吗？一个就是后来的慈禧，另一个做了醇亲王的福晋。“只因一回错，便为人上人。”从此，吴棠平步青云，一路飙升。

大清的国运如何，“老佛爷”可以不在乎；唯独“垂帘听政”的大权必须把在手里，拼死也不能丢。李鸿章深知这一点，所以不管签订什么和约，总要坚持一条底线：割地赔款的条件再苛刻也没关系，只要能够维护“老佛爷”的干政地位，就一切都好说。庚子之役，八国联军进北京，“老佛爷”仓皇逃窜，压在她心头最重的一块石头，就是怕议和中追究祸首追到她的头上。她事先就交代给李鸿章：和议中如有“万难应允”之事，“先为驳去，是为至要”。对此，李鸿章是心领神会的。果真，联军代表瓦德西暗示要追究祸首，他立刻封了门，表示：什么都好说，唯独这个事由不能谈。结果，议和条件苛刻无比。慈禧见里面并未涉及她本人，便也放下心来；至于花些银子嘛，她一辈子已经大手大脚惯了，谁花不是花呢？反正不用掏她的腰包，着李鸿章去张罗就是了。不过，这回“李二先生”却破例地撂了挑子，天可怜他，没等“老佛爷”銮驾归来，他就提前“翘辫子”了。

追念这个“裱糊匠”、“避雷针”旧日的勋劳，清廷特旨封谥文忠公，追赠太傅，晋升一等侯爵，入祀贤良祠，赐予有清三百年来汉员大臣生荣死哀的最高恩典。

四

李鸿章死后，有人给他编了个“五子登科”的俏皮嗑儿，叫作：

巴结主子；
搞小圈子；
耍手腕子；
吓破胆子；
死要面子。

说他死心塌地地做奴才，使尽浑身解数，以讨取主子欢心；为结党自固，织成一个密密实实的关系网；在官场中要尽权术，机关算尽；却被洋人吓破了胆子，一意屈从，奴颜婢膝；日常生活中，他死要面子，端足架子，俨然不可一世。这不仅概括了李鸿章屈辱一生的奴性本色，也为晚清广大官僚阶层绘制了一幅群体的画像，这在《官场现形记》和《二十年目睹之怪现状》等小说中都曾有过淋漓尽致的揭露。

李鸿章巴结主子，趋奉慈禧的高超手法，具如前述；而他的织关系网、搞小圈子的本事，亦非常人所能及。拉帮结派，任人唯亲，原本是旧时代官场的通弊；而晚清的办团练和私人幕府制度，又为这种结党营私行为提供了合法而方便的条件。如同曾国藩的湘军、幕府是曾氏的大本营一样，李鸿章的淮军和幕府，也是他搞小圈子、拉帮结派的直接依托。梁启超在《李鸿章传》中，对于他任用私人，徇情舞弊，做了淋漓尽致的揭露：那些同乡、同事、袍泽、部下，“昔共患难，今共功名，徇其私情，转相汲引，布满要津，委以重任”，出了事还要多方回护，包庇过关，从而结成了一个严密的关系网。

他生来就是一个做官的材料，在弄权术、要手腕方面，具有绝顶的聪明、超常的智慧；又兼平生所经历的宦途险恶，境遇复杂，人事纠葛纷繁，更使他增长了阅历，练达了人生。因而其宦术之圆熟、精湛，可谓炉火纯青，集三千年中国仕宦“圆机活法”之大成。难怪他敢夸口：这世上唯有做官最容易，一个人若是连官都不会做，那就太低能了。

醇亲王奕譞是不好对付的，他仗着慈禧太后的妹夫、光绪皇帝的生父这一特殊身份，一贯作威作福，眼里放不下人。现在又取代了恭亲王，接手总理北洋事务，成了李鸿章的顶头上司。他一上来，马上就找办洋务的李鸿章，要他拿出一笔经费，支持修建颐和园。理由是堂皇正大的，他撇着京腔儿说：整修昆明湖，兴办海军学堂，这可是关系国家兴亡的头等大事呀！李鸿章不慌不忙、笑容可掬地应对道：亲王大人，您的高尚情怀，宏伟抱负，赤诚为国，苦心孤诣，实在令我由衷景仰，一定竭尽全力照办。接着，立刻他就把难题推还给了对方：王爷，我正好有事要向您禀报哩：增加海军军饷，现在找借无门；四艘军舰即将从欧洲驶回，本国人经验不足，须雇请外国员弁管理；还要出钱备置燃料，日常费用也须一体安排——这些款项，恳请亲王鼎力支持！醇亲王一听，脑袋立刻就大了。这个只知酒色征逐的“阔大爷”，哪里懂得什么筹措资金！可嘴里又不便说出，只好唯唯否否，掉头而去。你看，这出大耍手腕的“官僚斗法”把戏，玩得该是多么精彩呀！

李鸿章对内应付裕如，可是在外国人面前却少了招法。长期以来，慑于列强的强大威势，使他觉得处处无法赶上人家，从而滋生一种百不如人的自卑心理。当时，在晚清朝廷中存在着两个认识上的极端：不了解西方实际的人，往往盲目地妄自尊大，完全无视列强环伺的险情；而对外部世界有较多了解，对照本国腐朽、庸懦的现状，又常常把敌我力量对比绝对化，觉得事事皆无可为，从而一味主张避战求和，患上了致命的软骨症。李鸿章属于后者的代表。加之，他还有挟洋以自重的个人打算。他深知慈禧太后同样被列强诸国吓破了胆，人家咳嗽一声，在她听来如同五雷轰顶一般。而李鸿章在洋人眼中是有身份、有地位的。有这些外国主子在后面撑腰，也就不愁老太婆施威发狠了。

一方面吓破了胆子，一方面他又死要面子，端足架子。这看似相互矛盾，实则是一方镜子的两面。凡是孱头、自卑者，都最怕别人瞧不起，因此就得端足架子，维持面子。鲁迅先生讲到“面子”时有一段话，恰是这种心态最好的注脚：

相传前清时候，洋人到总理衙门去要求利益，一通威吓，吓得大官们满口答应，但临走时，却被从边门送出去。不给他走正门，就是他没有面子；他既然没有面子，自然就是中国有了面子，也就是占了上风了。

李鸿章出访欧美各国时，可说是出尽了风头，抖足了威风。轮船上高悬着大清国的龙旗和特命头等钦差大臣的旗帜，呼呼啦啦几十人，招摇过市。至于李鸿章本人，别看他的官德、口碑很差，却生就一副举止端庄，威仪堂堂的做派。在外国人的笔下，他“长身玉立，具有某种半神、半人，自信、超然、文雅和对于芸芸众生的一种超越感”。

他不仅倨傲、矜持，有时还意气用事，甚至打痞子腔。出访俄国期间，土耳其斯坦布加拉王公乘车前来拜见。李鸿章坐在皮椅上不动身，直到王公进了客厅，他才慢慢起身，显得十分傲慢。布加拉王公看在眼里，落座后向李郑重声明，他以一国之君专程前来拜望，这跟你李鸿章个人完全没有关系，只是尊重中国大皇帝之故。说完，抬身就走了。李听了很不自在，只好把客人送到车上。可是，当王公的车子刚刚起动，他却在后面高喊：“且慢!”王公的翻译从车窗探出头来，忙问“有何见教”。李却不紧不慢地说：“请你转告王公，我有一件事情要告诉他：他的开宗祖师默罕默德从前在中国，后来因为犯罪被驱逐出境，逃窜到了那边，这才给他们创造了宗教。”说完，他洋洋得意，在场的人相顾愕然。而车里的王公，早被这突如其来的反戈一击弄得晕头转向，更不知如何答对才好。

相传，晚清时节，好事者把讽刺明代的伪清高者陈眉公的诗：

装点山林大架子，附庸风雅小名家。

翩然一只云中雁，飞去飞来宰相衙。

加以改窜以后，转赠给了中堂大人李鸿章：

装点天朝大架子，附庸狼虎老名家。

一生百事劳心拙，太息‘孱头宰相’衙！

连讥带诮，惟妙惟肖，可谓“谑而且虐”者也。

五

看，李鸿章就是这样一个很真实、很有个性的老头子。他的思想轨迹确实是比较驳杂的。他奉行实用主义哲学，既有儒家“知其不可而为之”那种刚性，又混杂着见风转舵，唯利是图的现代成分；娴熟“水鸟哲学”（表面平静，暗里动作），洞明世事，善于投合、趋避；三分耿直中带着七分狡黠；既忠于职守，又徇私舞弊；讲求务实，却并不特别较真。

李鸿章的为官诀窍，前面已经引述过，即“士人以身许国，事业、经济，皆非得君不可”。何谓“得君”？说穿了就是能讨得君王的喜欢，得到君王的信任。而要讨得喜欢，获取信任，首先必须摸准主子的脾气，透彻地掌握其用人的标准。在这方面，李鸿章的功夫是很到家的。他知道，清王朝择臣的准则是，只要你肯于死心塌地当奴才，忠心耿耿地为朝廷卖命，就照用不误，为贤为愚，或贪或廉，都无关大体。对于所谓“名儒”与“名臣”，清朝皇帝向来是不感兴趣的。鲁迅先生曾一针见血地指出：

> 清朝虽然尊崇朱子，但止于“尊崇”，却不许“学样”。因为一学样，就要讲学，于是而有学说，于是而有门徒，于是而有门户之争，这就足为“太平盛世”之累。况且以这样的“名儒”而做官，便不免以“名臣”自居，“妄自尊大”，乾隆是不承认清朝会有“名臣”的。

道理很简单，历史上的名臣，往往与昏君、庸君相对应，圣明天子之下还能有什么“名臣”吗？所以，李鸿章从来不以正人君子自命，无意去充当那种“道德楷模”。明乎此，也就晓得了对于曾国藩那一套追求高大完美的“心灵的朝圣”，他之所以不以为然，真谛就在这里。

李鸿章考虑得最多的，不是是非曲直，而是切身利害。他论势不论理，只讲有用，只讲好处，急功近利，不择手段，不看重道德，不讲求原则。梁启超评论他是“有阅历而无血性之人”，“弥缝苟安，而无立百年大计以遗后人之志”，这是很准确的。他缺乏中国传统知识分子那种为救亡图存而奋不顾身、宁为玉碎的精神魅力。在签订各项屈辱和约时，他缺乏硬骨头精神，妥协退让，委曲求全，不能仗义执言，拼死相争，一切都以能否保官固宠为转移，这正是市侩式的实用主义哲学在外交活动中的集中展现。

十八世纪英国著名首相帕麦斯顿有一句名言：“我们没有永久的盟友，没有永久的敌人。我们的利益才是永久不变的。”这是一种极为灵活的对外策略，为后世所普遍奉行，而李鸿章却把它搬用过来，作为处置内部事务的一条准则。在这种准则支配下，必然是不问宗旨，不管对错，只要你得势了，或预计将能得势，他便会采取审慎的合作态度，明里暗里表示支持；而一当发现你已经丧失了使用价值，便会毫不犹豫地弃置不顾。

在对待戊戌政变和维新派的态度上，充分反映了这一点。政变伊始，由于事关重大，而且形势不明，李鸿章经过反复权衡，确定置身事外，不去直接参与。为了避嫌，他曾向慈禧表示，“废立之事，臣不与闻”，公开申明这一立场。维新党人张元济不晓得个中微妙，曾恳切地请求他：“现在太后和皇上意见不合，你是国家重臣，应该出来调和调和才是。”他申斥说：“你们小孩子懂得什么？”但是，当维新派遭到慈禧镇压，康有为、梁启超被定为“乱臣贼子之尤”时，身为两广总督的李鸿章却暗地里输诚相与，采取保护的对策。因为他了解到日、美、英诸国对维新派是支持的，推测康、梁日后定会大有作为。如果完全跟着老太后跑，一旦维新派在外国支持下掌了大权，自己将难以处置。因此，他特意委托日本人向逃亡海外的康、梁致意，表示对他们的关心。朝廷指令他铲平康、梁祖坟以儆奸邪，他则以“香港近有新党欲袭广东，恐过激生变”为由，建议稍缓进行；而在慈禧面前，则极力贬斥、丑诋维新派，说他们不可能有什么作为。他就是这样“脚踩两只船”，运用两面手法，来保全自己，预留后路。待到后来，当他观察到变法派已经到了穷途末路，不可能东山再起；而清廷又紧追不放，如果一味拖延，行将危及自身利益，便一反故常，断然采取严厉打击的行动，不仅迅速铲平了康家的祖坟，还把清政府缉拿康、梁的赏银，由十万两提高到十四万两。可见，他一切都以保全自己为前提，以对己是否有利为转移。

其实，这种实用主义在传统的中国价值观念中，人们是并不生疏的。实用主义是一种生活哲学，与功利主义相通。孔夫子一向被认为是重仁义而轻功利的，可是，正是这位“圣之时者”，把“敏而有功”作为区别是否仁人的一条标准。他也特别讲究灵活变通，一次，他的学生子路救了一个落水者的生命，那人感激他，送了一头牛，子路收下了牛，就给大家宰吃了。孔子表彰他，说这事做得对，救了人有肉吃，有好处，将来鲁国的人就都愿意救人了。依照鲁国的法令，主家的奴隶被人赎回，要交赎金，可是，孔子的学生子贡出于廉洁，却不收赎金。孔子责备他，认为这样过分清廉效果并不好。可见，孔老夫子是非常灵活的。他公然声称，自己是“无可无不可”的，以致被墨家目为“污邪诈伪”。

在民间，典型的实用主义表现在对待神佛的态度上：你能给我带来好处，我就信；否则我就不信。旧戏里有一出《打城隍》，就是因为得不到实惠而打将起来。这是从实用出发，而并非建立在信仰的层次上——宗教信仰是不讲条件的，我得到好处了，感谢上帝的赐予；我现在境遇不好，没有获得幸福，那也是上帝在考验我。总之，享福受罪，心甘情愿。

官场实用主义在李鸿章身上发扬光大，有其深刻的根源。

其一，他是儒学中“活学活用”的典范。在他来说，精研儒学并不是为了传道立人，志在圣贤，而是要掌握取悦人主、谋求爵禄的手段。他认为学问不是知识，而是从人生体验中来，所谓“世事洞明皆学问”，他把学识提升到智慧、谋略的层面上。

其二，他的圆融、圆通的个性和热衷仕进的政治追求，起到了催化、触媒作用。

其三，晚清的社会时代使然。社会越是混乱、无序，人们便越是注重实利，讲求实惠，直到鄙视操守，厌弃理想。

在中国历史上，有三个时代最讲求实用：战国时期，五代十国，还有晚清。它们分别都产生了许多代表性人物：比如战国末期的李斯，他通过研究茅厕里的老鼠，悟出了人生必须有所凭借的现实道理；五代时的冯道，“历事五朝长乐老”，靠什么？靠的就是娴熟的宦术；再就是晚清的实用派“李二先生”。一冯一李，两个不倒翁，一对老滑头。

灵魂的拷问

题　记

我喜欢踏寻古迹。定居沈阳二十多年，凡是在历史上有点名堂的地方，几乎我都到过；唯独龙王庙的遗址至今还不知其确切所在。翻遍了各种书，也问过许多人，最后还是茫然不晓。这也难怪，因为它原本是清代初年布满盛京的几百座庙宇中最普通的一座，而且，可能坐落在城外的浑河岸边，料想也是非常简陋的。只是由于一位名人在里面寄宿过很长一段时间，才使它与众有所不同，在史书上留下了名字。

我说的这个人名叫陈梦雷。他是有清一代赫赫有名的大学者，康熙年间的翰林院编修，编纂过著名的典籍《古今图书集成》。在一次突发事件中，陈梦雷被他的“知心朋友”李光地出卖了，结果，人家吞功邀宠，步步莲花，享不尽的荣华富贵；而他却险些脑袋搬了家，后来亏得同僚说情，圣上开恩，被判作戴罪流放，流落到此间给一户披甲的满族之家当奴隶，干苦力。

提起这类背信弃义，卖友求荣的勾当，心里总是觉得十分沉重，郁闷杂着苦涩，很不是滋味。看来，它同嫉妒、贪婪、欺诈、阴险一样，都属于人性中恶的一面，即便算不上常见病、多发病，恐怕也将伴随着人类的存在而世代传承，绵延不绝。“啊，朋友！这世界上本来就没有朋友。”亚里士多德的这番话，未免失之过激，但它肯定植根于切身的生命感受，实为伤心悟道之言。

远的不去说它，只就我们这辈人的有限经历来讲，大概很多人对于过去一些政治运动中的投机、诬陷、倾轧，直至出卖朋友的行径，都不会感到生疏。而当这种种恶行发生于那种“政治异化”过程中，则更是花样翻新，变本加厉。在这种情势下，那些充满个人的无助感、卑微感、绝望感的受害者，迫于当时的强大攻势，不大可能进行绝交、声讨之类的直接对抗。加之在所谓“群体性的历史灾难”中，个人的卑劣人性往往被“时代悲剧”、“体制缺陷”等重重迷雾遮掩起来，致使大多数人更多地着眼于社会环境因素，而轻忽了、淡化了个人应负的道义责任。充其量，止于就事论事，辨明是非，而很少有人能够烛隐抉微，透过具体事件去进行心灵的探察，灵魂的拷问。

世事驳杂，人生多故，我们究竟应当如何面对这类问题？轻轻地放过，固然不可取，但简单的牙眼相还，睚眦必报，也只是一时痛快而已。我以为，不妨参照陈梦雷的做法，坚定地守护着思想者的权利，在痛定思痛，全面披露事实真相的同时，能够深入到心灵的底层，从人性的层面上，揭示那班深文周纳、陷人于罪者居心之阴险，手段之龌龊，灵魂之丑恶。这样，不仅有功于世道人心，为后来者提供一些宝贵的人生教训；而且，可以净化灵魂，警戒来者，防止类似的人间悲剧重演。

从这个意义上说，今天我们拂去岁月的埃尘，翻开三百多年前的史页，旧案重温，再现陈梦雷上当受骗，沉冤难雪，终于痛写《绝交书》，使真相大白于天下的血泪交迸的历程，确是不无教益的。

难　友

陈梦雷出身于一个富有文化教养的诗书门第，父亲教子有方，管束极严，在他的身上倾注了全部心血。因而，他得以年少登科，刚刚十二岁就入泮成了秀才；八年后参加乡试中了举人；又过了一年便高中庚戌科的二甲进士，被选为翰林院庶吉士，不久即授翰林院编修。真是春风得意，平步青云。康熙十二年，由于母亲在京师不服水土，他临时请假护送南归，返回原籍福建侯官（福州），从而结束了三载安富尊荣的京宦生涯。这一年刚刚二十五岁。他万万没有想到，此番南下竟成了他“运交华盖”的人生转捩点。可怜一枕还乡梦，断送功名到白头！

陈梦雷回到家乡不久，就赶上了“三藩之乱”爆发，靖南王耿精忠拥兵自重，据闽叛清，一时间闹得人心浮荡，满城风雨。为了网罗名士，壮大声威，硬逼着陈梦雷改换门庭，出任伪翰林院编修，由于本人拒不接受，而降授为户部员外。陈梦雷无奈，便披缁削发，躲进了僧寺，托病不出。叛军还是不依不饶，三天两头地催逼就道，他脱身无计，只好虚与委蛇，准备寻觅机会一走了之。

就在这时，与他同为福建乡亲，同年考中二甲进士，同为翰林院编修，而且有很深交情的李光地，也因为探亲返回了家乡。由于李光地是著名的理学家，在当地名气很大，耿精忠想要借助他的声望招摇作势，便派人到他的安溪故里，召他出仕。他趁着耿精忠亲自接见的机会，悄悄来到了侯官，暗地里与陈梦雷会面。两个知心朋友好久没在一起谈心了，而今难里重逢，自有诉不尽的衷肠，说不完的款曲，足足倾谈了三个晚上，内容主要是围绕着如何对待面临的艰危形势，筹谋应付叛军的对策。

他们考虑到，陈梦雷已经陷身罗网，轻易脱不了身，只好因势乘便，暂时留下来出面周旋，同时做一些了解内情、瓦解士心的工作，待讨耿清军一到，便做好内应，以应时变；而尚未出任伪职的李光地，则赶紧藏匿起来，并且尽快逃离福建，然后设法与朝廷取得联系，密报耿军实情，剖白两个落难臣子的耿耿忠心。

握别时，陈梦雷激动不已，当即向李光地誓约：他日如能幸见天日，那时我们当互以节操鉴证；倘若时命相左，未能得偿夙愿，后死者也当会通过文字来展示实情，使天下后世知道，大清国养士三十余年，在海滨万里之遥的八闽大地，还有一两个矢志守节的孤臣，死且不朽。李光地听了这番情辞恳切的内心剖白，颇有一番感慨，在点头称许之余，趁便向陈梦雷提出代为照料家中百口的要求，并嘱咐他安心在这里留守："光复之日，汝之事全部包在我的身上。"

这样，李光地便放下心来，返回安溪，然后遁迹深山，筹措出逃之计。由于此间远离侯官六百余里，消息十分闭塞，为了更多地掌握耿军内情，了解其发展态势，他又几次派人专门到陈梦雷那里去打探虚实，进一步摸清底细，以便北上之后，向朝廷进献讨逆破敌之策。

过了不多日子，李光地就顺利出逃了。在陈梦雷的多方周旋下，叛军对李潜逃一事没有加以深究，其家口也赖以保证了安全。这壁厢的陈梦雷，身处叛军之中，如坐针毡，度日如年，日夜翘首北望，企盼着挚友有信息传来；那壁厢的李光地，脱开虎口之后，则鸿飞冥冥，杳无踪影，再也没有只言片纸告慰别情。原来，他已经把由陈梦雷提供的耿军内情和行阵虚实全部整理成文字，用蜡丸封好，作为密疏上报给朝廷，并提出建议：南下清军应以急攻为主，不宜迁延岁月，以免日久生变。而密疏上却只署了自己的名字，丝毫没有提及陈梦雷曾经参与其事。康熙皇帝得报，如获至宝，真是"欲渡河而船来"，立刻将它遍示群臣，同时命令兵部抄寄前方，使将帅知之，采取相应的对策。康熙帝满口称赞李光地："真忠臣也！"很快就加以厚赏重用，超授李光地为侍讲学士。

康熙十六年，清军收复福建，叛将耿精忠率众投降。这时，李光地又以平叛功臣和接收大员的姿态再次莅临福建，声威赫赫地出现在侯官衙署。在接见陈梦雷的时候，亲口告诉他："你做了大量尽忠报国的事情，不是一样两样，吾当一一地向皇帝禀告。"并且题诗相赠，有"李陵不负汉，梁公亦反周"之句，赞扬他身在伪朝，不忘邦国，像投降匈奴的李陵、身仕北周的梁士彦那样，能够苦心孤诣，勤劳王室。一番经过刻意构思、措辞美妙的甘言旨语，说得满脑袋书呆子气的陈梦雷，像是泡在蜜糖罐里，身心舒泰地回到了家里，静候着回黄转绿、苦尽甘来的佳音。每天每日，他都可怜巴巴地想望着：朝廷如何重新起用他，给他以超格的奖掖；纵不能如此，退出一万步去，圣上也必能体察孤臣孽子在极端困苦处境中的忠贞不渝的苦心。

萁豆相煎

有道是：无巧不成书。也是合该着陈梦雷倒霉晦气，"福建之乱"中偏偏有一个叫作陈昉的人主动投靠了耿精忠的叛军，并被授为翰林院大学士，由于他们同姓，又同在叛军中供职，结果，京师中就把这个人误传为陈梦雷。为此，他受到了刑部的传讯。紧接着，收降的叛军里又有人举报陈梦雷曾经参与倡乱。这样，刑部便以"从逆"的罪名逮他入狱。陈梦雷万万没有料到会有这一遭儿——靖逆的功臣没有当上，反倒成了祸患不测的阶下囚，正是"有怀莫剖，负谤难明"。

当然，尽管他的深心里非常痛苦，但还抱有足够的希望：一是他认为康熙皇帝洞悉其中内情，最后总会公正、客观地对待他（他满以为李光地已经如实上报了）；二是身为朝廷命官、皇帝宠臣，又对事实真相一清二楚的李光地，更会不忘前情，践履旧约，鼎力加以营救。可是，他哪里知道，事实恰好相反，那个满口应承必定予以厚报的李大老爷，早把这个昔日的“知心朋友”、患难中的救命恩人丢在了九霄云外。对于面临灭顶之灾的陈梦雷，不但避之唯恐不远，未置片言只语以相救援，反而在其著述中，借着叙述当年在福建的那段遭遇，把陈梦雷写成甘心事敌还不算，并且企图陷害朋友于不义，要把他也拉下水，用以表白自己的立场坚定，旗帜鲜明。这么一“撇清儿”不打紧，可就把陈梦雷送上了绝路——进一步坐实了他的“从逆”罪证，使之成为一桩铁案，结果是以死刑论斩。而最后拍板敲定这个死刑案的，恰恰是康熙皇帝。

对于完全出于无奈，被迫就任伪职的陈梦雷——且不说在被拘中他还有立功表现——科以如此重刑，许多与此事毫无瓜葛的局外人，都觉得量刑过于酷峻，未免有失公允；尤其为李光地的背信弃义、卖友求荣深致愤慨，因而明里暗里站在陈梦雷一边，帮助他说了一些好话。与李光地同为侍讲学士的徐乾学，出于怜才惜士之殷，劝说李光地应恪尽朋友情谊，勇于出面，上疏营救，不要坐视不顾。而李光地却以“恐怕无济于事”为辞加以推脱。在徐乾学一再催促之下，才勉强答应以他的名义上疏，但呈文要由徐乾学来代拟。与此同时，明珠太傅也上殿说情，奏请康熙皇帝从宽发落。最后总算免除了一死，把陈梦雷流放到盛京，给披甲的满洲主子为奴。李光地则在紫禁城里独享富贵，稳做高官，声望日隆；视陈梦雷如同陌路之人，未曾有过片纸通问，什么往日的深恩，当面的承诺，早已淡忘如遗。

对于陈梦雷来说，这场奇灾惨祸如果也还有什么裨益的话，那就是从中认识到仕途的险恶、人事的乖张，也擦亮了眼睛，看清了所谓“知心朋友”的真面目。他是一个心实性善的厚道人，虽说通今博古，满腹经纶，却未免过分迂阔，带有浓重的书生气。他真正识破李光地的心术与心迹，是经历了一个曲折而长期的过程的。当他开始得知李光地并没有在蜡丸中如实披露事实真相时，虽然有些震惊，深感失望，但还觉得情有可原，李光地有其难言之隐，主要是为了回护自己，洗清干系，以免横生枝节；当时他绝没有料到，李光地竟会趁机倾陷，落井下石，必欲置之于死地而后已。后来，随着事态的发展，一桩桩一件件令人心胆俱寒的事实亮了出来，才完全暴露出李某人的嘴脸，这使他痛苦到了极点，也痛恨到了极点，正所谓“不救之失小，而下石之恨深”。

他长时期沉浸在极度苦闷之中，有时甚至不想再活下去。平素他是最尊崇孔圣人的，懂得“仁者不忧，智者不惑，勇者不惧”的道理；他也十分欣赏庄子，对于《南华经》中所倡导的心斋、坐忘的超人境界，“安时而处顺，哀乐不能入”的人生理念，从小就谙熟于心，而且经常说给别人听，讲得头头是道；可是，真正临到了自己头上，却无论如何也修炼不到那种火候。他曾经幻想过，哪一天喝上一杯“孟婆茶”，或者饱饮一顿“忘川水”，把过往的一切愤懑、忧烦，伤心、气恼，统统地丢到耳旁脖子后去；也曾想，学学那位华山道士陈抟老祖，连续睡上一百天，架构一场“梦里乾坤”，换来一个全新的自我；可是，一切都是徒劳，不要说沉沉地睡上一百天，就连一个晚上也未曾安眠过。那噩梦般的前尘往事，无日无夜不在纠缠着他，困扰着他，直弄得他“千辛百折，寝食不宁”。

经年的困顿已经习惯了，沉重的苦役也可以承担，包括他人的冷眼、漠视统统都不在话下，唯独“知心朋友”的恩将仇报，背信弃义，是万万难以忍受的。如果说，友谊是痛苦的舒缓剂，哀伤的消解散，沉重压力的疏泄口，灾难到来时的庇护所；那么，对友谊的背叛与出卖，则无异于灾难、重压、痛苦的集束弹、充气阀和加油泵。已经膨胀到极点了，憋闷使他片刻也难以忍受；如果不马上喷发出来，他觉得胸膛就会窒息，或者炸开。因而，在戴罪流放的次年秋天，他满怀着强烈的愤慨，抱病挥毫，写下了一纸饱含着血泪的《绝交书》。

拷问（之一）

《绝交书》全文四千余言，大体上包括四层内容：开头以少量文字交代写作意图；接着叙述他和李光地面对叛军逼迫，筹谋对策的原委；三、四部分揭露李光地背信吞功、卖友求荣的事实真相，并对此予以痛切的谴责，进行灵魂的拷问，为全文的重心所在。下面，摘要引述《绝交书》中的部分内容：

> 自不孝（陈梦雷自称）定案之后，洊历寒暑，年兄（指李光地）遂无一介，复通音问，其视不孝不啻握粟呼鸡，槛羊哺虎，既入坑阱，不独心意不属，抑且舞蹈渐形。盖从前牢笼排挤之大力深心，至是而高枕矣。
>
> ……
>
> 然奏请者有人，援引释放之例者有人。年兄此时身近纶扉，缩颈屏息，噤不出一语，遂使圣主高厚之恩，仅就免死减等之例，使不孝身沦厮养，迹远边庭。
>
> 老母见背，不能奔丧；老父倚闾，不能归养。而此时年兄晏然拥从鸣驺，高谈阔步，未知对子弟何以为辞？见仆妾何以为容？坐立起卧，俯仰自念，果何以为心耶？
>
> 夫忘德不酬，视危不救，鄙士类然，无足深责；乃若悔从前之妄，护已往之尤，忌共事之分功，肆下石以灭口，君子可逝不可陷，其谁能堪此也？
>
> ……

向使与年兄非同年、同里、同官，议论不相投，性情不相信，未必决裂至此！

回思十载襟期，恍如一梦，人生不幸，宁有是哉？

引文的大致意思是：

自从我罪案判定之后，已经过去一年多的时间，你老兄连一封书信也没有寄过，再也不复过问，看来我在你的心目中是没在丝毫地位的，简直如同手里抓着一把米可以随意吆喝的小鸡，如同圈里的随时准备饲虎的绵羊。既然我已经落入陷阱一般，系身牢狱，你便不但完全不把我放在心上，而且，高兴得手之舞之，足之蹈之。如果说，从前你还有所顾忌的话，那么，到了现在，过去对我进行牢笼、排挤的大力深心，就完全放了下来，高枕无忧了。

…………

案发之后，许多人都对我表示同情，给予关照，有的给皇帝上疏，奏请圣上法外施恩；有的援引已往的成例，要求将我无罪开释。那么，此时正飞黄腾达、身近内阁（明清时宰辅所在之处为“纶扉”）的你老兄又是怎么做的呢？你在一旁缩着脖子，屏住气息，噤若寒蝉，不发一语。致使圣上虽然施恩高厚，也仅仅依照罪行减等之例，免除了我的一死，结果造成我沦为卑贱的奴隶，流放到辽远的边庭。老母去世，我不能前往奔丧；年迈的父亲整天地倚门伫望，我也未能归养。而你老兄，此时却晏然处之，心安理得，出行时，骑卒传呼喝道，前呼后拥，坐下来，高谈阔论，意气扬扬。我不知道，对于了解情况的子弟们，你将用什么言辞来交代？见到仆从和妻妾们，怎么去雕琢粉饰？行走坐卧，辗转思量，如何才能安顿下这颗心来？

那种知恩不报，见危不救的行为，如果发生在鄙陋不堪的俗人身上，固然不足加以深深的责备，而你身为堂堂的理学名臣、一代道德冠冕，竟然这样掩饰自己从前的过失，不仅独吞两人合作共事所获得的成果，而且心怀忌恨，暗中落井下石，企图灭口销赃。士可杀不可辱，可以从容面对死亡，却绝不能忍受这种无端的倾陷。

…………

我也曾想过，如果我们不是同年登第、同乡，又同在翰林院供职，如果相互间素无情谊，没有共同语言，性情也不投合，彼此不相信任，今天大概也不至于决裂到这种程度。你的所作所为实在太令人痛心疾首了！回想我们十载交情，相互期许，于今恍如一场梦境，全部化作虚无。人生难道还有比这更不幸的吗？

作者是有清一代的学问大家、文章巨匠，《绝交书》写得声泪交迸，震撼心扉；即事论理，层层剖断，极富说服力、感染力；而且，在叙述策略上也十分考究：他考虑到此文必将流布天下，并能上达宸听，因此，充分利用“哀兵必胜”的心理，采取“绵里藏针”的手法，以争得广泛的同情，占据主动地位。当然，也和中国古代知识分子素来讲究“交绝不出恶声”的传统礼仪有关。就是说，不到万不得已，不肯撕破脸皮，把朋友间的龃龉彻底张扬出去；即使公开决裂了，也还要讲究说话的方式方法。

晋代的嵇康写过一篇《与山巨源绝交书》，这在文学史上是赫赫有名的。山涛，字巨源，原本“竹林七贤”之一，后来丧失操守，投靠司马昭当了选曹郎，他在调升散骑常侍以后，想举荐嵇康来充任这一职务。当时，司马氏篡魏自立之势已成，嵇康在政治上与之处于对立地位。山涛却要举以自代，拉着他一同下水，在嵇康看来，这是对他的人格的蔑视与污辱。于是，投书加以拒绝，并断然与之绝交。

而陈梦雷的这份《绝交书》，则着眼于剖白蜡丸密疏真相，彻底揭露李光地“面诺背违，下石飞矢”的伪君子面孔。这对于满口仁义道德、孝悌忠恕，以“理学名臣”彰闻于世的李光地来说，无疑是致命的一击。

因此，一当《绝交书》面世，李光地便立刻授意子弟，组织人四处查收、销毁。然而，效果不佳，反倒欲盖弥彰，流传更为广远，直至“分赠诸师友，转相抄诵，而使万人叹赏”了。以不畏权势名重当时的黄叔威，有一篇评论颇具代表性。他说：《绝交书》“前面多少含忍，后面则痛心已极，无复可奈。不知是泪是血，是笔是墨？其文气一往奔注，有怒浪翻空，疾雷破柱之势”；赞扬陈梦雷“慷慨激烈之气，可以贯金石动鬼神”；“后死有人，当不令如此大节，遗落天壤也”。反过来，对于李光地则痛加鞭挞，竟至呼出：“噫！安得立请上方斩马剑，一取此辈头乎！”

拷问（之二）

看到这里，我想，读者一定会循着《绝交书》中质问的“何以为辞”、“何以为容”、“何以为心”的线索，提出一系列的问题，比如，李光地如此丧心昧良，难道他就没有丝毫顾忌吗？

首先，他将如何面对陈梦雷这个过去的“知心朋友”？

其实，对付的办法说来也很简单。当陈梦雷对面责问时，他只是“唯唯而已”。这样一来，你也就拿他没有办法。在“当红大佬”李光地的心目中，陈梦雷，一个永无翻身之望的戴罪流人，不知哪一天就将填尸沟壑，即使勉强得以苟延残喘，也是“有若无，实若虚”也，“不啻握粟呼鸡，槛羊哺虎”，是可以随意摆布，甚至完全否定他的存在，连正眼都无须一瞬的。

“那么，作为著名的理学家，孔圣人的后学嫡传，二程、朱熹的忠实信徒，他总该记得孔夫子的箴言：‘君子有三畏：畏天命，畏大人，畏圣人之言’，不能什么也不怕吧？他总该记得曾子的训导：‘吾日三省吾身：为人谋而不忠乎？与朋友交而不信乎？传不习乎？’他在清夜无眠之时，总该扪心自问：为人处世是否于理有亏，能否对得起天地良心吧？难道他就不怕良心责备吗？”

“三畏”、“三省”的修养功夫，孔、孟、颜、曾提出的当日，也许是准备认真施行的；而当到了后世的理学家手里，便成了传道的教条，专门用以劝诫他人，自己却无须践行了。他们向来都是戴有多副人格面具，到什么山上唱什么歌的。至于所谓“良心责备”，那就只有天公地母知道了，于人事何干？你同这类人讲什么“天地良心”，纵不是与虎谋皮，也无异于夏虫语冰、对牛弹琴了。

“那么，是非自有公论，公道自在人心。你李光地可以不在乎陈梦雷，也可以不去管什么‘天地良心’，难道就不怕社会舆论、身后公论吗？”

那他也自有应对的办法——反正是“死猪不怕开水烫”。厚起脸皮来，笑骂由人笑骂，好官我自为之。有道是，“身后是非谁管得”？“青史凭谁定是非”？

“私谊、公论全不在乎，身后是非也尽可抛开不管，对付这样的人也真是毫无办法。不过，能够直接决定他的命运的康熙皇帝怎么看他，那他还得认真考虑吧？康熙老佛爷可是眼睛里揉不进沙子的。”

康熙皇帝精于世事，这不假，但他也要分别情况。对于这类“狗咬狗”的琐事，他老人家才不会作兴去管哩！在这个雄鸷、精明的最高封建统治者眼里，汉族官员都是一些奴才胚子，一些只供驱使的有声玩具，是无所谓“义”，无所谓“德”的。恨不得他们一个个斗得像乌眼鸡似的才好哩！互相攻讦，彼此监控，那就更容易加以驾驭、钳制了。

本来，对于李光地的心术、品行，万岁爷也好，一般僚属也好，上上下下都看得十分清楚，“若犀燃镜照而无遁形”。全祖望说得更是直截了当：“榕村（李光地号）大节，为当时所共指，万无可逃者。”可是，由于皇帝的百般回护，尽管告讦、揭发者不乏其人，他还是仕途顺畅，一路绿灯，后来以七十七岁高龄卒于任所。康熙帝深情悼惜，无限感伤地说：“知之最真无有如朕者，知朕者也无有过于李光地者。”雍正帝对他也十分赏识，即位之前即曾亲笔赐赠“昌时柱石”的匾额，表彰李光地的劳绩；登极后，在日理万机的劬劳之余，还记怀着已经作古多年的李光地，特予追赠太子太傅，并恩准其入祀贤良祠。

原来，在这些封建帝王脑子里，社会伦理学是服从于现实政治需要的。他们所关心的是，你是否效忠于朕躬本身，是否效忠于大清王朝，你为捍卫“家天下”的帝统和巩固皇权做出过什么贡献，是否算得上一个够格的忠顺奴才。在这方面，应该承认，李光地是无可挑剔的。连陈梦雷都曾对康熙帝说过：李光地虽然愧负友人“千般万般，要说他负皇上却没有”。对于李光地来说，只这一句话就够了，等于加上了千保险、万保险。这也就无怪乎康熙皇帝对这位“真忠臣也”，恩波浩荡，褒赏有加了。从这儿也可以看出陈梦雷的忠厚而颟顸的书生本色。这样的“直巴头”来和八窍玲珑、鬼精鬼诈的李光地过招儿，自然是“孔夫子搬家——尽是书（输）了”！你看人家李光地怎么说他：“自甘从逆”，“辜负皇恩”。专拣要害的地方叨，用语不多，却字字着硬。

说到底，那些所谓“圣帝贤王”是绝对靠不住的。早在初唐时期，位居“四杰”之首的王勃就曾在《滕王阁序》中提出过疑问：“屈贾谊于长沙，非无圣主；窜梁鸿于海曲，岂乏明时？”说的是两汉，实际上意在本朝。汉、唐尚且如此，遑论其他！所以，我对于一些历史小说和电视剧狂热地吹捧康、雍、乾祖孙三辈，一向不以为然。

最不可理解的是《康熙王朝》的主题歌中，竟然深情脉脉地替这位老皇上畅抒宸衷："我还想再活五百年！"这还得了？如果他老人家真的再活上五百年，那就要横跨七个世纪，在金銮殿的龙椅上一直坐到公元2222年，那样，我们中华民族就还得在封建专制的铁轭下弯腰俯首二百几十年，你说悲哀不悲哀，可怕不可怕呀？

不算结尾

西哲"读史使人明智"的说法，无疑是正确的。不过，我觉得，还可以从另外一个视角来切入。读史，也是一种今人与古人的灵魂的撞击，心灵的对接。俗话说，"看三国掉眼泪——替古人担忧"。这种"替古人担忧"，其实正是读者的一种积极参与和介入，而并非以一个冷眼旁观者的姿态出现。它既是今人对于古人的叩访，审视，驳诘，清算，反过来也是逝者对于现今还活着的人的灵魂的拷问，拉着他们站在历史这面镜子前照鉴各自的面目。在这种重新演绎人生的心路历程中，只要每个读者都能做到不仅用大脑，而且还能用心灵，切实深入到人性的深处，灵魂的底层，渗透进生命的体悟，恐怕就不会感到那么超脱，那么轻松，那么从容自在了。

第四辑　马嵬坡下的三场辩论

雪域奇缘

唐代的文成公主，与一般的古代中国女性不同，她的整个历史是同西藏这块神奇的土地紧紧地联结在一起的；换句话说，她的光辉历程肇始于远嫁吐蕃赞普（藏王称号）。这样，今天我们言说这位女性英杰的丰功伟绩，自然也必然要从西藏高原、吐蕃王朝以及她的丈夫、吐蕃赞普松赞干布谈起。

一

一觉醒来，见窗外一片皎然，以为天已破晓。披衣起坐，极目云山，不料竟是一天朗月，看了一下表针，刚到凌晨三点。在淡青色的天幕上，这里那里，闪烁着几点疏星，冰轮般的满月挂在西南方的鞍形山脊之上，幽辉粼粼，照得群山峡谷分外凝重，分外庄严，分外神秘。西藏高原上的苍茫大地，正熟睡在沉酣、甜美的梦境之中，一切都显得静谧，苍凉，浩渺。

睡魔已经遁去，脑子里浮现出老杜的“四更山吐月，残夜水明楼”的名句。索性步出门外，在万籁俱寂之中，好好地受用一番雪域高原的夏令月色。水，也是有的，雅隆河就静卧在我们的身边。如果是在江南，风花五月，正是红映帘栊、绿到天边的芳菲时节，大概无论如何也不能同“雪域”联系在一起；可是，在这里，冰峰雪岭就在人们的目力所及之处，仿佛举足能上，挥手可扪。山舞银蛇，月映金川，空明、澄澈中总透露着几分萧瑟，几许寒凉。这里地势高耸，海拔三千六七百米，大气层透明度高，没有污染，所以，月光格外明亮。我一边在庭前漫步，一边随意地翻开手掌，端详着十指上细细的螺纹，竟然箕斗分明，纤毫毕现，更不要说看报上的文字了。

我以为，在广袤无垠的神州大地上，西藏高原最具特殊的魅力。它的神奇的自然环境和特异的高原风光，它的特色鲜明的社会历史、民族风情，它的独树一帜的雪域文明，对于外部世界有着永久的诱惑力。特别是传奇的史事，特殊的风习，以及浓烈而神秘的宗教文化氛围，随时随地都能引发人们雄奇的想象和缥缈的情思，自觉不自觉地沉酣在形上思维和梦幻意识里。

有人说，藏民族具有高超的形象思维能力。一点不假。你随便接触到一座峰峦，一脉河川，一泓湖泊，都会感受到人化自然的鲜明印迹。在它们身上，世世代代的藏族人民倾注了生命的汁液，涂饰了神秘的色彩，构思了无数的优美动人的故事。一踏上这片土地，你就会感到仿佛置身于超现实的世界，游弋在神话传说的海洋里。海拔的高差，稀薄的大气，群山的阻隔，特殊的人文环境，不利于这个民族同外边世界的广泛接触和交融互汇，在一定程度上影响了它的发展进程；但另一方面，却也使它避开了外间的人为的袭扰，较多地保持了自己的完整生命文化形态。

对于一个旅行家、探险家或者历史学家、民俗学家来说，如果他还未曾到过中国的西藏，那不管怎么说也是一桩憾事，一项重大的缺课。而若考察西藏，自然要去那些摩天雪岭、峡谷冰川，要去看看神山、圣湖，去跳一场“果谐”与“锅庄”；但是，无论如何不能忽略了雅隆河流域这雪域文明的摇篮。否则，他就无从认知西藏的文明史和吐蕃王朝的兴亡史。

现在，天色已经大明，天边的皓月悄悄地减了光色，遁身山后，而悠悠北去的雅隆河却亮出它那清丽的倩影。微风起处，河面上浮动起细细的涟漪。我蹲下身去，双手捧起清波，咕嘟嘟地猛劲儿喝上两口，顿觉遍体生凉，沁人心脾。藏族佛典上说，秋天的雅隆河水有八种神效：甘甜，凉爽，绵软，轻盈，清冽，不腐败，不损喉，不伤腹。也许是因为我没有赶上秋天，也许是因为我一时仓促，没有来得及细细品味，这么多种神功奇效并没有一一感受出来。但是，清冽、净洁却是千真万确的。如同许多民族的发生、发展都同一条或大或小的河流相关联一样，藏民族的起源也同这条河有着密不可分的联系。正是雅隆河以其乳汁一般的一线清流，孕育了藏民族的祖先，润滋了古代吐蕃王朝的故地；正是在雅隆河畔，整个西藏的文明史掀开了辉煌的首页。

用过了富有民族风味的藏式早餐，我们驱车来到地处雅鲁藏布江南岸、雅隆河口的山南地区首府泽当镇。当地的藏族同胞，勤劳勇敢，朴实纯真，能歌善舞，热情好客。他们把世世代代生活在民族历史文化的源头引为荣幸，听说我们是来“采风”的，便主动地导引我们参拜了西藏四大神山之一的贡布山。他们说，听先辈人讲古，这座山之所以“神”，因为它是由四位神灵抬着的，东面马王，西面神象，北面孔雀，南面灵龟，它们用神力把贡布山托在半空，所以，这座山不同凡响，站在山上，能够同时看到仙境和人间。

仙境总是虚无缥缈的。我们没有灵根夙慧，既看不到神山四灵，也感受不到它同其他普通的山峦有什么差异，只是看到山腰间有三个仙洞。可惜，由于高山缺氧，一个洞也爬不上去，只能在气喘吁吁之下，望山兴叹了。藏文史籍记载，这里为西藏古代人类的发祥地，是人类的始祖居住的地方。神话传说，三座仙洞里分别住着公猴王、神魔女和普贤菩萨，当年由菩萨做媒，猴王与神女结婚，从此繁衍了后代。而山前的平坝子，便是孩子们玩耍的地方。泽当，藏语意为游戏的平坝。据说，住着猴王的山洞，方圆有三米左右，岩洞深处的壁上雕有猴子像，形态活泼，亲切可爱。至今保存完好，一年四季香火不绝。

藏族朋友介绍说，据远古传闻，在天的中心之上，住着天神之子弃端己，他的儿子聂赤下界到人间，降临于雪山高耸的中央、清水奔流的源头、净洁无尘的雅隆河谷，在六牦牛部为王，做了传说中的吐蕃第一代赞普。神话传说是一种流行于上古时代的民间故事，所叙述的虽然是超乎人类能力以上的神迹，但其中往往含杂着史实，是原始人生活、思想的有趣的反映，因此，可以从中窥察人类生活史的第一页。看来，聂赤从天上下凡到人间，当了“王”，实际上，也许就标志着从原始社会进入出现阶级萌芽的社会形态。

这第一代赞普的“宫殿”，就在雅隆河东岸的一个山头上。这是一座名叫“雍布拉岗”的碉楼式的石体建筑，上窄下宽，好似一顶大帐篷罩在那里。藏语意为母子宫。相传建于公元前一世纪聂赤赞普时代，是西藏第一座殿堂建筑。至今，残壁犹存，只是屋顶早已崩塌了。“宫殿”旁边还有一座方形塔楼，当是后人修筑的。里面保存许多壁画，描绘了出现第一代赞普、修建第一座“宫殿”、开垦第一块耕地的故事，形象生动，十分逼真。站在山头上，雅隆河谷的秀美风光一览无余。在藏族同胞的指点下，我们俯眺了传说中的藏族的第一个村落和第一块农田。他们还自豪地介绍说，也是在雅隆河一带，诞生了藏族文字的创始人，产生过藏族第一部诗集、第一部藏戏，建筑了西藏第一座寺庙。

雅隆河流域气候温和，土地肥沃，物产丰饶，号称西藏的粮仓，畜牧业也十分发达；这里的民族手工业有悠久的历史，氆氇、围裙、木碗、石锅、竹器、藏被、地毯等传统手工艺品，以造型奇特、富有民族特色，驰誉中外。《红楼梦》第一百零五回，锦衣军从宁国府查抄的物品中有三十卷氆氇，据学者考证，就是这里的贡品。氆氇，系藏语音译。是一种手工生产的羊毛织品，结实耐用，可制作服装、鞋帽，也可做床毯、铺垫用。明代戏剧家汤显祖《邯郸记》中有“氆氇登台，绣帽狮蛮带，与中华斗将材”之句，是讲少数民族武将身穿氆氇做的战袍、头戴飘着蛮带的绣帽的穿着打扮。

二

车出泽当镇，沿雅隆河谷西南行，我们来到了穷结县城。一千三百多年前，这里在唐代汉文文献中称跋布川，是吐蕃王朝的都城。从第六代到第九代赞普，在半山腰上，先后兴建了六座宫殿，俗称“青瓦六王宫”，是古代藏王的第二大宫堡。现在，宫殿遗址仍清晰可见。不过，最引人注目的还是木惹山上的藏王墓——公元七世纪至九世纪的历代吐蕃赞普的墓葬群。在方圆三公里的山坡上分布着九座坟墓，有的如山如阜，高达几十米。除了因为风雨剥蚀，方形平顶已经渐渐变为圆形之外，内部基本保存完好，据说未经发掘过。雅隆河流经山下，在斜阳的照射下，闪着金色光波的河水悠悠地平静地流淌着，似乎在向游人安详地诉说着千古兴亡的往事。

我们怀着崇敬的心情，参观了吐蕃王国的创建者、藏民族的杰出的代表人物松赞干布和他的妻子文成公主的陵墓。墓顶平台上建有祠庙，正殿中供奉着墓主的画像。公元七世纪上半叶，同中原的大唐王朝相辉映，强盛的吐蕃王朝在祖国西南边陲鹊然兴起。如同唐王朝的繁荣总是和唐太宗李世民的名字联系在一起一样，吐蕃王朝的兴盛，也是同它的开创者松赞干布和他的妻子文成公主分不开的。他们都是中华民族历史上的杰出人物，而且，生活在同一时期。唐太宗年长松赞干布十八岁；松赞干布年长文成公主六岁。

隋义宁元年（公元617年），松赞干布诞生于雅鲁藏布江南岸泽当城西雍布拉岗堡中一个吐蕃贵族家中。这一年，李世民正随同他的父亲、太原留守李渊起兵反隋；次年三月隋亡，五月建立了大唐王朝。松赞干布的父亲论赞弄囊，是一位很有作为的将领。他曾率领万名精兵渡过雅鲁藏布江北征苏毗，兼并了吉曲河（今拉萨河）流域和苏毗王国其他许多地方，从而被各家贵族尊奉为如天之高、如山之坚的赞普，从部分贵族的首领一跃而为雪域高原各部的共主。

正是在这样的环境里，松赞干布从小就在知识、智慧、谋略、武艺诸方面受到了良好的训练，养成雄豪果决、勇于进取的性格。在他十三岁这年，父亲被叛臣进毒谋害，诸臣和母后家族纷纷举兵反叛，敌国苏毗的旧贵族也趁机从外部呼应。在这内忧外患交织的危急关头，松赞干布在叔父论科耳和宰相尚囊等亲信大臣的拥戴下登基继位，成为第三十三代赞普。首先以迅雷不及掩耳之势，扑灭了宫廷内部的反叛势力，从而稳定了王朝的根据地山南地区。然后，以惊人的胆识，果断地决定迁都逻些（后称拉萨）。当时宣称，先祖是普贤菩萨的化身，早年曾在逻些的红山建功立业，后来隐居修行，所以，吐蕃历代子孙都尊崇此地为祈福降祥之圣地。现在，迁都到这里，正是顺天意而庇祖荫。当然，松赞干布还有着更深层的考虑。

他深知，吐蕃旧贵族势力长期盘踞在那里，盘根错节，尾大不掉；这些人曾对他的父亲下过毒手，因此，对他们不能不存有戒心。从战略意义看，逻些地处全藏中心，北依念青唐古拉山，南临吉曲河，可以视为两道天然屏障，位置十分重要。而且，经济文化发达，地域开阔，较之山南地区有更大的发展余地。迁都后，即着手内部政治改革；然后，松赞干布率兵西征，实现了西藏高原的统一，建立了强大的吐蕃王国。

松赞干布认为，当务之急是实现与大唐王朝的结好，凭借大国之威伏制四方，以进一步提高吐蕃在列国中的政治地位。尤其是后来听说突厥与吐谷浑的可汗都迎娶了唐朝公主，就更强化了他与大唐王朝和亲的愿望。然而，事情进展得并不顺利，从提出请求到最终实现，前后迁延近七年之久。中间还发生了一场声势浩大的对唐战争，出现了类似后来戏曲中“穆桂英大破天门阵”，以武力逼婚的戏剧性情节。

事态发展的经过是这样的：先是唐王朝主动派人前往吐蕃持书通好，松赞干布予以热情接待，并派出使者带着大量金帛入唐回访，上表求婚。当时，唐太宗以为吐蕃僻处西陲，一向接触很少，又兼缔交伊始，情况不明，想要观察一段再作考虑。可是，这倒难为了吐蕃的使者，他们觉得回去后不好交代，如果实话实说，会大大伤害了年少气盛的赞普的自尊心。正在计无所出之时，恰好新继位的吐谷浑可汗也到长安来朝见，吐蕃使臣便把这个倒霉鬼抓住了，说是由于受到了他的挑拨，大唐王朝才没有允婚。松赞干布一怒之下，便发兵讨伐吐谷浑；大获全胜之后，又挥师东进，陈兵于唐属松州的西境。声言：如果唐朝不嫁公主，便要提兵深入，大战一场。战事就这样发动起来，结果，吐蕃方面招致失败，不得不引兵退还。

败绩与挫折，使松赞干布头脑变得清醒了，也更加认识到大唐王朝的雄厚的实力。于是，遣使入长安谢罪，并再次诚恳地向唐王请婚。唐太宗不愧是豁达大度的英主，当即答应他们的请求。松赞干布闻讯，喜不自胜，立即备下五千两黄金和数百件宝物珍玩，作为丰厚的聘礼，由宰相禄东赞率领使团，于公元 640 年 10 月，赴长安纳聘迎娶。

宰相禄东赞在拜见唐太宗时，首先代表松赞干布当面谢罪。说，我们的赞普年少气盛，眼见突厥、吐谷浑均蒙陛下恩准结亲，唯独吐蕃遭拒，心中难免不平；又加上误信使臣谎言，以为大唐小视我们，一时冲动，才铸成大错。松州一役之后，他已痛悔失策，立即罢兵回朝，并派出使臣登阶请罪。其中种种曲折，想陛下当能谅解。一番话，说得唐王龙颜大悦，当即应允派遣宗室女文成公主赴吐蕃和亲。唐代著名画家阎立本在《步辇图》中对这一场景作过生动的描绘。至今，这幅名画还珍藏在中国历史博物馆中。

为了等候公主启程，禄东赞在长安住了三个多月。唐太宗非常重视这门婚事，曾多次召见他。一次，故意严肃地对禄东赞说，按照大唐的规矩，凡来迎娶者都必须回答一系列难题。如果有一个题答不上，也休想把公主带走。接着，他就说出了五件难办的事：

1. 要把一根绵软的丝线从九曲明珠的细孔中穿过来；

2. 要把一百匹母马和一百匹马驹的母子关系分别辨认出来；

3. 要在一天之内喝完一百坛酒，吃完一百只羊，并鞣好一百张羊皮；

4. 迎亲者夜晚出入宫室不得迷路；

5. 把将去和亲的公主混杂在两千五百名美女中，要一眼就把她认出来。

列出五件事之后，唐王问他能否一一解决。禄东赞答道：为了能成功地迎娶公主，纵有千难万苦，臣下也在所不辞。

唐太宗马上让宫女取来九曲明珠，交给禄东赞去穿线。他接过来宝珠，仔细端详一番，立刻有了主意。他叫手下人取来一条马尾鬃和一点点蜂蜜，又蹲下身去抓了一只蚂蚁。然后，在宝珠细孔的一端外面抹上一点点蜂蜜，并小心翼翼地将马尾鬃拴在蚂蚁的腰部，再把它从宝珠细孔的另一端放进去。只见蚂蚁闻到蜂蜜的甜味之后，便沿着弯弯曲曲的孔道一路向前寻找下去，不一会儿就从宝珠的另一端爬了出来。禄东赞松了一口气，忙把绵软的丝线接在作为引线的马尾鬃上，用手轻轻地一拉马尾鬃，丝线便顺利地穿过了九曲明珠。唐太宗高兴地称赞说："真聪明！"

接着，禄东赞又着手解决第二道难题。对于这个在草原上长大的智者来说，这也许算不上是太难的事。他叫手下人先把两百匹小马驹和母马分开来圈养，并且断绝了马驹的草料和饮水供应。一天之后，再把母马和马驹同时放出，一个个又饥又渴的小马驹各自飞快地跑到母马的腹下找奶吃，母马也用嘴巴亲吻着小马驹的尾脊。这时，一百匹母马和一百匹马驹的母子关系已一目了然。

…………

就这样，一般人绞尽脑汁也想不出来解决办法的五道难题，在禄东赞面前一一有了理想的答案。唐太宗爱才如命，赞赏不置，当即宣布一道圣旨：文成公主择日成行。

三

文成公主生长在皇家，自幼受过良好的教育，熟读经史，多才多艺，而且胸怀远大的抱负，具有坚强的毅力。订婚之后，唐太宗曾经几次召见她，希望她以汉朝的王昭君为榜样，从唐蕃友好的大局出发，在吐蕃干一番事业。公主尽管对即将远离父母和家园感到情怀难舍，但她并没有整天沉浸在忧伤之中。通过与禄东赞详细交谈，她了解到许多情况，事先准备了吐蕃所缺少的日用物资和粮谷、蔬菜种子，以及佛教、儒学方面的经典、史籍，农艺、医药、历法、工技等书籍，带上了一大批精于纺织、刺绣、农事、建筑等各类技艺的熟练工匠。

公元 641 年 1 月，文成公主启程上路，唐太宗命族弟江夏王李道宗持节护送，并亲自赐宴，为吐蕃使臣和文成公主饯行。在吐蕃那面，松赞干布也按照约定的日期，亲率禁卫军在柏海（今青海扎陵湖、鄂陵湖）迎候。到达逻些时，文成公主受到了空前热烈的欢迎，万人空巷，群情振奋。松赞干布与大唐公主的婚礼，成为吐蕃人民最盛大的节日。

当日的逻些，虽然已经作为都城，但建筑物不多，仍然给人以荒凉、萧疏的感觉。那里的发展与建设，多是在文成公主抵达以后展开的。为了迎娶大唐公主，松赞干布提出要专门修建一座城堡。据说，最早的布达拉宫就是为文成公主修建的，后来毁于雷火与兵燹，但当日结婚时的洞房遗址和他们的塑像至今还保存着，松赞干布神采奕奕，英姿焕发；文成公主则端庄沉静，健美丰腴。

松赞干布对文成公主一往情深，十分尊重。公主笃信佛教，她跋山涉水，万里迢迢，把一尊释迦牟尼的佛像带进西藏。为了供奉这尊佛像，松赞干布授意，由文成公主组织随行的工匠，完全依照唐朝式样修建了一座寺庙，这就是著名的小昭寺。松赞干布极力拥护文成公主弘扬佛法的主张，觉得佛教的教义有利于巩固王权，维护统治。

雪域高原自然灾害很多，当时生产力低下，人们对于战胜这些灾害缺乏信心。过去人们信奉的苯教，宣传自然界有宁神、龙神、地神三大神魔，人类如果触犯了他们，就会招致疫疠、病苦和各种自然灾害的报复，除了禳祓、趋避，没有其他办法。松赞干布对于现实的敌人，包括那些暗杀他的父亲的内奸和境外入侵的强敌，他是无所畏惧的，也有办法对付；可是，对于这些给人类带来各种灾害的魔神，却感到无能为力。现在，寄希望于佛教，期望它能提供一种制伏灾祸的超自然的力量。

当地传说，文成公主入藏伊始，便显示了她的超人的智慧。就在小昭寺开光典礼上，一名歹徒为了破坏唐、蕃友好关系，企图刺杀文成公主。由于发现及时，未能得逞，但凶手却被杀掉，显然是为了灭口。松赞干布明知凶手的幕后必有在场的内奸指挥，但苦于无法查出。当下，文成公主向赞普进言：“我自大唐带来一口金钟，能够辨识忠奸邪正。方法十分简单，只要把它挂在一间暗室里，在场的每个人都去触摸一下，便知分晓：若是正直贤臣，抚摸之后，金钟寂无声响；如果有奸邪作乱者，手一碰到金钟，就会响震不停。在长安时，皇帝曾多次试验过，灵验无比。我们也不妨一试。”

松赞干布点头称善。当即叫公主取来金钟，布置暗室。不大工夫，一切就绪。于是，全体王臣依次进入暗室摸钟。但是，自始至终，金钟也没有响过。难道，奸人根本就不存在，或者没有在场？还是确有奸邪，但因金钟失效，没有侦察出来？人们正在狐疑之中，公主突然下令“点灯照明”，并让每人都伸出双手给赞普查看。只见绝大多数人都是手染烟黑，唯有两人手上干干净净。公主厉声叫把他们拿下，经过审问，二人对谋划行刺的罪行一一供认不讳。原来，公主事先布置，在钟上涂以厚厚的松烟，她料定奸人由于心中有鬼，必然不敢抚摸金钟，这样，就会把自己暴露出来。经过公主一番解释，赞普和满朝文武，人人都赞服她的智慧。

松赞干布在与文成公主朝夕相处，耳濡目染中，对中原的先进文化和技术工艺，始而感到新奇，继则极度倾慕与向往，萌发了学习大唐文化，改变吐蕃某些落后习俗的强烈愿望。他率先换上了唐太宗赐予的华贵袍服，在他的带动下，有些大臣也都脱掉了笨重的毡裘，穿上了丝绸做成的中原服装。过去藏族上层贵族与普通民众，都是“以毡帐而居，无城郭屋舍”，汉族工匠便向他们传授了建筑房屋的技术。吐蕃旧俗，人们常以赭色土粉涂面，公主看了觉得不太文明，松赞干布便发出号令改变这种习惯。一时间，唐风所披，濡染了整个逻些。所以，晚唐诗人陈陶在《陇西行》中有句云：“自从贵主和亲后，一半胡风似汉家。”

文成公主十分喜欢雅隆河谷的景色，认为这里地势平坦，气候温润，花木繁茂，水碧山青，与故都长安有些相似，遂定居于泽当的昌珠寺。松赞干布万机之暇，也经常到这里来居住。寺内至今还珍存着据说公主用过的酒壶、陶盆、炊灶和亲手刺绣的珍品；昌珠寺周围的柳林，传说也是松赞干布和文成公主留下来的。

公主在逻些和山南地区，亲自教授藏族妇女纺线、织布和挑花、刺绣。还发动来自内地的工匠，向当地民众传授平整土地、开挖沟畦、加筑田塍等耕作方法，以及安装水磨、制造农具、酿酒、制陶等多种技术。松赞干布非常赞赏中原工匠的工作，下令免除他们的差役。

为了扩大汉、藏两族人民的亲密合作和经济文化交流，唐、蕃双方大力整修道路，增设驿站，实施保护商旅的政策，内地各种货物源源输入雪域高原，尤以锦缯制品特别为藏族人民所喜爱；西藏的麝香、犛牛尾等土特产以及一些手工艺品，也畅销于中原各地。《红楼梦》第一百零五回中，锦衣军从宁国府查抄的物品里，有三十卷氆氇。有学者考证，就是来自雪域高原的贡品。

据统计，从贞观八年松赞干布第一次派遣使臣赴长安请婚开始，到会昌六年吐蕃王朝崩溃的 213 年间，唐、蕃双方使臣往来多达 191 次，形成了“金玉绮绣，问遗往来，道路相望，欢好不绝”的良好氛围。

继松赞干布之后，他的五世孙赤德祖赞又迎娶了大唐的金城公主，进一步加强了唐、蕃之间的亲密联系。在尔后的一百多年间，双方先后会盟八次。最后一次是在唐穆宗长庆年间进行的，所以称为“长庆会盟”，盟文以汉、藏两种文字刻在石碑上。作为汉、藏两族人民友好关系的象征和历史见证，这块无比珍贵的唐蕃会盟碑，一千多年来一直矗立在古都拉萨的大昭寺前。

“和亲”一词，早在先秦的文献中就已出现。但那时是指一般的邻国修好活动，并没有姻亲关系。严格意义上的和亲，是指中原王朝与少数民族政权之间的高层次的婚姻关系。这种名实相符的和亲，始于西汉初年，中经隋、唐两代更趋盛行，后来，一直延续到清代，粗略统计，至少在 150 次以上。和亲公主的身份，从皇妹、皇女，亲王

女，到宗室女、宗室甥女，到功臣女、家人子，直到一般宫女、媵女，多种多样。目的也不完全相同，但总的都是服从于封建王朝的政治需要。

如果说，“对于骑士或男爵，以及对于王公本身，结婚是一种政治的行为，是一种借新的联姻来扩大自己势力的机会；起决定作用的是家世的利益，而决不是个人的意愿”，（恩格斯语）那么，历史上中原王朝与少数民族政权之间的和亲，就更是一种道地的政治行为。而公元七世纪中叶松赞干布与文成公主的雪域奇缘，则是在政治行为之外，加上了一层发自真情的爱恋。不能不说，这是一种特殊现象。

可以说，他们共同创造了一个在中外政治史上，特别是上层社会里，震古烁今的人间奇迹。他们自幼生活在迥然不同的社会环境里，民族各异，信仰不同，语言、年龄、生活习惯方面存在着诸多差异。可是，当他们从数千里外走到一起之后，却能破除种种看似难以跨越的障碍，十年如一日，政治上志同道合，思想上相互信任，事业上全力支持，从而为雪域高原的繁荣发展、汉藏民族的友谊合作、经济文化交流，创建了丰功伟绩；而且，在爱情生活方面，赤诚相与，互敬互爱，亲密无间，称得上是“天赐良缘”，完美无瑕的千秋懿范。

松赞干布迎娶文成公主之后，对唐王朝一直以子婿自居，保持着极为友好的关系。唐太宗征高丽回朝，他即派宰相禄东赞奉表致贺。表文中说，圣天子平定四方，日月所照之地皆为臣妾。作为子婿，自然比其他臣民更加百倍地高兴。因此，他特制金鹅一只奉献皇上。鹅高七尺，黄金铸成，里面可盛酒三斛。后来，唐朝使臣王玄策出使印度，归国途中，带回的名贵财物被人劫掠一空，从骑五十人全部战死，玄策只身逃往吐蕃西境，驰檄求救。松赞干布立即派出精锐部队前往接应。

公元649年5月，唐太宗病逝，高宗继位。授予松赞干布驸马都

尉，封为西海郡王，松赞干布欣然接受，同时奉献金银珠宝十五种，请求祭奠于太宗灵座之前，表示他的深切哀悼与怀念之情。高宗非常赞赏他的忠诚友好态度，加封为宾王，并为他刊刻石像，列于昭陵（唐太宗陵墓）玄阙之下。这是当时朝廷的一种特殊礼遇。只有为唐王朝建立过丰功伟业的勋臣和吐谷浑、和田诸王才能享受到这种恩宠。

“世间美物不坚牢，彩云易散琉璃碎”。一年过后，藏族历史上的杰出政治家松赞干布病逝于逻些，年仅三十四岁。文成公主悲痛逾常，忆及夫妻将近十年时间政治上的精诚合作、生活上的亲密无间，日日潸然垂泣。但她决心继续留在雪域高原，要将余生全部奉献给佛祖，奉献给吐蕃人民。赞普英年早逝的消息传到长安，唐高宗震惊之余，痛悼不已。朝廷下令为之举哀，并派遣特使带着皇帝诏书前来参加祭吊仪式，给予松赞干布以异乎寻常的身后哀荣。

又过去了三十个年头，公元 680 年，文成公主也辞别了人世，享年五十五岁。斯人虽去，风范长存，世世代代活在雪域高原广大藏族民众的心里。一千三百多年来，藏族同胞一直深情地怀念着这位大唐公主，每年设定了两个纪念节日：藏历 10 月 15 日文成公主的诞辰和藏历 4 月 15 日文成公主到达逻些的日子。

四

一千三百多年来，藏族同胞一直深情地怀念着文成公主，每年有两个纪念节日：藏历 10 月 15 日文成公主的诞辰和藏历 4 月 15 日文成公主到达逻些的日子。

原来，藏历与汉族的夏历大致相同，这次到西藏采风，我们正好在雅隆河谷赶上了 4 月 15 日这个值得永远纪念的节日。大家早早地赶到了昌珠寺，见到许多老年藏族妇女备上果供，陆陆续续赶来祝祷；

有些藏族老伯口中诵念祷词，手里转动着嘛呢经轮；女孩子们则身穿节日盛装，头戴纸帽，载歌载舞。我之得知寺内陈列的陶盆、瓦灶为当年文成公主旧物，就是在这里听一位藏族老妈妈讲的。这一天，又是释迦牟尼诞辰及圆寂的日子，称为“沙噶达瓦节”。当地民众说，文成公主也是神佛，所以和佛祖一样，向她烧香进供。

告别了西藏的古都，我们踏上了唐蕃古道，要实地感受一番那里的特异风采。古道东起西安，西到拉萨，经过陕西、甘肃、青海、西藏四省区，全程约三千公里，多数地段都在三千米高程以上，难怪人们称它为“天路”。它像一条金色的哈达，把广大藏区同祖国的心脏紧紧地联结在一起。

当年，文成公主入藏，唐、蕃使节往来，商旅、驿路传输，走的都是这一条道路。我们这次属于“逆向行驶”，只走西线一段，取道拉萨、那曲，沿青藏公路南段东北行，然后穿越唐古拉山口，再循青康公路北上，直抵西宁。尽管今天已经铺设了柏油公路，而且有汽车代步，但山高路险，地形复杂，气候恶劣，大部分都是穿越人烟稀少的牧区，环境之困苦，行迈之艰难，仍然是其他任何地带所无法比拟的。实在难以想象，一千三百多年前，担负着发展唐蕃友好关系、增进汉藏民族友谊的重任而穿行其间的文成公主一行，该是付出何等代价，历经多少艰辛啊！

这里是青海玉树藏族自治州的首府结古镇。我们稍事休息，便随着一位藏族牧民打扮的导游，溯巴塘河南行，经过白边草滩，进入了奇峰对峙，林木葱茏的白纳沟。大家的眼睛刷地一亮，原来，一座清幽古雅、褐色斑驳的庙宇，像一幅镶嵌在山崖峭壁上的精美浮雕，赫然出现在眼前。这就是闻名遐迩的文成公主庙。庙门旁边立着一块不大的石碑，导游告诉我们，上面刻的是古藏文，简略地记述了建庙经过。寺庙为独立的藏式平顶建筑，内塑文成公主坐像一尊，头戴朝冠，耳佩金环，身着唐代盛装，双目正视，显得意态娴静，法相庄严。两侧各有立像四尊，分列上下两层，都是在石壁上雕琢成形，后施彩绘的，均系唐代艺术风格。

相传文成公主进藏时，曾在此地停留，向藏族群众传授耕作、纺织技术，群众深情怀念她，便在石壁上图形造像，后又建筑庙宇，永志不忘。每年都有许多藏传佛教信徒和中外游客，来此瞻仰朝拜。

当地群众传说，由于文成公主的造化、功德，白纳沟所有的岩石峭壁都神奇地出现了佛祖的如意化身和各种佛像、经文，但肉眼凡胎却看不见，以致附近居民谁也不敢随意动用这里的石头。有一年，从拉萨来了几位传经布道的高僧，路过白纳沟，想要支锅做饭，便到下面去寻找石块，结果，发现每块石头上面都有佛像、经文，只好作罢。我们接触几位老人，都说文成公主是天上下凡的菩萨，下界生民都把她当作神佛来奉祀。

第二天，我们继续驱车北上，来到了玛多县的黄河沿，这是黄河源头的第一个城镇。“玛多”就是黄河源头的意思。黄河沿，在历史上名气很大，许多古书上都有记载，因为它是唐蕃古道上的重要口岸。过去却连一顶固定的帐篷都没有；如今，已经发展为一座五业比较繁兴的城镇。黄河在这里奔腾东下，河身上架起一座钢筋水泥大桥，有“万里黄河第一桥”之誉。此行的目的地，是去访察三十多公里外的黄河上游两个最大的湖泊。扎陵湖和鄂陵湖，古称柏海。当年，松赞干布曾在附近扎营设帐，迎候文成公主的到来。

此间气候凉爽，地域辽阔，水草丰美，是理想的夏令旅游观光胜地。我们来到的这一天，正值五月下旬，晴空一碧，苍穹若洗，朵朵如絮如棉的白云飘荡在湛蓝的天幕上，映衬着波光潋滟的明湖和连绵起伏的青山，令人心旷神怡。遥想公主当年，在这般诗情画意的环境里，会见心仪已久的年轻、英俊的藏王，一定也是神痴心醉、意兴盎然的。

出行之前，翻检文献史料，得知文成公主赴藏途中曾经翻越日月山。我们原以为一定是一座齐云摩天、横空出世的高峰，中间还会有一道“一夫当关，万夫莫开”的隘口。“日月山”，顾名思义，不就是高接日月的山峦吗？现在，当我们站在它的面前，实在感到有些名实不符，甚至不敢相信自己的眼睛。不要说，在万山如簇的青藏高原，即使放到内地去，它也显示不出半点儿雄姿胜概。

唯一引人注目之处，是山上色彩斑斓，土呈红色，雨后尤为鲜艳，所以又称作交马赤岭。古时，中原王朝和吐蕃使者往来，都要在这里互相换乘坐骑，方准入境。这里还是农区与牧区的界岭，是倒淌河的发源地。东面，万木葱茏，村落密集，阡陌纵横，粮谷繁茂；而西面则人烟稀少，荒草离离，山峦绵亘，形成了鲜明的对比。

当地民间传说，日月山因文成公主摔碎的宝镜而得名。宝镜有二，一曰日镜，一曰月镜，乃唐太宗所赐。当时，唐王告诉她，镜中贮尽了中原胜景，每逢思家之时，只要把它打开照上一照，离愁便会划然消解。这一天，文成公主路经此处，立马山前，见到“马后桃花马前雪”，两边光景迥不同，思亲怀土之情不禁油然而生。于是，她把宝镜找出来照了一会儿，一时悲从中来，失声痛哭，竟然泪水成河，滔滔西去，她随口吟出：“天下万川皆东去，唯独此水向西流。”这就成了今天看到的倒淌河。但是，她很快就清醒过来，察觉到这种情感不对头，不应眷恋私情而忘怀肩上担承的和亲重任。想到这里，随手便将两方镜子抛了出去，结果甩在东面的日镜变成了日山，甩在西面的月镜变成了月山。美丽的传说，完整地塑造出了一个儿女情肠和英雄肝胆相统一的女杰形象。

从西藏到青海，走遍藏族地区，随处都能听到对文成公主的颂赞。作为未曾出过都门一步的少女，以其宏伟的抱负、非凡的胆识和千古卓绝的献身精神，毅然离开温柔富贵之乡，放弃安乐尊荣的生活，踏上了冰封雪裹、岭峻山高的天涯险境，来到荒凉僻塞、言语阻隔、风习迥异的雪域高原，充当促进汉藏经济文化交流的伟大使者，实在是旷古罕闻，难能可贵的。

五

在一个多民族国家的历史中，两个兄弟民族的和解，不能说不是一件具有重大意义的历史事件。和亲政策，在今天看来，已经是一种陈旧过时的民族政策，但在古代封建社会里，却不失为维护民族友好关系的一种最佳的选择。就这方面的贡献来说，和亲匈奴的王昭君与和亲吐蕃的文成公主，可称为光照千秋的“汉唐双璧”。离开长安时，唐太宗就曾以昭君为榜样来勖勉文成公主。实践证明，她没有辜负君父的重托与期待；而且，在许多方面做得更为出色。

但是，一个令人奇怪的现象是，历代以昭君事迹为题材的诗歌，数量之多是惊人的，仅我所接触到的就不下七八百首；而唐、宋以降的诗人中，咏赞文成公主的作品却寥寥无几。既然，功业不殊，经历相似，为什么会出现如此巨大的反差呢？我想，这只能有一种解释，就是与西藏高原的路途阻隔、人迹罕至有直接关系。当然，由于史臣的偏见，造成史籍失载，恐怕也是一个重要因素。一部二十四史，不知为几多帝王将相作了家谱，哪管是笨伯、白痴，酒囊、饭袋，淫棍、暴徒，也一无遗漏，大书特书。可是，这样一位对历史有过重大贡献，简直可以惊天地而泣鬼神的旷代女杰，竟然在《新唐书》《旧唐书》上没有留下几行传记，甚至连她的名字都没有记载下来。实在是太不公平了！

遭到诗坛的冷落，确实是很遗憾的；但是，若从未曾受到扭曲这方面来看，也许倒是幸事。在歌咏昭君的诗词中，“公主琵琶幽怨多”，是普遍的基调。多数诗词撇开民族和好这个主题，不去歌颂昭君对当时与后世的贡献，却一味地描写昭君的悲怨，片面地加上“红颜薄命”的传统看法，表达对昭君出塞的哀怜；有的还带有民族偏见，把出嫁匈奴看作是一种屈辱，说什么“汉室空成一土丘，至今仍未雪前羞”；个别的甚至从反对和亲出发，荒谬地说：“君王莫信和亲策，生得胡雏虏更多”；还有的写昭君出塞后如何眷恋君恩，无视和亲之前昭君掖庭冷落，未曾见过君王一面的基本事实。无非是封建文人借昭君的眼睛流自己的泪水，既歪曲了昭君形象，又违背了历史的真实。所以，董必武老人批评说：“词客各摅胸臆懑，舞文弄墨总徒劳。”

与此形成鲜明的对照，文成公主没有受到这么多词客的“青睐”，她那不可磨灭的形象却镌刻在藏、汉两族普通民众的心上。那口耳相传，多如山积的关于文成公主的民间传说、神话故事，以及遍布唐蕃古道和拉萨、山南地区的旧址遗迹、壁画石刻，就是最好的证明。新中国成立之后，随着党的民族政策的深入人心，随着内地与西藏交往的增多，广大作家、艺术家纷纷拿起笔来热情歌颂这位雪域高原的拓荒者，中原文化在西藏的播种人，诗歌、散文、音乐、美术作品层出不穷，戏剧界更是红火，仅在六十年代初，我就先后看到过天津市越剧团、中国青年艺术剧院和北方昆曲剧院分别以越剧、话剧、昆曲形式演出的《文成公主》，从心底里感到莫大的欣慰。这次，我们在拉萨还有幸观摩了“八大藏戏”之一的《文成公主》，留下的印象尤为深刻。

当然，民间传说也有失真之处，而且存在着把文成公主拥上神坛的倾向，对于松赞干布也有类似的情况。这同素有“小西天”、“小天竺”之称的雪域高原的浓烈的宗教文化氛围有直接关系。在这里，冷峻的自然物都被赋予了跳荡的生命，涂上神秘的色彩，现实的物质世界与超现实的精神世界奇异地结合在一起。

再加上，藏民族又是具有高超的形象思维能力和梦幻意识的民族，当他们发现沿袭了千百代的帐篷一变而为宫室房屋，粗重的毡裘为轻美的华服所代替，万古不毛之地长出了上百样的庄稼、蔬菜，一些疫疠、恶疾经过医生的诊治药到病除，一句话，当暂时还比较落后的雪域高原腾起高度发达的大唐文明的浪花的时候，那里的信教群众怎能不把为他们带来奇迹的年轻的赞普和大唐公主奉为天神呢！

哲人费尔巴哈有一句名言："如果太阳老是待在天上不动，它就不会在人心中燃起宗教热情的火焰。只有当太阳从人眼中消失，把黑夜的恐惧加到人们头上，然后又再度在天上出现，人这才向它跪下……"神堂，正是在这种情况下高高筑起的。

终古凝眉

一

那两弯似蹙非蹙、轻颦不展的凝眉，刀镌斧削一般深深地刻印在我的脑海里。我想象中的易安居士，竟然是这样，其实，也应该是这样。

斜阳影里，八咏楼头。站在她长身玉立、瘦影茕独的雕像前，我久久地、久久地凝望着，沉思着。似乎渐渐地领悟了、或者说捕捉到了她那饱蕴着凄清之美的喷珠漱玉的辞章的神髓。

千古风流八咏楼，江山留与后人愁。
水通南国三千里，气压江城十四州。

我一遍又一遍地暗诵着她流寓金华时题咏的，现时书写在塑像后面巨幅诗屏上的这首七绝。

八咏楼坐落在金华市区的东南隅，是一组集亭台楼阁于一体的风格独特的建筑。楼高数丈，坐北朝南，耸立在高阜台基上。登上百余级台阶，凭栏眺望，南山列嶂，双溪蜿蜒，眼前展现出的画卷，俨然一幅宋人的青绿山水。

八咏楼初名玄畅楼，为南朝著名文学家、史学家、当时任东阳郡太守的沈约所建，至今已有一千五百多年历史了。因为沈约曾在楼上题写过八咏诗，状写其愁苦悲凉的意绪，后人遂以“八咏楼”名之。唐宋以降，李白、崔颢、崔融、严维、吕祖谦、唐仲友等诗人骚客，都曾登楼吟咏，畅抒怀抱，一时云蒸霞映，蔚为壮观，遂使它成为浙中一带具有深层文化积淀的著名人文景观。当然，要就写得苍凉、凝重，大气磅礴，堪称千古绝唱这一点来看，易安居士的这首《题八咏楼》当为压卷之作。

在创作上，易安居士谨遵以诗言志、以词抒情的固有传统。在其有限的传世诗章中，这一首是颇具代表性的。女诗人感慨无限地说，在强敌入境，国脉衰微如缕的艰难时世，像八咏楼这样“水通南国”、“气压江城”，占尽千古风流的东南名胜，留给后人的已经不可能是什么“遥吟俯畅，逸兴遄飞”的博雅风华了；而漫天匝地、塞臆填胸的只有茫茫无际的国恨家仇。“愁”字为全篇点睛之笔。诗中婉转而深刻地抒发了深沉的爱国情怀和对南宋统治者一味割地献金以求苟安一隅的讥讽。

现今的八咏楼为清代建筑，由四部分组成，前为亭廊，重檐歇山顶，亭内塑有沈约胸像，壁间综合介绍了建楼的历史；后三部分是一组三进两廊的硬山顶木架结构，展厅气势宏阔，朱红的楹柱托举着高大的屋顶，正中悬挂着郭老手书的“一代词人”匾额，下方是一座雪白的易安居士雕像。四周陈列着她的生平经历和诗词文赋代表作品。

这种前轻后重、喧宾夺主、后来居上的现象十分耐人寻味，它使人联想到成都的武侯祠，明明是昭烈庙，里面却主要陈列着诸葛武侯的文物。说来道理也很简单，“诸葛大名垂宇宙”，他的声望要高出先主刘备许多许多。较之沈约，李清照在一般人心目中也是如此。难怪有人说，历史的影子总要打在现实上，对于历史的叙述与解释，必然带有叙述主体的选择、判断的痕迹。由于历史的认识是一种追溯性的，它不能回避也无法拒绝后人的当代阐释。

二

拾级步下层楼，我们穿过两条小巷来到了婺江的双溪口。此间为武义江与义乌江两水交汇之处，故得名双溪。婺江流到这里，江面陡然变宽，水域十分开阔，所以，沈约在《八咏楼》诗中有“两溪共一泻，水浩望如空”之句。现在处于枯水季节，尽管水量还不算少，流势却显得纡徐、平缓，已经见不到当年那种双流急泻，烟波浩渺的气势了。

我们不妨把时针拨回到八百六十多年前的初冬十月。就是在婺江双溪口的水旱码头上，已经过了“知天命”之年的易安居士，旅途劳顿，面带倦容，风尘仆仆地走出了船舱，她是从临安登上客船前来此间避难的。

“客子光阴诗卷里”，“又不道、流年暗中偷换”。转瞬间，已经由金风飒飒变成了煦日融融。禁不住窗外“绿肥红瘦”，“淡荡春光”的撩拨，她曾多次动念，想要走出那褊窄、萧疏的住所，步上八咏楼头，然后再徜徉于双溪岸畔，面对着滔滔西下的清溪和载浮载沉的凌波画舫，重温一番已经久违多年的郊外春游。

我们知道，她是特别喜欢划船的。少女时期，她曾在溪上贪玩，“沉醉不知归路。兴尽晚回舟，误入藕花深处”。结婚之后，还曾在“红藕香残”的深秋时节，“轻解罗裳，独上兰舟”。可是，这一次却偏偏错过了大好春光，她虽然痴痴想望，实际上，却未曾泛舟溪上，而是了无意绪地恹恹独坐空房，捧着书卷，暗流清泪，哪里也不想去。正如她所表述的：“纵然花月还相似，安得情怀似旧时”！最后，她抛书把笔，写下了一首调寄《武陵春》的春晚词：

风住尘香花已尽，日晚倦梳头。物是人非事事休，欲语泪先流。闻说双溪春尚好，也拟泛轻舟。只恐双溪舴艋舟，载不动许多愁。

这是一幅精妙绝伦的大写意。没有用上五十个字，词人就把自己这一心事重重、满腔悲抑、双颊挂着泪珠的愁妇形象及其凄苦心境，活脱脱地描绘了出来。

这是一个特定时间——正值残红褪尽、风光不再的暮春时节，它与人生晚景是相互对应的。太阳已经升起老高了，女主人公还呆呆地坐在床前，懒得把头发梳理一下，含蓄地表现了她的内心的凄清、愁苦。接着，就交代这凄苦的由来：于今，风物依然而人事全非，令人倍增怅惋。正因为所遭遇的乃是一种广泛的、剧烈的、带有根本性的重大变化，故以“事事休”一语结之。在这样凄苦的情怀之下，自然是还没等说出什么，泪水就已潸潸流注了。

下片将词意宕开一笔。为了摆脱这冰窖似的悲凉和抑郁难堪的苦闷，女主人公也打算趁着尚好的春光，泛轻舟于双溪之上；可是，马上她又打消了这种念头。她担心蚱蜢一般的小舟难以承载这塞天溢地、茫茫无尽的哀愁，因此，只好作罢。——这当然是一种虚拟，泛舟未果的真正原因在词的上片已经讲述清楚了。“闻说”、“也拟”、“只恐”三个虚词叠用，就把矛盾、复杂的心理变化，刻画得婉转、周折，细致入微。

三

易安居士从小就生活在一个学术、文艺气息非常浓厚的家庭里，受到过良好的启蒙教育和文化环境的熏陶。她在天真烂漫的少女时代，也像其他女孩子一样，对人生抱着完美的理想。童年的寂寞未必没有，只是由于其时同客观世界尚处于朴素的统一状态，又有父母的悉心呵护和优越的生活条件的保证，整天倒也其乐融融，一干愁闷还都没有展现出来。及至年华渐长，开始接触社会人生，面对政治旋涡中的种种污浊、险恶，就逐渐地感到了迷惘、烦躁；与此同时，爱情这不速之客也开始叩启她的灵扉，撩拨着这颗多情易感的芳心，内心浮现出种种苦闷与骚动。那类“倚楼无语理瑶琴”，“梨花欲谢恐难禁”，“醒时空对烛花红”的词句，当是她春情萌动伊始的真实写照。

那种内心的烦闷与骚动，直到与志趣相投的太学生赵明诚结为伉俪，才算稍稍宁静下来。无奈好景不长，由于受到父亲被划入元祐“奸党”的牵连，她被迫离京，生生地与丈夫分开。后来，虽然夫妇屏居青州，相与猜书斗茶，赏花赋诗，搜求金石书画，过上一段鹣鲽相亲、雍容闲适的生活；但随着靖康难起，故土沦亡，宋室南渡，她再次遭受到一系列更为沉重的命运打击。

易安居士的感情生活是极具悲剧色彩的，中年不幸丧偶，再嫁后又遇人不淑，错配“驵侩之下才”；而与丈夫一生辛苦搜求、视同生命的金石文物，在战乱中已经损失殆尽；晚境更是凄凉，孑然一身，伶丁孤苦，颠沛流离：这一切，使她受尽了痛苦的煎熬，终日愁肠百结，精神处于崩溃的边缘。

自北朝庾信创作《愁赋》以来，善言愁者，代有佳构。形容其多，或说“谁知一寸心，乃有万斛愁”，或说“茫茫来日愁如海”，“恰似一江春水向东流”；通过诗人的巧思，看不见摸不着的悲情愁绪形象化、物质化了：“浓如野外连天草，乱似空中惹地丝”，“闭门欲去愁，愁终不肯去；深藏欲避愁，愁已知人处”。而到了易安居士笔下，则更进一步使愁思有了体积，有了重量，直至可以搬到船上，加以运载。真是构想奇特，匪夷所思。

李清照少历繁华，中经丧乱，晚境凄凉，用她自己的话说："忧患得失，何其多也!"而且，它们具有极为繁杂而丰富的内涵，也像她本人所说的，不是一个"愁"字所能概括得了的。翻开一部渲染愁情尽其能事的《漱玉词》，人们不难感受到布满字里行间的茫茫无际的命运之愁，历史之愁，时代之愁，其中饱蕴着作者的相思之痛、婕妤之怨、悼亡之哀，充溢着颠沛流离之苦，破国亡家之悲。

但严格地说，这只是一个方面。若是抛开家庭、婚姻关系与社会、政治环境，单从人性本身来探究，也即是透视用生命创造的心灵文本，我们就会发现，原来，悲凉愁苦弥漫于易安居士的整个人生领域和全部的生命历程，因为这种悲凉愁苦自始就植根于人的本性之中。这种生命原始的悲哀在天才心灵上的投影，正是人之所以异于一般动物、诗人之所以异于常人的根本所在。

这就是说，易安居士的多愁善感的心理气质，凄清孤寂的情怀，以及孤独、痛苦的悲剧意识的形成，有其必然的因素。即使她没有经历那些家庭、身世的变迁，个人情感上的挫折，恐怕也照例会仰天长叹，俯首低回，比常人更多更深更强烈地感受到悲愁与痛苦，经受着感情的折磨。

正是由于这位"端庄其品，清丽其词"的才女，自幼生长于深闺之中，生活空间十分狭窄，生活内容比较单调，没有更多向外部世界扩展的余地，只能专一地关注自身的生命状态和情感世界，因而，作为一个心性异常敏感，感情十分脆弱且十分复杂的女性词人，她要比一般文人更加渴望理解，渴望交流，渴求知音；而作为一个才华绝代、识见超群、具有丰富的内心世界的女子，她又要比一般女性更加渴求超越人生的有限，不懈地追寻人生的真实意义，以获得一种终极的灵魂安顿。这两方面的特征紧密地结合在一起，相生相长，相得益彰，必然形成一种发酵、沸腾、喷涌、爆裂的热力，生发出独特的灵性超越与不懈的向往、追求。反过来，它对于人性中所固有的深度的苦闷、根本的怅惘，又无疑是一种诱惑，一种呼唤，一种催化与裂解。

四

而要同时满足上述这些高层次的需求，换句话说，要达到精神世界异常充实和真正活得有意义有价值，则需要从两个方面提供保证：一是真情灼灼、丝毫不带杂质地去爱与被爱；二是通过卓有成效的艺术创造，确立自己特殊的存在。用一句话来概括，就是必须能够真正求得一种心灵上的归宿与寄托。

应该说，这个标杆是很高很高的了。好在易安居士都有幸地接触到了。就后者而言，她能自铸清词，骚坛独步，其创获在古代女性作家中是无与伦比的；而前一方面，通过与赵明诚的结合，也实现了情感的共鸣，灵魂的契合，生命的交流，尽管为时短暂，最后以悲剧告终。为了重新获得，她曾试图不惜一切代价，拼出惊世骇俗的勇气，毅然进行重新选择，然而所适匪人，铸成大错，使她陷入了更深的泥淖。至此，她的构筑爱巢的梦想宣告彻底破碎，一种透骨的悲凉与毁灭感占据了她的整个心灵。

这样，她就经常生活在想象之中。现实中的爱，游丝一般的苍白、脆弱，经受不住一点点的风雨摧残；只有在想象中，爱才能天长地久。前人有言：“诗人少达而多穷”，“盖愈穷则愈工”。现实中爱的匮乏与破灭，悲凉之雾广被华林，恰好为她的艺术创造提供了源源不竭的灵泉。

梧桐更兼细雨，到黄昏，点点滴滴。这次第，怎一个愁字了得。

吹箫人去玉楼空，肠断与谁同倚。一枝折得，人间天上，没个人堪寄。

如今憔悴，风鬟雾鬓，怕见夜间出去。不如向帘儿底下，听人笑语。

这一系列千古绝唱，就正是在这种心境下写成的。

一个灵魂渴望自由、时刻寻求从现实中解脱的才人，她将到哪里去讨生活呢？恐怕是唯有诗文了。我们虽然并不十分了解易安居士幽居杭州、金华一带长达二十余载的晚年生活，但有一点可以断定，就是她必定全身心地投入到诗文中去。那是一种翱翔于主观心境的逍遥游，一种简单自足、凄清落寞的生活方式，但又必然是体现着尊严、自在，充满了意义追寻，萦绕着一种由传统文化和贵族式气质所营造的典雅气氛。

诚然，易安居士的《漱玉词》仅有五十几首，传世的诗文还要更少一些。比起那些著作等身、为后世留下更多精神财富和无尽话题的文宗巨擘，未免显得有些寒酸，有些薄弱。可是，一部文学史告诉我们，诗文的永生向来都是以质、而不是以量取胜的。如同茫茫夏夜的满天星斗一般，闪烁着耀眼光芒的，不过是有数的几颗。

作为一个有限偶在，“一代词人”李清照早已随风而逝；可是，她那极具代表性的艺术的凄清之美，她那灵明的心性和具有极深的心理体验的作品内容，她那充分感性化、个性化的感知方式和审美体验方式，却通过那些脍炙人口的辞章取得了无限恒在，为世世代代的文人提供了成功的范本，像八咏楼前“清且涟漪”的双溪水一样，终古滋润着浊世人群的心田。

泉路何人说断肠

一

二十年前，我第一次到杭州，正值梅子黄时。当时撑着一把布伞，漫步在丝丝细雨之中。这里靠近“门前春水碧如天”的西子湖，是古临安的著名街巷，据说当年朱淑真的旧游之地桃村就在这一带。

女诗人的《断肠诗词》里有“东风作雨浅寒生，梅子传黄未肯晴”的锦句。今天看来，除了物候大致不差；其他一切都已经满目皆非，地面上的楼台、屋宇，不晓得已经几番倾圮、几番矗起了。一般的景观我无心过问，只是关注着那些被写进诗词的“东园”、“西楼”、“桂堂”、“水阁”、“迎月馆”、“依绿亭”，想从中寻觅到作者的哪怕是一丝一毫的心痕足迹。结果呢，除了失望，还是失望。

据说，我们的现存古籍多达十万余种；单是南宋以降的史书、笔记，即足以“处则充栋宇，出则汗牛马”。可是，翻检开来，关于这位了不起的文学精灵的兰因絮果，竟然统付阙如。不妨追问一句：那些连篇累牍、不厌其详地记载的究竟都是些什么物事？怎么就偏偏悭吝于这样一位传世诗词达三四百首的旷代才人！操纵在男性手中的史笔，那些专门为帝王编撰家谱的御用文人们，他们的心全都偏在腋下了。

“林亭感旧空回首，泉路凭谁说断肠？”提起唐婉来，人们无不为之伤怀悼惜，尤其是那位陆老诗翁数十年间痴情未泯，咏怀忆旧，叹惋不置；可是，大约同时期的朱淑真，无论是当时还是后世，又有谁为之深情悼惜，或者愤慨不平呢！说来也是很可悲的。

二

童稚时期读过蒙学课本《千家诗》，在二百二十六首五七言律绝中，有朱淑真《落花》《即景》两首。“谢却海棠飞尽絮，困人天气日初长。”每当春困难挨之时，脑子里便会涌现出这两句诗来。

有一次，我在雨中贪玩，竟然忘记了吃饭，耽搁了上课，塾师带着愠色，让我背诵《千家诗》中咏雨的诗篇。当我吟过“天街小雨润如酥，草色遥看近却无”，“绿遍山原白满川，子规声里雨如烟”等令人赏心悦目的清丽诗章之后，老先生轻轻点了一句：“朱淑真的诗，你可记得？”我猜想指的是那首《落花》：“连理枝头花正开，妒花风雨便相摧。愿教青帝常为主，莫遣纷纷点翠苔。”因为觉得太感伤了，有些败兴，便摇了摇头。老师也不勉强，只是轻叹一声：“还是一片童真啊，待你到了我这个年纪，就会懂得人生、懂得性理了。”说着，老先生就讲了朱诗的风致之佳，体悟之妙，还简单地谈了作者的凄凉身世。于是，这位女诗人在我那小小的童心中，除了赢得喜欢，赢得仰慕，又平添了几分怜惜、几丝叹惋、几许同情。

及至通览了《断肠诗词》之后，确认了老师的说法，诗境果然是苦涩而凄清：

哭损双眸断尽肠，怕黄昏后到昏黄。
更堪细雨新秋夜，一点残灯伴夜长。

秋雨沉沉滴夜长，梦难成处转凄凉。

芭蕉叶上梧桐里，点点声声有断肠。

断肠，断肠，断尽愁肠，道尽了人世间椎心泣血的透骨寒凉。

为《断肠诗词》作序的魏仲恭曾下过如下的断语：

一生抑郁不得志，故诗中多有忧愁怨恨之语。每临风对月，触目伤怀，皆寓于诗，以写其胸中不平之气。竟无知音，悒悒抱恨而终。自古佳人多命薄，岂止颜色如花命如叶耶！

朱淑真的生命结局备极凄惨，而且扑朔迷离。辞世之后，一种说法是“残躯归火”。其根据来源于“魏序”：“其死也，不能葬骨于地下，如青冢之可吊；并其诗为父母一火焚之”。另有一说，“投身入水”，毙命于波光潋滟的西子湖。传说，她入水之前曾向着情人远去的方向大喊三声。真乃“重不幸也。呜呼惨哉”！

三

随着年华渐长，世事洞明，我的感知又出现了变化，也可以说获致一种升华。由童年时对朱淑真的无尽哀怜，转而为由衷地钦佩，赞美她的胆气、勇气、豪气，服膺其凛然无畏的叛逆精神。

对于女性来说，爱情不啻生命，她们总是把全部精神生活都投入到爱情之中，因而显得特别凄美动人。古代女子尽管受着政权、族权、神权、夫权的重重压榨，脖子上套着封建礼教的枷锁，但从来也未止息过对于爱情的向往、追求，当然，表现形式不尽相同。

当命运扳了道岔儿，“所如非偶”，爱情的理想付诸东流的时节，大多数女性是把爱情的火种深深埋藏在心里，违心地屈从父母之命，委委屈屈、窝窝囊囊地打发流年，断送残生。再进一层的，不甘心做单纯供人享乐的工具，更不认同“嫁鸡随鸡，嫁狗随狗”的混账逻辑，便暗地里进行抗争，偷偷地、默默地爱其所爱，“红杏”悄悄地探出“墙外”。而更高的层次，是勇敢地冲出藩篱，私奔出走，比如西汉年间的卓文君。

在几千年的中国封建社会里，私奔，一向被视为奇耻大辱甚至大逆不道。而卓文君居然敢于冒天下之大不韪，跟着心爱的人司马相如毅然逃出家门，大胆冲破封建礼教的约束，勇敢地追求婚姻自由，追求爱情的幸福，不惜抛弃优裕的家庭环境，去过当垆卖酒的贫贱生活。做到这一点十分不易，那要终生承受着周围舆论的巨大压力，不具备足够的勇气是下不了这个决心的。当然，较之她的同类，卓文君属于幸运之辈。由于汉初的社会人文环境比较宽松；不像后世礼教网罗的森严密布，她所遭遇的压力并不算大。再者，在旧时代，女性原本是压在社会的最底层，无法得见天日，而她，有幸投身于一个著名的文人，结果不仅没有遭到鞭笞，反而留下一段流传千古的风流佳话。

应该承认，从越轨的角度说，朱淑真同卓文君居于同等的层次，可说是登上了爱情圣殿的九重天。这里说的不是际遇，不是命运；而是风致和勇气。作为一位出色的诗人，她不仅肆无忌惮地爱了，而且，还敢于把这神圣不可侵犯的权利张扬在飘展的旗帜上，写进诗词，形诸文字。这样，她的挑战对象就不仅是身边的、并世的亲人、仇人或各种不相干的卫道者，而且要冲击森严的道统和礼教，面对千秋万世的口碑和历史。就这一点来说，朱淑真的勇气与叛逆精神，较之卓文君有过之而无不及。何况，她所处的时代条件的恶劣、社会环境的严酷，那要超出西汉不知多少倍。

爱情永远同人的本性融合在一起，它的源泉在于心灵，从来都不借助于外力，只从心灵深处获得滋养。这种崇高的感情，只有开始而没有结束。爱情消灭了时间、空间的限制，具有永生的品格。叛逆者的声音，敢于向封建礼教宣战的激情，无论是获胜了或者招致失败，都同归于不朽。

四

按照学术界的考证，也包括本人诗词中所展露的，大略可知，朱淑真少女时代的闺中生活是无忧无虑的，并且有一个情志相通的如意情人；随着年龄的增长，封建道德文化对女性的桎梏与其渴望张扬个性的矛盾日益凸显，这在她的诗词作品中也都有充分的反映。在她刚刚步入豆蔻年华时，萌动的春心就高燃起爱情的火焰，虽是少女情怀，却也铭心刻骨。且看那首《秋日偶成》：

初合双鬟学画眉，未知心事属他谁。

待将满抱中秋月，分付萧郎万首诗。

“萧郎”，常见于唐诗，大体上指女子爱恋的男子。看得出，出嫁之前，她就已经意有所属了。未来情境，般般设想，诸如诗词唱和、一门风雅等等，大概都想到了。正由于心中存贮着这样一位俊逸少年，一位难得的知音，因而生命中的磅礴热情一直在高燃着。那首《清平乐》词，就把这种少年儿女的憨情痴态，描绘得惟妙惟肖。

恼烟撩露，留我须臾住。携手藕花湖上路，一霎黄梅细雨。

娇痴不怕人猜，和衣睡倒人怀。最是分携时候，归来懒傍妆台。

在含烟带露的黄梅季节，她来到湖上与恋人相见，一块游玩；淋着蒙蒙细雨，两人携手漫步，欣赏着湖中的荷花，后来觅得一处极其僻静的去处，坐下来，窃窃私语，亲密无间。娇柔妩媚的少女，再也按捺不住内心的爱火撩拨，索性不顾一切地倒入恋人的怀抱中，任他拥抱着，爱抚着，旁若无人，无所顾忌，如痴如醉地饱饮着美好恋情的香醪。

可是，由于“父母失审，不能择伉俪”，这场自由恋爱的情缘被生生地斩断了，硬把她嫁给了一个根本没有感情、在未来的岁月中也无法去爱的庸俗不堪的官吏。这使她万念俱灰，痛不欲生。

就一定意义来说，爱情同人生一样，也是一次性的。人的真诚的爱恋行为一旦发生，就是说，如果心中早已有了意中人，就会在心灵深处留存下永难磨灭的痕迹。这种唯一性的爱的破坏，很可能使尔后多次的爱恋相应地贬值。在这里，“一”大于“多”。对于这种现象，我们应该提到爱的哲学高度加以反思，而不应用封建伦理观念进行解释。

五

“事到无为意转平。”初始，她也曾试图着与丈夫加强沟通、培养感情，并且随同他出去一段时间，但是，“从宦东西不自由”，终因志趣不投，裂痕日深。及至丈夫有了新欢，她就更加难以忍受了，规劝过，抗争过，都毫无效果，最后陷入极端的苦痛之中。于是，以牙还牙，重新投入旧日情人的怀抱。那般般情态与心境，都写进了七律《元宵》：

火烛银花触目红，揭天鼓吹闹春风。
新欢入手愁忙里，旧事惊心忆梦中。
但愿暂成人缱绻，不妨常任月朦胧。
赏灯那得工夫醉，未必明年此会同。

当时，南宋小朝廷偏安一隅，过着荒淫奢侈的腐朽生活，元宵节盛况不减北宋当年。她曾有诗记载："十里绮罗春富贵，千门灯火夜婵娟。"就在这歌舞升平的上元之夜，她同旧日的恋人别后重逢，互相倾诉着赤诚相爱的隐衷，重温初恋时的甘甜与温馨。正是由于珍惜这难得一遇的销魂时刻，也就顾不上去赏灯饮酒了。谁知明年又会是什么境况，能不能同游共乐实在难说。一种隐忧，自始就潜伏在短暂的欢情里。

一年过去，元宵佳节重临。可是，风光依旧，而人事已非。对景伤怀，感而赋《生查子·元夕》词：

去年元夜时，花市灯如昼。月上柳梢头，人约黄昏后。
今年元夜时，月与灯依旧。不见去年人，泪湿春衫袖！

词中的感情是那样的真挚，让局外人也不由得不感慨伤情。此时的元夜，虽然繁华依旧，但是，"揭天鼓吹暖春风"的温情却不见了，留给她的只是泪眼哭湿的春衫双袖。这种无望的煎熬，直叫人柔肠寸断。与她热恋过的那位青年，许是慑于社会舆论的压力、家长的阻挠，终因意志薄弱而被迫退缩，此后再不敢或不愿露面了。

对于昔梦的追怀，对于往日的恋情和心上人的思念，成了疗治眼前伤痛的药方。且看《江城子》词：

斜风细雨作春寒。对尊前，忆前欢。曾把梨花、寂寞泪阑干。芳草断烟南浦路，和别泪，看青山。　　昨宵结得梦夤缘。水云间，悄无言。争奈醒来、愁恨又依然。展转衾裯空懊恼，天易见，见伊难。

从眼前的孤苦忆及当日两情相悦、恩爱绸缪的情景，再写到离别时的悲伤；最后因相思至极而梦中相会，醒来一片茫然，婉转缠绵，缱绻无尽，而结果是绝望，是怨恨：

鸥鹭鸳鸯作一池，须知羽翼不相宜。
东君不为花为主，何似休生连理枝。

将矛头直指不合理的婚姻制度，责问它为什么要把不相配的人强扭在一起？在《黄花》一诗中，她借菊花言志，表达了自己绝不苟且求全的态度："宁可抱香枝上老，不随黄叶舞秋风。"这在封建礼教森严的时代，同样是一种决不妥协的叛逆行为。她日益感到人事的无常和空虚。据当时人的记载：她"每到春时，下帏趺坐，人询之，则云：'我不忍见春光也。'盖断肠人也。"

《减字木兰花·春怨》中是这样描述的：

独行独坐，独倡独酬还独卧。伫立伤神，无奈春寒著摸人。
此情谁见，泪洗残妆无一半。愁病相仍，剔尽寒灯梦不成。

六

有宋一代，理学昌行，“三从四德”的封建伦理，“饿死事小，失节事大”的残酷教条，禁锢森严，社会舆论对于妇女思想生活的钳制越来越紧。当时，名门闺秀所受到的限制尤为严苛，“有女在堂，莫出闺庭。有客在户，莫出厅堂”“莫窥外壁，莫出外庭。窥必掩面，出必藏形”。逼使闺中女子完全处于封闭、隔绝状态。对于那些无耻的男人，不管你把形形色色的淫猥秽乱描写得多么不堪入目，依然难以穷尽他们的丑恶。而完全属于人情之常的妇女再嫁，却会招人咒骂，更不要说“偷情”、“婚外恋”了。什么“桑间濮上之行”，什么“淫娃荡妇”，一切想得出来的恶词贬语，都会像一盆盆脏水全部泼在头上。

作为一个爱恨激烈、自由奔放、浪漫娇痴的奇女子——据说她是那位理学大师朱熹老夫子的族侄女，居然造反造到尊亲的头顶上，全不把传统社会的一切规章礼法放在眼里，不仅毫无顾忌地做了，而且还以诗词为武器，向封建婚姻制度宣战，公开对抗传统道德的禁锢，热烈追求个人情爱与自我觉醒。其结局，不仅自身不容于社会，遭迫害致死；而且，连累到那些掷地有声的辞章也惨遭毁损，付之一炬，致使“传唱而遗留者不过十之一”。

那首《生查子·元夕》词，竟至聚讼纷纭，从南宋一直闹到晚清。有的把它作为“不贞”的罪证，对作者加以鞭挞，承认“词则佳矣”，但“岂良人家妇所宜邪”？有的则出于善意，为了维护作者的“贞节”之名，说成是误收，而把它栽到大文豪欧阳修头上。在纳妾、嫖妓风行的男权社会中，尽管欧阳修以道德文章名世，却没有任何人加以责怪。偏偏在一个女子身上就成了大逆不道，岂非咄咄怪事！

其实，《断肠诗词》原本是十分娴雅、优美的，完全不同于那些淫媟污秽、不堪入目的货色。但在那些道学先生眼中，却通通成了罪证，他们一色的道貌岸然，却一肚子男盗女娼，“一见短袖子，立刻想到白胳膊，立刻想到裸体，立刻想到生殖器，立刻想到性交，立刻想到杂交，立刻想到了私生子。中国人的想象，惟在这一层能够如此跃进”。（鲁迅语）也许正是有鉴于此吧，作者才写下那首反讽式的诗，以“自责”的形式谴责道学与礼教对女性的禁锢，抒发其感时伤世的愤慨之情：

女子弄文诚可罪，那堪咏月更吟风。
磨穿铁砚非吾事，绣折金针却有功！

数百年后，清代文人吴敬梓在《儒林外史》中塑造了“自古及今难得的一个奇男子”形象——杜少卿。他“奇”在哪里呢？一是鄙弃八股举业，粪土世俗功名，说“秀才未见得好似奴才”；二是敢于向封建权威大胆地提出挑战，在文字狱盛行之时，竟敢公然反驳钦定的理论标准——“四书”的朱注；三是敢于依据自己的人生哲学，说《诗经·溱洧》一章讲的只是夫妇同游，并非属于淫乱。四是，他不仅是勇敢的言者，而且还能身体力行，在游览姚园时，竟坦然地携着娘子的手，当着两边看得目眩神摇的人，大笑着，情驰神纵，惊世骇俗地走了一里多路。那些真假道学先生为之痛心疾首，却又无可奈何。

那么，若是将这位“奇男子”同理学盛炽的南宋时期的那位“奇女子”比一比呢？无论是勇气、豪情，还是冲决一切、无所顾忌的叛逆精神，两相比较，又是如何呢？

马嵬坡下的三场辩论

一

唐玄宗李隆基的妃子很多，但后来走上京剧舞台，展现女性优雅、凄美形象的大概只有两人，一个是程派名剧《梅妃》里的江采萍，一个是梅派名剧《贵妃醉酒》里的杨玉环。同梅妃的生前寂寞、死后萧条形成鲜明的对比，杨妃生前大红大紫，炙手可热，死后更是闹得沸反盈天，以她为核心展开的争论，至今仍在进行。——我这里就杨贵妃的历史评价及其生死谜团归纳出来的“马嵬坡下的三场辩论”，便是鲜明的例证。

为了帮助读者掌握这几场辩论所依凭的历史背景，首先，简要地叙述一下以这位女主角为中心的“本事”：

杨贵妃，小字玉环，原籍山西蒲州，唐开元七年（公元 719 年）出生在四川的蜀州。史书上说她：自幼养于叔父家，善歌舞，通音律，身材丰艳，姿色超群。她原本是唐玄宗的第十八子寿王李瑁的妻子，嫁过来当时只有十七岁。后来，玄宗因心爱的武惠妃谢世，深情怀念，哀痛不已，后宫虽有几千美女，却没有一个人中他意的。有人报告称，寿王李瑁的妻子玉环杨氏，美貌惊人，绝世无双。皇帝一看，果然是名下无虚，当即神魂颠倒，意注心驰。于是，授意她自愿申请出家，去当道士，当即获得一个“太真”的道号。这边，又重新给寿王李瑁另娶了一个王妃。一切安排停当，便把玉环秘密接到皇宫里。这一年，玄宗六十一岁，玉环二十七岁。

由于玉环肌肤丰满，体态艳丽，气质高华，而且精通音乐，又兼生性聪明机警，善于迎合皇帝的旨意，进宫不到一年，就得到了玄宗的极度宠爱，视同掌上明珠，一切礼仪都和皇后一样；宫中都称她为“娘子”。天宝四载（公元 745 年），玄宗册封杨玉环为贵妃，封赠她的父亲杨玄琰为兵部尚书，任命她的叔父为光禄卿，两个堂兄分别为殿中少监和驸马都尉；贵妃的三个姐姐，个个姿容艳丽，分别被封为韩国夫人、虢国夫人和秦国夫人，也都在京城赏赐住宅，每年还有千贯钱作为脂粉之资。其从祖兄国忠，受封为金吾兵曹参军，特准他可以随供奉官出入宫廷；后来步步登高，总揽大权，专擅朝政，势倾天下。杨氏一家，全都裂土分封，荣显盛于一时。

天宝年间，玄宗统治的后期，沉湎酒色，日益昏庸，荒怠政事，朝中实权先后由奸相李林甫、杨国忠把持，妒贤害能，任人唯亲，徇私舞弊，穷奢极侈，朝政腐败日亟。天宝十四载，兵权在握、身兼平卢、范阳、河东三镇节度使的安禄山发动叛乱，史称“安史之乱”。天宝十五载（公元 756 年）六月，玄宗带领杨贵妃及其家族和公主、皇孙，还有亲近的宦官，仓皇向西逃遁。

据《旧唐书》《新唐书》和《资治通鉴·唐纪》记载，玄宗一行到了兴平西部的马嵬驿，禁军哗变，以为祸起杨家，不肯前行，大将军陈玄礼杀了杨国忠，连同他的儿子和韩国夫人、秦国夫人。军中将士的怨恨仍未解除，宦官高力士奏以“祸本（指杨贵妃）尚在，军心不安”，要求玄宗忍痛割爱。玄宗犹豫不决，身旁大臣劝说：“众怒难犯，安危在顷刻之间，请陛下迅速裁决。”出语沉痛，并且叩头流血。玄宗说：“贵妃一直在深宫，怎么知道杨国忠阴谋?”高力士说：“贵妃当然没有罪，可是，将士们已经杀了她的哥哥，而她仍然留在皇帝身边，大家怎能放心？将士不安定，陛下也不可能安定。”玄宗只好差遣高力士带贵妃到佛堂，用绸带将她勒死。贵妃时年三十八岁。

二

首场辩论的参加者，是历朝历代的诗人。辩论是从价值层面上展开的：如何评价杨贵妃这个历史人物？她是不是“安史之乱”的祸胎？

对此，自从杨贵妃在马嵬坡香消玉殒那天起，迄于今日，千余年来，一直是众说纷纭，莫衷一是。诗人们尤其予以特殊的关注。大体上，有批判、肯定、同情这样三种不同的意见：

第一类，持批评态度。以唐代著名诗人杜牧《过华清宫》（三首之二）为代表：

> 新丰绿树起黄埃，数骑渔阳探使回。
> 霓裳一曲千峰上，舞破中原始下来。

唐玄宗沉湎女色，不理朝政。在各方强烈的反应下，朝廷派出探使，前往渔阳，侦察安禄山的虚实。但是，由于探使接受了贿赂，回来虚报了军情，盛赞安禄山如何赤心报国，忠于皇上。这样，玄宗便与贵妃更加耽于享乐，日日沉醉在“霓裳羽衣”的轻歌曼舞之中，直舞到“千峰”之上，最后，把整个“中原”都舞破了。诗人运用生动的形象，以夸张的手法，寄托深刻的寓意。杨贵妃固然不能直接舞“破”中原，但中原之“破”，却实实在在由于唐玄宗无尽无休的酣歌醉舞，沉湎女色，不理政事所致。为此，杨贵妃是不能辞其咎的。

白居易的《长恨歌》，就其实质来说，也当属于这一类。从“汉皇重色思倾国”到“渔阳鼙鼓动地来，惊破霓裳羽衣舞”，开头的大段描写，反映了祸乱酿成的因果关系，集中渲染了玄宗自纳娶贵妃以后，在宫中如何纵欲、行乐，如何终日沉湎酒色之中。所有这些，都是酿成“安史之乱”的根源。

同时，白居易在新乐府《李夫人·鉴嬖惑也》中写道：

伤心不独汉武帝，自古及今皆若斯。
君不见穆王三日哭，重璧台前伤盛姬。
又不见泰陵一掬泪，马嵬坡下念杨妃。
纵令妍姿艳质化为土，此恨长在无销期。
生亦惑，死亦惑，尤物惑人忘不得。
人非木石皆有情，不如不遇倾城色。

诗中说，不独汉武帝嬖幸李夫人，古代还有周穆王嬖幸爱妃盛姬的事。他为美人盛姬筑台，状如重垒之璧。他在台上怀拥盛姬，共浴夕阳，伴她度过了人生的美好时光。后来盛姬病死，穆王依皇后之礼葬毕，大哭三日。白居易批评他“心轻王业如灰土”，“一人荒乐万人愁”。诗的最后，落脚在李、杨的爱情上。泰陵是唐玄宗的陵墓，这里代指玄宗。

而批评最为尖锐、严苛的，应数南宋时商挺的《骊山怀古》：

女色迷人祸更长，千年烽火化温汤。
无情一片骊山月，照罢周家又到唐。

诗中以杨贵妃比于周幽王“烽火戏诸侯”的爱妃褒姒，认为她们都以女色祸国殃民，招致动乱。

明永乐年间进士薛瑄《马嵬》七律，有“号令风行遍九州，六军何事此淹留”；“路边三尺妖姬土，长带千秋万古羞”之句。“妖姬土”，“万古羞”，无异于指着鼻子破口骂詈。明末进士王思任的《马嵬歌》，持同样批评态度：“夜半无人语未寒，大家好住魂先逸。不是三郎（唐玄宗）负玉环，玉环自引胡儿缢。”意思是，贵妃之死，祸由自取——由于她宠爱“胡儿”安禄山，最后，“胡儿”反叛，她便也跟着搭上了性命。

第二类，对杨妃持肯定态度。诗的数量很大，意见也比较集中。唐末至五代时的状元诗人徐夤题《马嵬》七绝一首：

> 二百年来事远闻，从龙谁解尽如云。
> 张均兄弟今何在？却是杨妃死报君。

诗人题诗时，上距“安史之乱”大约二百年。“从龙”，随从帝王创业；这里指跟着唐玄宗逃到四川的人，语含讥刺。宰相张说两个儿子张均、张垍，分别官至刑部尚书和九卿之一的太常，可是，却都接受了安禄山所授的伪职。诗中说，那些大臣们一个个都跑到哪里去了？只剩下个妃子，最后以死相报。

清嘉庆进士、山西赵城县知县杨延亮《题马嵬驿》：

> 孤负凭肩誓后身，六军相逼太无因。
> 肯拼一死延唐祚，再造功应属美人。

清代剧作家洪昇《长生殿》写玄宗与贵妃“夜半凭肩（手搭肩上）私咒”。这里说，玄宗与杨妃当年无比亲昵，凭肩发誓他生也要相聚，一切一切都“孤（辜）负”了。

清代诗人李羲文《过杨太真墓》：

马嵬永诀六龙骖，匹练酬恩意自甘。
拼却红颜安反侧，美人于此胜奇男。

诗的大意是，杨妃“匹练（缢死时用的绸条）酬恩”，以安“反侧”（反叛）。美人于此，胜过奇男。

还有清代女诗人万叶丹的《书〈长恨歌〉后》七绝，也都是鲜明地站在杨贵妃一边，直接予以颂赞的：

翠羽西行唤奈何，六军兵谏逼金戈。
拼将一死纾君难，愧杀从行将士多。

第三类，对杨妃之死表示同情、惋惜，代替死者讲公道话。这类诗歌占的比例也比较大。

最早的是唐代诗人李益，“马嵬坡之变”时，他已经九岁了。许多事情，可说是亲历亲闻的。因而，尤其值得重视。他的《过马嵬》诗：

汉将如云不直言，寇来翻罪绮罗恩。
托君休洗莲花血，留记千年妾泪痕。

由于写的是本朝事，他在落笔时还是有些顾忌的。“汉将”其实就是唐将。诗的中心是代杨贵妃鸣不平：满朝文武，谁也不肯向皇帝直言相谏；等到贼寇到了，天下大乱，反而把罪愆推到一个女子身上，岂非咄咄怪事！

清代著名诗人袁枚在《随园诗话》中说，由于他对陈玄礼逼死杨贵妃持有异议，所以，在《再题马嵬驿》诗中，指责陈玄礼说：

万岁传呼蜀道东，鬻拳兵谏太匆匆。
将军手把黄金钺，不管三军管六宫。

“鬻拳”，人名，春秋时楚国宗室后裔。因事诤谏楚文王，文王不从，乃以兵器威胁文王，强使改正错误。袁枚以鬻拳比喻陈玄礼。

晚唐时的著名诗人罗隐，在《帝幸蜀》一诗中，写得更巧妙，更尖锐，更具说服力：

马嵬烟柳正依依，又见銮舆幸蜀归。
地下阿蛮应有语：这回休更怨杨妃。

晚唐中和元年（公元 881 年），黄巢攻克长安，唐朝第十八任皇帝、终日嬉玩游乐的唐僖宗李儇，也跟当年唐玄宗，同样逃往四川避难，在那里躲避了四年之久。诗人借助这件事情，对指责杨贵妃的人予以回击——这回死去多年的“阿蛮”（唐玄宗的小名）可要站出来说话了：“你看，李儇也跑到四川来了，看来，还是不要埋怨杨贵妃为好。”

无独有偶，唐末进士韦庄在《立春日作》一诗中，发表了同样的见解：

九重天子去蒙尘，御柳无情依旧春。
今日不关妃妾事，始知辜负马嵬人。

那么，究竟应该归罪于谁呢？清道光年间进士赵长龄的《马嵬》

诗，做了直接而明确的回答：

不信曲江信禄山，渔阳鼙鼓震秦关。
祸端自是君王启，倾国何须怨玉环。

矛头所向，直指皇帝；而且，有理有据。“曲江”，唐开元年间的尚书丞相张九龄的别称。他是一位有胆识、有远见的著名政治家、文学家，当年曾向唐玄宗建议：“禄山狼子野心，有逆相，宜即事诛之，以绝后患。”可是，玄宗听不进去，不仅没有杀他，反而倍加信任。

三

起死人于地下，把他们的三种不同的见解罗列出来，各抒已见，畅所欲言，确实可以看作是一场别开生面的辩论。这是第一场。

那么，第二场辩论的主题是什么呢？

绝大多数人根据历史记载，都承认杨贵妃在“马嵬坡之变”中，确实是被处死了。不过，对于她是怎么死的，死在了什么地方，却还存在着激烈的争议。对此，史家与诗人各有所见，各执一词。

关于杨贵妃的死，正史《旧唐书》《新唐书》的本传和《资治通鉴·唐纪》，以及野史《杨太真外传》等，都明确地记载着是“缢死”。何谓“缢死”？词典上解释，“勒人之颈而使之死也”。既然是勒颈而死，自然就不会有血溅出了。可是，到了一些诗人笔下，却与史家持截然不同的见解。就中，尤以唐代许多诗人为甚。

且看有“诗史”之盛誉的杜甫。“马嵬坡之变”发生时，他已经四十四岁，可说是同时代人。恰巧，第二年春天，他又到了都城长安。他沿着流经城东南的曲江行走，一时，触景伤怀，感慨万千。《哀江头》一诗就是当时心路历程的写照。在写到“昭阳殿里第一人”时，下了这样两句断语：“明眸皓齿今何在？血污游魂归不得”。前面引述的李益诗中，也有“托君休洗莲花血”的诗句。还有白居易的《长恨歌》，也写到了：“君王掩面救不得，回看血泪相和流。”另外，杜牧《华清宫三十韵》中，亦有“喧呼马嵬血，零落羽林枪”之句。“血污游魂”，“休洗莲花血”，“血泪相和流”，“喧呼马嵬血”，血，血，血！显然，在这些诗人的心目中，杨贵妃绝非如正史所记，是被缢而死的。

既然不是被缢而死，那么，“佛堂前”“梨树下”之类的记载，也就值得怀疑了。这又产生一个死的去处的争议。相当一部分论者，认为杨贵妃是死在乱军之中。且看《资治通鉴》（柏杨白话版）中关于这段乱象的记载：

> 吐蕃王国使节二十多人，正拦住杨国忠马头，诉苦说找不到饮食，杨国忠还没回答，士卒们就大声呼喊说：“杨国忠联合胡人叛变！”有人一箭射出，射中杨国忠的马鞍。
>
> 杨国忠惊骇逃跑，逃到驿站西门里，士卒们一拥而上，把他乱刀砍死，并像杀猪一样，剁下他的四肢，用长枪挑起人头，竖在驿站门口；同时，诛杀他的儿子、国务院财政部副部长杨暄，及韩国夫人、秦国夫人。总监察官魏方进斥责说：“你们怎么敢谋害宰相？”士卒又把他砍死。最高监督长韦见素得到混乱消息，出来察看，士卒扑上去，用铁器猛击他的头部，打得脑血齐流。……

已经失去理智控制的士卒，多年的积愤无处喷发，现在实在忍无可忍了，便进行了疯狂报复。

冤有头，债有主。在这种情况下，把罪魁祸首杨氏家族“一锅端”、剪草除根，是他们共同的意志。既然，随行的两个姐姐全都被杀掉了，杨贵妃也完全有可能死在乱军兵刃之下。

因此，诗人们所写的，未必都属无根之谈。

其实，诗，是完全可以用来证史的。现代史家就颇为推崇所谓“以诗证史”的治史方法，也就是以“诗”为史料来证史、说史，解读历史。在这方面，史学大师陈寅恪先生的《元白诗笺证稿》，做出了楷模式的探索，达到了高妙的境界。关于为什么可以“以诗证史”，陈先生说得十分清楚：“中国诗虽短，却包括时间、人事、地理三点。中国诗既有此三特点，故与历史发生关系。把所有分散的诗集合在一起，于时代人物之关系，地域之所在，按照一个观点去研究，连贯起来可以有以下的作用：说明一个时代之关系；纠正一件事之发生及经过；可以补充和纠正历史记载之不足。”

当然，有些史家对“以诗证史”的做法，也持有异议。认为，包括诗在内的文学创作，固然也需有真实的史实为原型素材，尤其像诗史性的作品，其纪实的成分很大；但是，文学作品毕竟有其特殊的品格——既可虚构，也可纪实，它对“史实”的处理方式远比史学来得自由，所以不能无条件地据此进行论证。

这场辩论的结果，即使不能“定于一”，但多一种认识就会多开辟一条解读的渠道，对学术研究终究是有所裨益的。而我，更加关注的问题是，为什么会发生诗人咏歌与史书记载互不一致甚至大相径庭的现象。我认为，这是一个更加有趣、也值得深思的研究课题。这里有三个环节：一是诗人咏歌与史书记载所据史实的渠道不尽一致。史书所记载的，来源于官方的正式文件（包括史官记载的种种资料）；而诗人记载的则是当地（有的还是当时，如杜甫、李益等）口耳相传的传说，也不排除军中将士、当地民众等某些亲历者的见闻；二是出于“为尊者讳”和其他某种考虑，官方史料存在着规范化、统一性、选择性的事后精心加工的特点；而诗人所听到的，当是杂沓的、错乱的“言人人殊”的信息，同样存在着整理、加工的性质；三是就史料的严谨性、规整性来说，或者就对待史料的态度来说，“正史”有其特殊的品格，因为史家强调“无征不信”；而诗人则相对要情感化一些，不可能、也不要求他们必须“出言有据”。

职是之故，把诗人列为承辩者的一方，是完全必要的、正当的。

四

如果说，第一场辩论的三方都是诗人；第二场辩论的双方是诗人与史家；那么，第三场辩论的双方，则是民间口头传播者及当代某些学者为一方，古代的史官与史家为一方。这场辩论的主题是：“马嵬坡之变”中，杨贵妃究竟死没死？如果没有死，那么，她的下落何在？

史家认为，杨贵妃之死是凿凿有据的。《资治通鉴·唐纪》中，专门记载了这样一段：玄宗下令把杨贵妃尸体抬到驿站庭院，召唤陈玄礼等将领进去察看。陈玄礼看过后，叩头请求宽恕，玄宗慰劳嘉勉，命他们向士卒解释。这说明杨贵妃确实死了，并经陈玄礼等人确认。这还有疑问吗？

可是，民间传说认为，那场动乱中，杨贵妃并未死于马嵬驿，而是辗转流落到了民间。这在史学界，根本未予置信，甚至连考证与驳辩的兴趣也没有。他们分析认为，持“未死论”者大约出现在晚唐至元明之间，一些口头民间文学传播者，出于善良的愿望，觉得这样美丽的妃子不该让她死去。他们虽然同属底层人物，但与当事者（造反军民）不同，对于玄宗的淫逸、贵妃的骄奢没有切肤之痛，已经脱离了愤怒，一变而为对这位“牺牲品”“替罪羊”的同情与怀念。

但出乎意料的是，现当代著名学者俞平伯先生在《长恨歌的质疑》和《从王渔洋讲到杨贵妃的墓》等文章中明确指出，杨贵妃是辗转到了日本定居。经过对白居易《长恨歌》和陈鸿《长恨歌传》的考证，他得出了杨贵妃并未死于马嵬驿的结论。归纳起来，论据大致有三：一是《长恨歌》中写贵妃马嵬之死闪闪烁烁，证明贵妃并未死于马嵬坡。而当时六军哗变、贵妃被劫、钗钿委地，诗中明言唐玄宗“救不得”，则正史所载“赐死”之诏旨，当时绝不会有；二是据陈鸿《长恨歌传》所言，“使人牵之而去”，显然，贵妃已被使者牵去，藏匿到远地了；三是《长恨歌》说，唐玄宗回銮后，要为杨贵妃改葬，可是，“马嵬坡下泥中土，不见玉颜空死处”，竟连尸骨都找不到，进一步证实贵妃未死于马嵬驿。

近日见到当代学者王菡一篇文章，其中有这样一段话：

> 关于杨贵妃之死，很成为前些时间的热门话题，而在数十年前，俞平伯就曾根据《长恨歌》及《长恨歌传》提出杨贵妃没有死在马嵬坡的观点，周作人自日本朋友处知道日本山口县有杨贵妃墓，及有关杨贵妃在日本的一些传说，便写信告知俞平伯先生。俞平伯复信中曰：“传说虽异，证据亦足为鄙说张目，闻之欣然。不知能否由日本友人处复得较详尽之记叙乎？”如此往返讨论的几封信，今天尚可看到，亦是难能可贵了。

由此可知，俞先生的论点也是获得知堂老人的支持的。

说到杨贵妃日本有墓，我忽然想起了一件往事：2008 年 3 月中旬，我率领大陆作家代表团访问台湾，到日月潭观光，接待我们的是南投县文化局局长，他是一位文学博士。在同我们交谈时，他说，有一次访问日本，见到了杨贵妃的墓，便问有关人士“根据何在”。

答复是："你们中国古代的白居易写得很清楚嘛！"

博士反诘："杨贵妃不是死在马嵬坡吗？《长恨歌》里分明讲：'六军不发无奈何，宛转蛾眉马前死。'"

日本朋友的答复是："《长恨歌》里还讲：'忽闻海上有仙山，山在虚无缥缈间。楼阁玲珑五云起，其中绰约多仙子。中有一人字太真，雪肤花貌参差是。'海上仙山在哪里？就是日本嘛！"

博士说："这种颠倒迷离的仙境，原都出自当事人与诗人的想象。"

日本友人答复是："什么不是想象？'君王掩面'，死的是丫鬟还是贵妃，谁也没有看清楚；所以才说'马嵬坡下泥土中，不见玉颜空死处'。"

博士局长最后对我说，想一想，日本友人所说的也许有些道理。其实，李商隐的七律《马嵬》，更值得注意。它在一开头就说："海外徒闻更九州，他生未卜此生休。"这对杨贵妃逃亡到日本的传说，可说是进一步的佐证。

据网上提供的信息：日本民间和学术界有这样一种说法：当时，在马嵬坡被缢死的，乃是一个侍女。禁军将领陈玄礼爱惜贵妃貌美，不忍杀之，遂与高力士合谋，以一侍女代死。而杨贵妃则由陈玄礼的亲信护送南逃，行至现在上海附近，扬帆出海，漂至日本久谷町久津，并在日本终其天年。网上信息说：据日本学者渡边龙策在《杨贵妃复活秘史》一文中考证，杨贵妃逃出马嵬坡后，得到唐代舞女和乐师的帮助，辗转到了扬州，在那里见到了日本遣唐使团的藤原制雄，在藤原的协助下，杨贵妃搭乘日本使团的船，在日本的海边渔村久津登陆，时间为公元 757 年。到日本后，杨贵妃受到天皇孝谦的热诚接待。后来，杨贵妃以她的智谋帮助孝谦挫败了一次宫廷政变，从此名声大震，获得日本人民尤其是日本妇女的好感。至今，还有日本妇女说自己是杨贵妃的后代。1963 年有一位日本姑娘，向电视观众展示了自己的一本家谱，说她就是杨贵妃的后人；日本著名影星山口百惠也自称是杨贵妃的后裔。

现在，日本本州岛西南端、与亚洲大陆隔海相望的山口县，有一个名为“久津”的海边渔村，那里有一座杨贵妃墓，已经被列为国家级保护文物。京都等古城还有杨贵妃的塑像。

李师师的真爱

一

在两宋之交，李师师可是个大名人。由于她出身歌妓，正史上不予记载，但在当时的笔记、野史、小说、评话中，诸如《大宋宣和遗事》《东京梦华录》《耆旧续闻》《贵耳集》《墨庄漫录》《靖康中帙》《浩然斋雅谈》等等，却到处闪现着她那丰姿绰约、曼妙窈窕的身影。

她的漂亮自不必说。明武宗时，京城有个绰号“佛动心”的名妓，说是她的美貌会引得佛菩萨也不免动起凡心。我想，李师师的美丽肯定会大大超过她，不然，也不会邀得浑身都是艺术细胞的宋徽宗的青睐。当然，女性的动人之处，主要的还在于气质，而李师师的气质是绝对一流的。容颜隽美，温婉韶秀，而且气质清纯，不卑不亢，这在上述那些古籍中，都有明确的记载。

李师师出生于宋哲宗元祐五年（公元 1090 年），原本姓王，父亲王寅是汴京城内的一个染房业主。出生之后，一直未曾啼哭，家人深以为虑。旧俗，为了厚生祈福，可以到僧寺寄名出家，只举行出家仪式，受持法名，但不在和尚数内。三岁那年，父亲便把她寄名佛寺，在举行仪式时，老方丈为她摩顶，她突然放声大哭。老方丈认为她很像佛门弟子，便赐名为“师师”——旧时，对出家人往往以“师”相称。

也是她时运不济，一年过后，父亲因罪死在狱中，从此便流落街头，被娼家李姥收养，这样，师师便随了李姥的姓氏。这个李姥阅人无数，当日慧眼识珠，看出师师不同凡响，便请来高明教师教她琴棋书画。师师原本绝顶聪明，又兼名师点拨，一时间成为汴京色艺双绝的名妓。

据说，李师师由于童年生活凄苦，心中总有一种挥之不去的忧伤，不仅偏爱格调苍凉、哀婉凄清的诗词乐曲，衣着装扮也分外清淡素雅，这样一来，也就予人以更大的吸引力。最后，便陷入了皇帝的手掌。

这里说的皇帝，就是大宋王朝的第八任君主——徽宗赵佶。他和李师师相识于大观三年（公元 1109 年）。徽宗当时二十七岁，已经做了九年皇帝；李师师才十九岁。见面之后，皇帝自然是无限倾心，就像《长恨歌》中所写的："天生丽质难自弃，一朝选在君王侧，回眸一笑百媚生，六宫粉黛无颜色。"

李师师温婉灵秀的气质使宋徽宗如痴如醉，慨叹过去枉活了二三十年。不过，在李师师心中，却并未作如是想，更不会留恋于枕席缱绻之情；相反地，她倒是一面应酬着委身于皇帝，一面却另外有所倾注——在她的心灵深处，还屹立着一个令她倾心钟爱的男子。这个人就是周邦彦。

周邦彦，字美成，号清真居士。他出生于宋仁宗嘉祐二年（公元 1057 年）。他的青少年时代是在杭州度过的。有关传记中称他"疏隽少检"，"落魄不羁"，但"博涉百家之书"，妙解音律，工于文词。他少年时代所写的《汴都赋》，深得神宗、哲宗、徽宗皇帝赏识，楼钥在为他的文集作序时，说："以一赋而得三朝之眷，儒者之荣莫加焉！"在这种情况下，如果他稍稍奔走一下权门，即可以"坐拥青紫"、飞黄腾达；可是，他心性淡泊，又很矜持，从他作品中看不出他对政治有多大兴趣，因而"坐视捷径，不一趋焉"。

当时，他的文名很高，特别是在词史上有特殊的地位，堪称是“名冠当时、承前启后的里程碑式人物”。南宋的陈郁在《藏一话腴外编》中说：“二百年来，以乐府独步，贵人、学士、市儇、妓女，皆知美成词为可爱。”尽管诗人已经五十多岁了，但岁月的沧桑使他获得了睿智和情趣，具有一种特殊的气质，因而深得李师师的芳心，两人都有相见恨晚之憾。

综观周邦彦的生平，大都是在地方做官，做京官的时间较为短暂。就是说，这一对相知相重的情侣，总是离多会少，劳燕分飞。从周氏的年谱中可以看出，他从哲宗绍圣四年到徽宗政和元年这十五年间，虽然在汴京任职，但由于李师师年龄小，就算从她虚龄十七岁算起，相聚时间至多也就是五六年。尔后，周邦彦就外放，一直到政和六年，才从浙江的明州回到汴京任秘书监，提举大晟府，前后也仅仅三年时间，他六十一岁至六十三岁。此后，到他六十六岁辞世，始终都在外地任职。

周邦彦的《清真词》中，有一首调寄《玉兰儿》，有人考证，认为是记述他和李师师初见的情景：

> 铅华淡伫新妆束，好风韵，天然异俗。彼此知名，虽然初见，情分先熟。　　炉烟淡淡云屏曲，睡半醒，生香透肉。赖得相逢，若还虚过、生世不足。

这位年逾半百的旷代词人，倾倒于李师师“天然异俗”的“风韵”，而李师师更是喜欢他的丰标俊采，绝世文才，乐于和他接近，交往日久，二人关系甚为密切。

宋人陈鹄《耆旧续闻》记载：美成至李师师家，为赋《洛阳春》云：

眉共春山争秀，可怜长皱。莫将清泪湿花枝，恐花也、如人瘦。　　清润玉箫闲久，知音稀有。欲知日日依栏愁，但问取、亭前柳。

《洛阳春》又名《一落索》。词中凝聚着周邦彦对李师师的赞美和同情，并规劝她找个知心之人出嫁，以解愁苦。李师师肯定也考虑到自己的日后出路，可是，问题并非想象的那么简单。因为这里面插进来一个“天字第一号”的嫖客——皇帝徽宗。周邦彦也为此险些断送了前程。

二

宋代张端义《贵耳集》中记载：“道君（即宋徽宗）幸李师师家，偶周邦彦先在焉。知道君至，遂匿于床下。道君自携新橙一颗，云‘江南初进来’，遂与师师谑语。邦彦悉闻之，概括成《少年游》云。”

并刀如水，吴盐胜雪，纤手破新橙。锦幄初温，兽烟不断，相对坐调笙。　　低声问：向谁行宿？城上已三更。马滑霜浓，不如休去，直是少人行。

这是一首描写恋情的名篇。寥寥五十一个字，曲折入微地绘出一双男女的情怀婉曲。上片先是烘托室内和暖的气氛。皇帝进得屋来，拿出新鲜的橙子。师师伸开纤细的手指，将橙子剥开。这时，小丫头进来用汤婆子将锦被温热；为了增加情调，还点上檀香，然后悄然离开。这时，屋里只剩下两人，他们相对而坐：女郎素手调筝，试试它的音响；男的显然也精于音律，在从女的手中接过笙来试吹几声之后，再交还给她吹奏曲子。仅仅三句话，就写尽了两个人的情态。

最精彩处还是下片，换头三字，直贯篇终，先是以女性口吻小心打探；接上说，时间已经不早了；然后又转而说，“马滑霜浓”，走了放心不下，意思是：索性不要走了吧。语语商量，句句转折，把女性的细腻、机灵等心理活动，逼真地描绘出来。

过了几天，宋徽宗再次前来，李师师因为喜爱这首词，一时兴起，便对皇帝唱了这首《少年游》。宋徽宗听了先是一怔——这般情事怎么全都写进词里？他料得李师师是作不出来的，便反复追问。师师不敢隐瞒，只好告诉他是周邦彦所作。徽宗勃然大怒，便想找个茬子治他一下。于是坐朝，宣谕蔡京说：“开封府有个周邦彦，他是负责监税的，听说税额不足，怎么开封府尹不查处他？”蔡京不知道内情，忙着答应“马上查问”。可是，当他找到府尹一问，实际情况竟然是只有周邦彦收税最多。蔡京说：“不管怎样，按照皇帝旨意，就是要惩治他。”最后，还是以“周邦彦职事废弛”为由，立即将他革职出京。

一两天过去，徽宗再次来到李师师家，可是，师师不在；问其家人，说是去送周监税了。徽宗等了很久，直到夜深，师师才回来，“愁眉泪睫，憔悴可掬”。

徽宗怒问：“你去哪里了？”

师师泣答：“臣妾万死，知周邦彦得罪，押出国门，略致一杯相别，不知皇帝来了，死罪，死罪。”

徽宗问：“曾有词否？”

师师回奏：“有《兰陵王》词。”

徽宗说：“唱一遍看！”

师师抹去泪痕，曼展歌喉，唱了起来：

柳阴直。烟里丝丝弄碧。隋堤上、曾见几番，拂水飘绵送行色。登临望故国。谁识京华倦客。长亭路，年去岁来，应折柔条过千尺。　　闲寻旧踪迹。又酒趁哀弦，灯照离席，梨花榆火催寒食。愁一箭风快，半篙波暖，回头迢递便数驿。望人在天北。

凄恻，恨堆积。渐别浦萦回，津堠岑寂，斜阳冉冉春无极。念月榭携手，露桥闻笛，沉思前事，似梦里，泪暗滴。

唱罢，徽宗大喜，复召周邦彦为大晟乐正。

现代著名学者王国维在《清真先生遗事》中，说“此条所言失实”，理由是，“政和元年，先生已五十六岁，官至列卿，应无冶游之事”。看来，所论有些武断，“五十六岁，官至列卿”，就不会有“冶游之事”吗？根据实在不足。一个“应”字，说明在王国维先生那里，也是有些犹疑的。或者有意“为贤者讳”，也未可知。

不管怎么说，词作还是上上精品。词分三片，自然就成了三段。

第一段写柳，借折柳送别，抒写“京华倦客”的感伤心绪——临别时才发现无人识得，暗写怀才不遇的感慨；

第二段写离筵上的依依惜别之情。对“一箭风快，半篙波暖，回头迢递，便数驿”，转眼“人在天北”，用一个“愁”字概括；

第三段，通过写离人渐行渐远，愁堆恨积，以“斜阳冉冉春无极”作衬托，展现心中的加倍愁苦。

词中人与物，情与境，浑然成为一体，“绮丽中带悲壮”，美丽里现凄凉，再经过师师满带着感情的吟唱，繁音促节相和，就更加沉郁顿挫、酣畅淋漓了。

第二年，周邦彦就出知隆庆府了，直到六十一岁回京；两年后又放了外任，最后客死他乡。

有资料说，靖康元年末，金人大举进攻中原，攻入了都城汴京。

金人主帅在塞外很早就听说了李师师乃中原第一美女，想要抢占师师，但是李师师誓死不从，吞金簪自杀。然而，李师师没有死，她被尼姑抬到慈云观抢救，得以复生。李师师知道自己已经不能再在汴京待下去了，便化装潜逃到了南方。也是天假人愿，李师师经过一家农舍的时候，看到一个熟悉的身影，竟是周邦彦。两人相见痛哭一场，各自诉说了别后的遭遇，都感慨不已。叹惜之余，周邦彦遂写下《瑞龙吟》词一首，中云："前度刘郎重到，访邻寻里，同时歌舞。惟有旧家秋娘，声价如故。吟笺赋笔，犹记燕台句。知谁伴、名园露饮，东城闲步。事与孤鸿去。探春尽是，伤离意绪。"

这里有许多矛盾：一是，此词作于绍圣四年，词人当时不过四十二岁，李师师只有七岁。根本不可能在异地相见；二是，资料里说，于靖康年间相遇，这时，周邦彦已经作古六七年了，哪里还会与李师师相见？

三

关于李师师的结局，当代学者龚令民综合归纳、考证抉梳，认为有"殉国说""被俘说""出家说""南渡说"四种说法：

"殉国说"以传奇《李师师外传》为代表。说是金人攻破汴京后，金主也久闻李师师的大名，让他的主帅挞懒去寻找李师师，但是寻找多日没有找到。后来在汉奸张邦昌的帮助下，终于找到了。李师师不愿意伺候金主，先是用金簪自刺喉咙，但是没有成功，于是又折断金簪吞下自杀。龚先生认为，这里有一个问题，就是金人搜取北宋王朝的妃嫔是按照降臣提供的名单进行的，而师师由于一直未被正统儒家认可，不大可能列在名单之内；况且，根据其他文章记载，在汴京沦陷前，徽宗已把师师从宫里除名，因此，被点名索取一说很难成立，更谈不到以身殉国。宋史专家邓广铭先生《东京梦华录注》，认为《李师师外传》“一望而知为明季人妄作”。蔡东藩《宋史通俗演义》，李逸侯《宋宫十八朝演义》，也都认为是作者借李师师以讽世，实无其事。

“被俘说”：汴京失陷后一片混乱，李师师被俘北上，后来嫁给一个病残的军士为妻，最后凄凉地死在北国的荒漠里。后世小说如清人丁耀亢《续金瓶梅》等皆从其说。龚氏认为，“这一说法更是漏洞百出，经不起半点推敲。首先，师师并非寂寂无名之辈，想她名动京华，在汴京姹紫嫣红之时，有多少富家子弟、皇室贵胄一掷千金，只为一睹其芳容。虽说后来世道变了，供求关系不稳定，但人终归还是要生活啊。凭师师的长相，名气，才艺，怎么也不可能沦落到嫁给一个病残军士为妻”。

“出家说”称，名臣李纲发动东京保卫战，师师将全部财物捐赠出来，资助宋军抗金。“靖康之难”中她逃出汴京，到慈云观中做了女道士。这一说法也缺少堪资佐证的材料。

“南渡说”，也就是“归老江湖说”，所据资料相对较多，臆测成分较少，也比较合乎情理。龚氏认为可信，极有可能是师师真正的结局。

北宋张邦基《墨庄漫录》称，李师师“流落来浙，士大夫犹邀之以听其歌，憔悴无复向来之态矣”。明人梅鼎祚《青泥莲花记》载：“靖康之乱，师师南徙，有人遇之湖湘间，衰老憔悴，无复向时风态。”两宋之交的诗人刘子翚的《汴京纪事》，其实，也是有力的证据：

辇毂繁华事可伤，师师垂老过湖湘。
镂金檀板今无色，一曲当年动帝王。

还有一首七律，作者不详，但可以相互佐证：

芳迹依稀记汴梁，当年韵事久传扬；
紫宫有道通香窟，红粉多情恋上皇。
孰料胡儿驱铁马，竟教佳丽死红羊；
靖康奇耻谁为雪，黄水滔滔万古殇。

二十世纪五十年代初，我看过一出名叫《皇帝与妓女》的新京剧。剧作家宋之的根据《三朝北盟会编》《宋人轶事汇编》和《李师师外传》，把“靖康之祸”中徽、钦二帝伙同朝中的投降派，残酷镇压主张抗金的将领和民众，甘心为侵略者效劳的种种恶行，搬到了舞台上。主角是妓女李师师和宋徽宗。剧情以她为线索一步步地展开，再现了当时错综复杂、内外交织的矛盾、斗争。当然，由于戏剧本身是文学创作，故事情节有些出于合理想象，未必与史实尽合榫卯，但它往往比普通的实际生活更集中，更典型。几十年过去了，剧中的一些情节至今还深深地印在脑子里——

金兵攻下开封之后，钦宗签下了降表，抗金将领吴革率兵勤王，自陕北前线归来。就在他节节胜利，杀得金兵马仰人翻，即将活捉敌军渠帅的关键时刻，朝廷却以“破坏和议”的罪名，要捉拿他归案。吴革“情愿做不忠之鬼，不愿做亡国之臣”，抗命杀敌，结果，却被伪装助阵、实为内奸的投降派范琼从背后施放冷箭射倒。当时，台下观众悲愤填膺，传出一片唏嘘之声。

另一件事发生在金军的囚营里。羁押中的道君皇帝，像个丑角演员似的，强装出笑脸，陪同金军将领们踢球打弹，斗鸡走狗，或者吟咏歌功颂德的诗篇，背地里却心态悲凉，愁苦万状。这一切，被天真善良的妓女（其时也遭捕入狱）、陪伴歌舞的李师师偶然见到了。出于同情和信任，她便把刚刚获得的一个信息透露给他。原来，吴革在结义弟兄李宝等的悉心护理下，箭伤得到了康复，他们策划在正月十五元宵节时，趁着金人歌舞狂欢之际，带领一些勇士潜入金营，同三千在押囚犯里应外合，刺杀金军统帅，大张义旗，重整旗鼓。届时，李师师通过献歌侑酒，加以配合。

可是，李师师万万没有想到，这个无道又无良的亡国之君，竟然把她出卖了。结果，一场精心筹划的义举，最后以吴革等被捕杀、李师师当场自刎而告终。赵佶及其左右侍臣的“逻辑”是：万一举事失败，他们必然会受到牵累，到那时，想要屈辱苟活亦不可得；即使侥幸成功，最后起义军把金人赶出去，得利的也不是他这个太上皇，而是南朝的现任天子。综上分析，于是得出结论：“宁赠友邦，不与家奴。”

这是剧作家笔下的李师师的又一结局。

貂蝉趣话

上

事情的发生，源于一次晋中访古。那天，我们乘车从太原到忻州去，为的是访察金代著名诗人元好问的故居、墓地和“野史亭”。不料，半路上出了个岔头，一个牌坊式的大门赫然出现在眼前，门额上写着：“欢迎远道客人来访貂蝉故里”。车上立刻一片哗然。

有人嚷道：“貂蝉原是一个虚构的文学形象，历史上本无其人，怎么出来一个貂蝉故里？”

有人接上了话茬儿：“上个世纪五十年代，李翰祥导演过一个黑白片《貂蝉》电影，近些年又热播《三国演义》电视剧。村里人逢场作戏，趁机开辟一个旅游点，也是可以理解的。——这种乱抢名人的现象到处都有。”

“异想天开，胡编历史，倒是什么点子都想得出来。可是，怎么偏偏选在这里？总不能毫无依傍吧？”一位文友立刻问难。

当地作陪的文友解释说：“有一种说法，貂蝉出生在忻州。据说，早年时候，这个村头曾经有过一块‘貂蝉故里’的石碑，还传说这里有她的墓地和祠庙。”

我说，历史上究竟有没有貂蝉这个人，是存在争议的。目前，学术界许多人还是倾向于曾经有过这样一个女子。关于她的出生地，也有不同意见，大致有米脂说、临洮说、忻州说三种观点。至于说到“貂蝉故里”石碑问题，恐怕来自元人杂剧《锦云堂暗定连环计》。剧中描写董卓专权，荒淫残暴，太尉杨彪请司徒王允设计除之。戏文中有一段貂蝉对王允的自报家门：“您孩儿又是这里人，是忻州木耳村人氏，任昂之女，小字红昌，因汉灵帝遴选宫女，将您孩儿取入宫中，掌貂蝉冠，因此唤作‘貂蝉’。”汉灵帝将她赐予并州刺史丁原，丁原又把她许配给义子吕布。战乱中，貂蝉与吕布失散，流入王允府中。一次，她在后花园焚香，祈求神灵保佑吕布，被王允发现。问知情况后，王允大喜，厚待如亲生女儿，因与密议，巧设了连环计。

“那么，元人戏曲中把貂蝉定为忻州人氏，是根据民间传闻，还是史有所据呢？”那位问难的文友继续刨根问底。

我说，这部戏曲的本事，出于《三国志平话》卷上《王允献董卓貂蝉》和《吕布刺董卓》两节。不过，有关貂蝉身世的交代，原文十分简单，只说：本姓任，小字貂蝉，家长是吕布，自临洮府相失，至今不曾见面。我想，如果历史上的忻州真有貂蝉其人，这样安排乃是纪实；若是纯属虚拟，它的根据，也许和下述情况有关：王允是历史人物，献帝时先后当过太仆、司徒，他是太原人，离忻州很近；吕布出生于内蒙古包头西面的九原，也曾在太原服役过。这样，貂蝉与丈夫失散后，以乡里之谊流入王允府中，也说得过去。巧还巧在，罗贯中也是太原人。因此，忻州开辟个“貂蝉故里”的旅游点，也自有依凭。

不过，到了罗贯中的笔下，连环计的情节，在元人戏曲基础之上又有了很大的发展。《三国演义》第八、九回，叙述董卓迁都长安后，愈益专横跋扈，司徒王允欲诛之，苦无良策。其府中歌伎貂蝉素被王允待如亲女，见允忧思愁闷，知有大事要做，愿以一死报之。王允乃设下连环计，先请吕布赴宴，令貂蝉把盏，吕布悦其美貌，王允即许以为妻。数日后，王允又请董卓赴宴，仍令貂蝉侑酒，董卓为其美色所迷，王允又把貂蝉献给了董卓。由此，吕布对董卓更加衔恨，又兼貂蝉巧施计谋，使二人矛盾日益激化，吕布必欲杀之。后来，经过王允进一步策划，终于把董卓除掉。《三国演义》改动了《三国志平话》和元人杂剧中貂蝉与吕布原本是夫妻的情节，显得更合乎情理。

说到司徒巧设连环计，当地作陪的文友又讲了一个“貂蝉换头易胆”的故事：

司徒王允定下连环计之后，却苦于选不到风情、魅力足以迷人惑志的美女。名医华佗在侧，便建议道：“这有何难，叫你府中的女伎貂蝉前去，万无一失。她的父母为董卓所害，又素承司徒深恩，当无见却之理。”王允说，我早就考虑到她了，只是觉得她的相貌平平，恐怕难以令吕布与董卓争风夺艳。

华佗听后，沉思良久，作别而去。几天后，他手提一个包裹来见王允，说：“我这几天跑到了西施故乡诸暨——那里以出美女闻名于世，恰好碰到一个刚刚死去的绝代佳人，我赶紧把她的头颅割下，带回来准备换给貂蝉。”经过华佗的一番绝妙的手术，换头成功，七天七夜之后，貂蝉苏醒过来。王允见后，称赞说：“真的是西施再世。”

于是，就把连环计向她述说一遍。貂蝉非常愿意为国除奸，为亲报仇，只是，她的胆气不足，还没等实际操作，早已吓得浑身乱颤。华佗见了，眉头一皱，计上心来，马上赶到燕赵慷慨悲歌之地，壮士荆轲的故乡，弄到了一个特大的胆囊，经过手术再植，貂蝉换胆成功。从此，这个佳人不仅有西施的美貌，而且，具备荆轲的胆量，终于胜利地完成了除奸的任务。

“这样说来，当地人打出貂蝉这块招牌，还是有一定根据的。”问难的文友感到惬意。恰好，这时车子也开到了韩岩村元好问的墓园，于是，有关貂蝉的话题也就此打住了。

下

关于貂蝉的话题临时打住，但仍有大量的问题有待于探讨。比如，前面引述的除了杂剧，就是小说、平话，都是出于文人之手，既可以像《三国演义》那样，凭借着一定史实，踵事增华，添枝加叶；又可以凭空结撰，羌无故实。那么，有关貂蝉、吕布的历史真迹，是否有踪迹可寻呢？

生活于明代弘治、嘉靖年间的著名学者杨升庵，在《升庵外集》中最先提出：世传吕布妻貂蝉，史传不载，但在唐人李贺诗《吕将军歌》中，确有“吕将军，骑赤兔，独携大胆出秦门，金粟堆边哭陵树”之句，看来，还是实有吕布其人。杨升庵之后，清代学者梁章钜也认为，貂蝉事隐据《吕布传》，虽然她的名字未见于正史，但其事未必全虚。这里是指《三国志·魏书》中的一段记述：吕布奉董卓之命把守中阁，遂与董卓侍婢私通。恐事泄露，心不自安。这些记载，起码说明了戏曲、演义中的“吕布戏貂蝉”与王允巧计除奸，并非凭空构想，而是于史有据的。但也只此而已，既不能否、也不好定与吕布私通的侍婢就是貂蝉，所以，成为一个悬案。

还有，关于貂蝉的评价问题。一般认为，清人毛宗岗的看法，具有一定的代表性。他说：“为西施易，为貂蝉难。西施只要哄得一个吴王；貂蝉一面要哄董卓，一面又要哄吕布，使出两副心肠，装出两副面孔，大是不易。我谓貂蝉之功，可书竹帛。”

不过，批判的声音也很强烈。早在嘉靖年间，明“后七子”的首领王世贞，在《见有演〈关侯斩貂蝉〉传奇者，感而有述》一诗中写道：“董姬昔为吕，貂蝉居上头。自夸预帷幄，肯作抱衾裯。一朝事势异，改服媚其仇。心心托汉寿，语语厌温侯。忿激义鹘拳，眦裂丹凤眸。孤魄残舞衣，腥血溅吴钩。兹事岂必真，可以快千秋。旦闻抱琵琶，夕弄他人舟。售者何足言，受者能不羞？宁为楚虞姬，一死不徇刘。”诗的前四句，说貂蝉开始事董卓，后又投身于吕布，甘心做人的姬妾；五至八句，说她在吕布失败之后，又献媚于吕布的仇敌关羽；九至十四句，言貂蝉为关羽所斩，此事虽未必然，但亦足以引为千秋快事；十五至十八句，说她朝秦暮楚，反复无常，一无足取；最后两句，通过颂扬殉项而誓不从刘的虞姬，否定貂蝉的人格。

再就是，关于她的结局和归宿问题。大概有以下五种不同的结果：

其一，大家所熟知的，是《三国演义》的处理方式：吕布助王允诛灭董卓后，以貂蝉为妾，后来，曹操擒杀吕布，将她载回许都，此后，便下落不明。

其二，元人杂剧《关大王月下斩貂蝉》，只存曲目，不详内容。从题目上得知，貂蝉死于关公刀下，这与民间传说相似：曹操绞杀吕布，貂蝉落到刘备手里，刘备、张飞都想娶她。关公怕误了国事，一刀斩之。

其三，传说曹操打败吕布后，把貂蝉赐给关羽。这样，一则可以笼络住这个将才；二则可以让关羽沉湎女色，丧失斗志；三则能挑拨他们兄弟间的关系。不料，这个计谋早被关公识破，坚决拒绝接受。曹操无奈，只好让关公把她杀掉。貂蝉觉得非常委屈，一片赤诚报国，最后竟落到这个下场，便伤心地痛哭起来。关公动了恻隐之心，决定放她出走。可是，到哪里去呢？貂蝉表示要削发为尼，远离世事。于是，关公便护送她到了几百里外的净慈庵。

其四，貂蝉还有一种结局，是事成之后，主动悟解迷津，看破红尘，最后修仙得道，成了正果。事见明人诸葛味水撰写的《女豪杰》杂剧。

其五，近时，又有新编川剧《貂蝉之死》，共分五场：水淹下邳；

貂蝉修书；关羽慕蝉；群雄惊艳；残月芳魂。写刘、关、张随曹操攻吕布，水淹下邳。貂蝉劝吕布归顺曹操，吕布不肯。为了拯救全城百姓，貂蝉派遣秦宜禄送信给素所钦慕的关羽，请他转致曹操以百姓为念，立即将水退下。关羽敬服貂蝉的品识，顿生爱慕之心。数日后，秦宜禄缚吕布来降，曹操缢杀吕布，为了笼络关羽，将貂蝉赐之。成婚之夜，貂蝉柔情似水，即兴吟唱《倾心曲》，关羽亦心旌为之摇荡。刘备恐怕误了大事，遂提醒关羽勿忘“扶汉兴刘”大业。关羽无奈，只好忍痛遣走貂蝉。貂蝉突遭骤变，万念成灰，拔剑自刎，保持了侠骨柔肠、忠肝义胆的完美形象。

说到貂蝉的结局，我联想到了西施。论其行止，二人颇有相似之处，其事可嘉，其情可悯。当然，就其实质来说，她们都是做了统治阶级政治斗争的工具。最后的归宿并不美满，原亦意料中事。貂蝉如上所述，那么，西施又怎样呢？

比较流行的说法，是越王勾践灭吴之后，西施跟随范蠡泛舟五湖，隐居起来。这倒有些风流潇洒，很合乎一般士人的心理要求。范蠡是很有远见的，他早就发现勾践这个人，“可与共患难，不可与共安乐”，自己“大名之下，难以久居”，因此，破吴之后，便急流勇退，改变姓名隐遁下去。

对于西施偕范蠡归五湖的做法，清代大诗人吴伟业极为欣赏，有诗云：“霸越亡吴计已行，论功何物赏倾城？西施亦有弓藏惧，不独鸱夷（范蠡别号）变姓名。”这应该算是最理想的收场。可是，核诸史籍，发觉这种结果并不存在。一是，上述情况《史记》中没有记载，只讲吴亡后范蠡变姓名，“浮海出齐”，并无西施随行之说。二是，《吴越春秋·逸篇》载：“吴王败，越浮西施于江”。《墨子·亲士》中亦有类似记载：“西施之沉”，以“其美也”。细想一下，这是符合越王勾践阴险狠毒、刻忌寡恩的本性的。虽然同是悲剧角色，相形之下，倒觉得貂蝉的悲惨程度要差一些。

近日，网上刊载一首晏菲作词并演唱的《貂蝉》歌曲，也可以看作千载以还对于这位美貌女子的欣赏与孺慕：“风带不走你的泪／云挽不住你的美／羞的月儿盼的月儿也为你沉醉／伤心人痴心人心碎／你是谁让英雄如此的追／你的美早已为江山所累／是谁的伤让你如此的憔悴／是谁的爱让你走了千山万水／你将一江春水化做相思／恩爱难舍总难回味／昙花一现繁华梦／也要相爱几轮回／无数的英雄爱你的美／不爱江山相互依偎／不顾风烟骤起战鼓／只愿携手丽人归”。

至于反映到美术作品上，貂蝉似乎略输了丰采。我曾见到一部根据《三国演义》编绘的貂蝉图像册，多少有些失望：不仅故事显得干涩无味，形象也黯然失色。其实，这也是意料之中的结果。《三国演义》的故事、人物，特别是作为“中国四大美女”之一的光彩夺目的形象，从小说、戏曲、电影到电视剧，早已深入人心，可以说，每一个人心中都有一个活灵活现、美貌绝伦的貂蝉，要多漂亮有多漂亮，要多可爱有多可爱。“曾经沧海难为水，除却巫山不是云。”任何画像、图解，弄得不好，都会成为蹩脚、无谓的赘余。